列侬与洋子的最后谈话

校

谢夫 著

All We Are Saying:
The Last
Major Interview
with John Lennon
and Yoko Ono

by
David Sheff

辽宁人民出版社

目　录

四十周年纪念版序 [1]

约翰和洋子·四十年以来

"摇滚乐救了她的命"是"地下丝绒"的一句经典歌词，它就像是我写的，因为摇滚乐救了我的命。

　　十几岁时，我表面看上去没什么，内心却遭受着强烈的焦虑和抑郁的折磨。我觉得自己和其他孩子不同，因此自我孤立。那些受欢迎的孩子——似乎也就是除我之外的所有人——都觉得我是怪人，我当时也确实是。焦虑让我在长夜里睡不着觉，就像艾伦·金斯堡描述的那样，"透过墙听着那恐惧"。为了扛过这无休无止的煎熬，我没完没了地通读所有写给畸零少年的文学经典——除了金斯堡，还包括塞林格、冯内古特、米勒、海勒、巴勒斯、凯鲁亚克、卡夫卡等。但是，文学和作家们让我勉强度日，却没有带来什么实质性改变，直到某天我在凌晨三点醒来，旋转着摩托罗拉晶体管收音机那奥利奥形状的电台旋钮。

　　我躲在被子里，把音量调得很低，这样父母就不会觉察，我调过播放乡村音乐、体育报道、天气预报以及狂热传教士的电台，被凤凰城 KDKB-FM 里一位声音沙哑、迷人的 DJ 吸引。这位 DJ 抱怨着种族骚乱、不道德的越南战争和骗人的美国总统（他引用了一个叫汤姆·帕克斯顿的家伙的歌："嘿，嘿，LBJ，你今天又杀了多少孩子？"[1]），然后，停口气。"不过现在，从混乱中休息一下，亮灯，反击，听。准备好被震撼吧。"他说他用"因果和魔法"搞到了一首"披头士"未发行的歌曲，一首即将出现在他们下一张新专辑中的歌。"这是约翰·列侬的作品，"他说，"所以，跟我一起进入魔幻神秘之旅吧——去'草莓地'，在那里，什么都不是真的。"

DJ 连播了三遍这首歌。如同他所说，我感受到了震撼。

当时，"披头士"拥有的冠军歌曲数量已超过历史上的所有人。列侬和他的乐队在谢亚球场和《埃德·沙利文秀》[2]表演过。1965 年，英女王向约翰颁发了 MBE——不列颠帝国勋章，却被他无礼地退回了。当然，我听说过"披头士"，但我没有在意他们。我听傻乎乎的流行歌，"猴子"的、"第五维"的、"桑尼和雪儿"[3]的（别批判我，那时候我只有十一岁）。

DJ 介绍列侬那天，我骑车冲进了唱片店，把我所有的积蓄（一百三十美元，一年来给邻居投递《斯科茨代尔

[1] LBJ，指林登·贝恩斯·约翰逊（Lyndon Baines Johnson，1908—1973），美国第三十六任总统。汤姆·帕克斯顿（Tom Paxton，1937—　），美国知名民谣歌手，曾影响了年轻的鲍勃·迪伦。

[2] 《埃德·沙利文秀》，脍炙人口的美国电视节目，长盛不衰达二十三年之久。

[3] "猴子"（The Monkees），美国乐队，1967 年出现在一档儿童表演节目中，其后风靡美国，1970 年解散。"第五维"（The 5th Dimension），黑人流行乐团，1965 年成立于洛杉矶。"桑尼和雪儿"（Sonny & Cher），著名二重唱组合，1965 年发行第一张专辑。

进步报》的全部所得）拿来买了"披头士"。从那以后，每当"披头士"发行新专辑——后来是列侬的个人专辑——我都第一个去排队。

我不再觉得自己是一个身在异乡的异客，不再为异于他人而感到羞耻，而是为此欢庆；有约翰在，我就有了陪伴。在《永远的草莓地》（"Strawberry Fields Forever"）中，约翰唱道"我想没人在我的树上"，这让我深感安慰，因为我也认为没有人在我的树上；约翰在那首歌中许诺道"最终都会好的"。

"披头士"歌曲的超现实主义歌词和迷幻音响唤醒了我内心的某些东西。我感到充满希望。活着。每一首"披头士"歌曲都让我兴奋。直到后来我才知道，那些最让我感动的歌曲，主要都是约翰写的：除了《永远的草莓地》，还包括《露西在缀满钻石的天空中》（"Lucy in the Sky With Diamonds"）、《我是海象》（"I Am the Walrus"）、《一起来》（"Come Together"）、《我要你（她好重）》（"I Want You [She's So Heavy]"）、《玻璃洋葱》（"Glass Onion"）和《生命中的一天》（"A Day in the Life"）——"我今天读了新闻，天哪"[1]。

1960 年代末，列侬和他的妻子小野洋子发行了几张实

---

[1] 歌曲《生命中的一天》歌词。

验专辑，当时对我来说，这些专辑有点儿实验过头了，令我无法接受。然而，约翰发行于 1970、1971 和 1973 年的最初几张个人专辑里的歌曲，都让我很兴奋。政治歌曲如《工人阶级英雄》（"Working Class Hero"）、《女人是世界的黑奴》（"Woman Is the Nigger of the World"）、《给我些真相》（"Gimme Some Truth"），当然，还有《想象》（"Imagine"）和《给和平一个机会》（"Give Peace a Chance"），给了我一个目标——为我所看到的这个国家的无望状态做些什么。我参加了塞萨尔·查韦斯联合农场工人运动，抵制生菜和葡萄——以此抗议对农场工人的剥削。随后，尽管我年龄太小还不能投票，我还是离开了家，去乔治·麦戈文的总统竞选团队工作。与此同时，就像约翰的政治歌曲激发了我的行动那样，他的个人歌曲，包括《妈妈》（"Mother"）、《好吧，好吧，好吧》（"Well Well Well"）、《我查清了》（"I Found Out"）和《上帝》（"God"），则激发我审视内心，去发现我从小经历的那种痛苦的根源。

在麦戈文竞选落败后（这伤透了我的心——这个国家进入了"滑头迪基"[1] 的第二个任期，最终因水门事件的爆发而中止），我开始了在伯克利的大学生活，在那里我

---

[1] 指尼克松，"滑头迪基"（Tricky Dicky）是以他为原型的一个漫画人物。

并不比其他学生更怪。这让我在新创刊的《新西部》（*New West*）杂志找了到一份助理编辑的工作。在那个岗位上，我研究了关于"人民圣殿""黄道十二宫杀手"[1]以及乔治·莫斯克尼市长和哈维·米尔克主管被杀案的报道。我开始为当地杂志自由撰稿，可我更渴望为《花花公子》和《滚石》杂志写稿，他们的专题报道极负盛名。我用询问信对其编辑部狂轰滥炸。他们的拒绝回复填满了一只只纸箱。

1980年初，我在纽约，心血来潮决定冲进《花花公子》的编辑部（未经预约）。我的时机选得一定棒极了，因为巴里·戈尔森——出版过那些传奇专题报道的主编，同意见见我。巴里大名鼎鼎，是业内最受尊敬的编辑之一。他发表过对鲍勃·迪伦、马龙·白兰度和其他许多名人的采访，这些报道影响深远，其中还包括著名的吉米·卡特——在专访中，这位当时的总统候选人承认了自己内心欲望之强烈[2]，这一坦白几乎断送了他1976年的大选。

我不确定我的大胆从何而来，但我开玩笑地批评巴里竟然无视我的那些询问信。他的回答是："坐下来，慢慢说。"

---

[1] "人民圣殿"（The Peoples Temple），邪教组织，因其引起的案件曾轰动一时。"黄道十二宫杀手"（Zodiac Killer），于1960年代晚期在美国加州北部犯下多起凶案的连环杀手。

[2] 1976年，《花花公子》与当时还是美国总统候选人的吉米·卡特对话。卡特说："我在想很多女人的时候，都会带着私欲。"

我们聊了一会儿，巴里问我是否有采访选题。我提出了约翰·贝鲁西（John Belushi）和丹·艾克罗伊德（Dan Aykroyd），他们的电影《布鲁斯兄弟》（*The Blues Brothers*）即将发行，改编自综艺节目《周六夜现场》的一个桥段。巴里说可以做一做，这让我震惊而激动。然后，在我走出办公室时，他拦住我。"顺便，"他问，"你能联系到约翰·列侬吗？"

我不能，但是我说："当然能。"

在这本书的序言中，我讲述了我努力联系上约翰和洋子的故事，它迥异于我后来任何一回试图与潜在采访对象建立联系的经验。我想说的是，它与上天的恩赐有关。

巴里提出这个挑战的时机也很巧。尽管列侬获得的赞誉和成就超乎众人想象，但到 1960 年代中期，他已经不胜其苦。他将会描述自己的失落和空虚。如果你仔细听，这在他的许多歌曲中都显而易见。这也是我十几岁时发自肺腑地和他内心连通的部分原因，他内心的混乱反映了我的混乱。

1966 年，约翰遇上了小野洋子——也就是后面章节中他说的重大事件。他们变得形影不离，于 1969 年结婚。与假新闻的报道相反（即便是当时），洋子并没有拆散"披头士"——事实上乐队已经解体了——只是她没有帮忙维系。约翰描述了当他坠入爱河时，他正在接受与"男孩们"

的分别，诚如他所说："遇上她的时候，我和那帮老伙计已经结束了。"

随着约翰和洋子的感情日益加深，他们在音乐、视觉艺术和表演上展开合作，比如著名的"床上和平行动"[1]——针对越南战争的一场抗议。但天堂中也有麻烦。约翰内心的恶魔再度浮现。而洋子这边的麻烦是，他们相遇时，她已经是一位知名的前卫艺术家，身处激浪派（Fluxus）运动的中心，后披头士狂热的旋涡让她迷失了自己。"和约翰在一起让我很痛苦，"她说，"我想我得从成为列侬太太这事中脱身。"

1973年，洋子把约翰轰了出去，他搬去了洛杉矶，开始了他所说的"持续十八个月的失落周末"。约翰在毒品和酒精中逐渐失控，后来他承认，这可能会导致他死亡。他求洋子让他回家，但她还没准备好，觉得他也没准备好。直到一个朋友打电话告诉她，他担心约翰的酗酒和失控，将导致可怕的后果。1974年，洋子去埃尔顿·约翰的演唱会看约翰。他们和好了——正如约翰在一首歌中写的那样，"就像重新开始"。

约翰不再酗酒，暂停了音乐生涯，成为一名"家庭主

---

[1] "床上和平行动"（Bed-ins for Peace），指 1969 年列侬夫妇在荷兰阿姆斯特丹上演的一场行为艺术。列侬和已有身孕的小野洋子住在伊丽莎白皇后酒店 1742 号房间，整整七天待在床上，接受记者和政治人物的访问。这七天里，这张大床和半裸的列侬与洋子成为世界瞩目的焦点，列侬也由此成为著名的反战明星。

夫"——他并没有在专访中用这个词，却普及了这个概念。与此同时，洋子接手了列侬生意的管理工作，包括"披头士"的投资项目和纽约北部的一个农场，她在那里饲养荷尔斯坦奶牛，其中一头被她以二十五万美元的拍卖价售出。

约翰感到了从未有过的快乐和满足。1975年10月9日，他三十五岁生日那天，他和洋子有了一个儿子，肖恩，这让他的快乐和满足与日俱增。洋子继续在办公室里经营生意，就在他们居住的达科他公寓大楼一楼的"第一录音室"，约翰则全身心地在楼上抚养孩子。

四年之后，约翰和洋子再度灵感迸发，开始创作音乐。如约翰所描述的那样，在那么些年的"吸入"之后，他和洋子准备再次"呼出"。他们重返录音室，录制了两个部分的"心灵演奏"——交替出现的歌曲，两人之间的对话。为推广这些歌曲，洋子决定接受几次简短访谈和一次全面长谈。后者就将是我的专访。

当第一次走近历经百年沧桑的达科他公寓时，我想起来，这是罗曼·波兰斯基电影《罗斯玛丽的婴儿》[1]的怪诞背景。列侬夫妇住在楼上一隅，可以从一部发出吱吱声

---

[1] 《罗斯玛丽的婴儿》(*Rosemary's Baby*)，又译《魔鬼圣婴》，罗曼·波兰斯基导演的惊悚片，于1968年上映，美国《娱乐周刊》曾将其列为"有史以来最恐怖的二十五部电影"之一。

的、昏暗的电梯上去。他们巨大的公寓惊人地美。门厅里挂着整面墙的沃霍尔[1]作品。起居室里陈列着一口镶嵌在玻璃中的石棺。这栋俯视着中央公园西区的"白房子"[2]，其中的一切确实都是纯白色的：长沙发、地毯、灯、雕塑，还有那架著名的三角钢琴，列侬就是用它写出了《想象》。一张巨大蹦床占据了大多数人会用作饭厅的房间。这房间的门口是洋子作品的复制件，包括《信任游戏》（*Play It by Trust*），一个全是白色棋子的白色棋盘（几年后，洋子把《信任游戏》的棋盘同时送给了美国总统罗纳德·里根和苏共中央总书记米哈伊尔·戈尔巴乔夫）。

跟大多数人一样，约翰和洋子通常会从七十二西大街有门卫和门禁的入口进公寓，乘主梯上楼。但有一天深夜，约翰带我抄近道穿过昏暗走廊，乘货梯上楼，那里有入口通向他们的后厨。自那以后，我经常用这部货梯从厨房进去，约翰和洋子似乎更多时候会在那里。有一回，就像我后面报道中说的，我敲门，约翰应门，嘴里哼唱着《埃莉诺·里格比》（"Eleanor Rigby"）的曲调，"大卫·谢夫来了，来问那些没有人听过答案的问题"。

接下来的三周，我们的访谈假座达科他公寓、咖啡馆

---

[1] 安迪·沃霍尔（Andy Warhol, 1928—1987），美国艺术家。
[2] White Room，也译作"无尘净室"。

（我们最喜欢的一个是七十一西大街的"财神"[1]）、豪华轿车、西村寿司店（"我们去吃点死鱼吧。"约翰说）、出租车、"金曲工厂"[2]的录音棚，以及穿过曼哈顿上西区和中央公园的蜿蜒步道。录音机总在转着（约翰引用洋子的歌词取笑我："你们这些漂亮男孩，都在玩你们的小玩具……"）。

那次访谈之后，我采访了艺术界、音乐界、电影界、政界、建筑界、作家圈等不同领域的数百位传奇人物，但没有一个像约翰那样神奇。他和洋子是那么亲切、有趣、充满激情、顽固不化、完全坦率——没有什么是不公开的。

那一年夏天，我二十四岁。约翰的"披头士"队友保罗·麦卡特尼写过一首歌叫《当我六十四岁》（"When I'm Sixty-Four"）。对当时的我来说，六十四岁的年龄完全不可想象。

而今，我六十四岁了。

我见到约翰那年，他四十岁。假如他还活着，他今年有八十岁了。

约翰·列侬八十岁了，而洋子今年八十七岁。

今年，是那次访谈四十周年——我与约翰和洋子亲密

---

[1] "财神"，La Fortuna，后文会比较详细地谈到。

[2] "金曲工厂"（Hit Factory），纽约市一家录音工作室，以其著名的客户闻名，2005年4月1日关闭。原建筑现在是美国音乐戏剧学院总部。列侬生前最后一张专辑在这里录制。

度过的三周，已整整过去了四十年。

那个访谈在 9 月初完成，按计划在 12 月中旬刊发。12 月 6 日，巴里拿到新鲜出炉的杂志样刊，把它寄到了达科他公寓。第二天，约翰和洋子从洛杉矶给我来电话。洋子对访谈很满意，她通报说，《双重幻想》[1] 中的第一首单曲《（就像是）重新开始》（"[Just Like] Starting Over"）预计将在排行榜登顶，他们都很振奋。约翰也对这次访谈感到兴奋，说他特别感谢这次能有机会澄清他与洋子的关系，并且向公众传递了他关于"领导和停车码表"、女权主义、男子气概、"我的老伙计们"（"披头士"）的想法以及"所有关于想象一个更美好的世界的那些事，因为这是我们必须做的"。我们还约定，等我下回去纽约，大家再聚聚。

第二天晚上，我在家看周一的橄榄球赛直播，著名播音员霍华德·科塞尔插播了一条突发新闻，打断了比赛。他说，约翰·列侬被枪杀了。我想我一定是听错了——这段话听起来是那样的离奇莫测。

我往达科他公寓打电话，试图联系洋子，但电话占线，于是我去机场搭飞机。我飞向了纽约，经停达拉斯和迈阿

---

[1] 《双重幻想》（*Double Fantasy*），列侬生前和洋子制作出版的最后一张专辑，1980 年 11 月 17 日发行。

密，这是晚间唯一的航班。等我清晨抵达曼哈顿时，成千上万的约翰歌迷已经聚集在中央公园里。人们哭。人们唱。人们用手提录音机播放着列侬的歌曲。公园边的公寓楼上，洋子待在她和约翰的卧室里。丈夫的声音诡异地彻夜飘荡。恐惧让她麻木了，她独自躺在他们一直同枕共眠的床上，一直醒着，听他为她写的那一支支歌曲。

这么多年了

你不在的时候我依然想你

多希望你在这里，我亲爱的洋子

啊洋子，我永远永远永远永远不会让你离去

多年以后，我和洋子一起回忆了那段往事。谈起约翰，她仍然满眼是泪，尽管她已重新建立起充实而充满创造力的生活。我们说到了那个夏天，她开心地笑了。"创作《双重幻想》和《奶与蜜》[1]是我们的一段美好时光，"她说，"我们一起度过了一段如同过山车般的生活，最后，我们像是变成了生活的阴谋家。做唱片期间，我们对一些事嘀嘀咕咕、开心取笑。妙极了。约翰当时说：'十年后会更好。咱们得把这事儿告诉孩子们。'孩子们指他的粉丝，

---

[1] 《奶与蜜》(*Milk and Honey*)，1980 年列侬和洋子一起制作的专辑，在列侬去世三年后，于 1984 年 1 月 27 日出版发行。

约翰总觉得对他的粉丝负有责任。"

我记得在夏日午夜的那次访谈，约翰和我在灯光昏暗的厨房里聊天，收音机开着。我们听到关于反核武游行的一则新闻，这触发了我们对核政治和暴力根源的讨论。这是列侬夫妇和我的交谈中的诸多难忘时刻之一，自那以后，那些话一遍又一遍地在我脑海中回放。"圣雄甘地和马丁·路德·金是最典型的例子，了不起的非暴力者却死于暴力。"列侬说，"我永远想不明白这事儿。我们是和平主义者，但你这样一个和平主义者却被人刺杀了，我无法确定这里面的含义。这事儿我永远无法理解。"

我也一直想不明白约翰的死。对这件事我永远都无法理解。

在列侬夫妇的访谈之后，我报道过、采访过数百位人物，包括那些通过文字、发现和行动塑造了我们现代世界的人。有的人创造了杰出的艺术品，做出了改变世界的发明；有的人领风气之先，实行政治变革，创建了新的社会事业。有些人提出的想法帮助我们（现在也还在帮助我们）更好地理解自己，成为更好的人。但没有人比得上约翰和洋子，没有人像那样影响了我的一生。

采访他们时，我无法想象有一天我会有一个孩子，因为我自己还是一个孩子。然而，约翰在交谈中给了我一个信息。他取得了超过几乎所有人所渴望的成就，但外在的成功并没有让他从一生的痛苦中解脱。真正让他解脱的是，从对他人认可的绝望追寻中后退一步，努力去面对而不是逃避痛苦。正如他所说，金唱片并没有满足他；满足他的是与洋子的爱情以及成为一名父亲。事实上，对约翰来说，父亲这一身份胜过了之前他曾有过的所有身份。

我的记者生涯顺风顺水——我完成了对约翰·列侬的采访！由此，我得到了《花花公子》杂志的更多邀约，也成就了在《滚石》杂志的首秀。尽管如此，我内心仍然凄苦，不断地滥用药物。我用药物不是为了获得兴奋。片刻的快乐不过是一种奖赏，但就像约翰一样，我一直在逃离不安感。我也试图寻找缓解抑郁和焦虑的方法，药物只是让事情变得更糟。

受约翰的启发，我决定"吸入"，努力去面对我的问题。我接受了治疗，被诊断患有双相情感障碍，我开始接受"睁着眼睛生活"这项艰巨而可怕的工作。

在这一过程中，我常常忆起约翰看似最满足的那些时刻。那时，我们在厨房交谈，肖恩跑进来，跳到约翰腿上。当约翰和肖恩在一起时，世间一切仿佛都停下来了。他疼爱他。他们在厨房内、在餐厅蹦床上、在中央公园里做游戏，约翰推着肖恩荡秋千，坐旋转木马。在公共场合，歌迷们认出了约翰，但大多数人都能尊重他的隐私，不去打扰他。对这位前"披头士"成员而言，在公园里，他更多是一位陪幼子玩耍的父亲。似乎没什么事会比这让他更快乐、更自豪。

等回到家，到了睡觉时间，肖恩会爬到父亲的膝盖上，让约翰念书给他听。然后，约翰唱他写给肖恩的摇篮曲——我第一次听，是有一天在录音室，在我们访谈间隙，约翰拿起木吉他开始弹，唱他潦草地写在一张纸上的歌词："闭上眼睛。不要害怕。怪物走了，它在逃跑，爸爸在这儿。"然后他唱到了副歌，眼睛闪闪发亮。"漂亮，漂亮，漂亮，漂亮男孩。"

每个父母都知道，当有了孩子时，生活会改变。你不睡觉，不是因为你在聚会，而是因为你在摇一个正在哭的宝宝。你生活在"唯一"湿巾、香蕉泥和玩具熊中间，在某个时刻，它们会被别的取代——在我们的故事里，取而代之的是乐高、手指画和忍者神龟。而你会从中体验到你永远无法想象的感受——最深沉的爱。

1982 年 7 月，我做了父亲，在我与约翰和洋子相处数周的两年后。我是他的爸爸，所以我心怀偏爱，但尼克确实是一个非凡的孩子、最可爱的人，一道光芒。每天晚上，当我把尼克抱上床时，我念书给他听——《洞就是用来挖的》《晚安月亮》《苏斯博士》——然后我会唱摇篮曲，

《漂亮男孩》（"Beautiful Boys"）。肖恩的歌已变成尼克的歌。

我们的所思所念，就是要让孩子们健康快乐地成长，但我为尼克制订的未来计划被打断了。他十二岁那年，我在他的背包里发现了一包大麻。即使我尽我所能阻止他继续吸毒，事态还是不断升级，终至无法收拾。他服用药丸、迷幻药，最后是冰毒和海洛因。我的漂亮男孩上瘾了，有好几次他差点儿死掉。接下来的十年间，我一直努力挽救他的生命。

读过相关新闻的人都知道，在五十岁以下的人群中，吸毒过量已成为致死率最高的原因。在过去二十年里，青少年吸毒过量的致死率翻了三倍。

我们很幸运。尼克最终戒了毒并坚持下来，已经坚持了九年，这感觉就像一个奇迹。

2008年，尼克第一次康复，我为《纽约时报杂志》撰文，写了他的染毒经历及其对我们家庭的影响。这篇文章延展成了一本书，我拟的书名是《漂亮男孩》，因为尼克是我的漂亮男孩，约翰的歌表达了身为父母的一切。

2018年，仍以约翰的歌曲为名，由这部书改编的电影在院线上映。在令我心碎的一幕中，扮演我的演员史蒂夫·卡瑞尔（Steve Carell）在他的儿子尼克（提莫西·查拉梅饰演）要睡觉时，唱这首歌给他听。

自那本书出版以及电影上映之后，我听到有无数父母，曾经或者正在与孩子的毒瘾作斗争。令人心碎的数字显示，许多人失去了他们的孩子。这些父母中有许多人告诉我，约翰的歌也变成了他们的歌：在夜晚，他们把这首歌唱给他们的漂亮男孩和漂亮女孩。现在，距这首歌写出四十年后，依然有无数的父母告诉我，他们唱这首歌给孩子们，以此表达他们无限的爱。在1990年代，我又有了两个孩子，贾斯珀和黛西，我的漂亮男孩和漂亮女孩，我也给他们唱这首歌。谁知道未来会发生什么，但如果我成为祖父，我想我还会给孙子孙女们唱约翰的摇篮曲。

约翰逝世四十年后，他和洋子的情情爱爱继续被人解剖。有人声称，约翰和洋子向世界、向我展示的幸福，是虚构的。

并非如此。我目睹了他们的喜悦和爱。我从未见过这样两个显然正在相爱的人。他们传递着一切，用言语，也用他们相待彼此的方式——他们看待彼此的方式。

和数以百万的人们一样，我至今为约翰的死感到悲伤，但他还活在他的音乐中，活在他和洋子传递的信息里，这些在今天和以前一样重要——也许更重要。当世界各地的人们抗议不公或庆祝进步时，约翰的歌曲《想象》以及他和洋子所写的《给和平一个机会》，就变成了团结的口号。

它们在 1989 年柏林墙倒塌时唱；在反对伊拉克战争、阿富汗战争的抗议中唱；也在 80 年代后期唱，当时曾有一个（短暂的）希望时刻，改革时期的人们渴望一个更自由的苏联。最近，在美国，这些歌被反对唐纳德·特朗普政府对移民实行非人道待遇的抗议者们歌唱。2020 年，新冠肺炎疫情暴发后没多久，世界各地的约翰歌迷将《想象》的歌词贴到了互联网上。

除了政治意义的延续，对我个人而言，约翰和洋子传递的信息也在继续启迪我。这信息既复杂又简单：认识你自己，学会独立思考。有能力时，帮助他人。尽管闭上眼生活会更轻松，我们却必须战胜这种念头。如果我们不喜欢眼前所见，那么，去改变它，至少，试一试。庆祝生命吧。想象更美好的世界。

——大卫·谢夫
2020 年于加州旧金山

引　言

1980 年的初夏，《花花公子》向我提出能否让约翰·列侬和小野洋子接受访谈，我接下了这个差事，当作是个挑战，全然不知道自己将要打开怎样的大门。

我开始给可能有线索的朋友打电话，我去跟那些和列侬夫妇关系密切的人约见——比如哈里·尼尔森、菲尔·斯佩克特、尼基·霍普金斯这些乐坛人物[1]，任何能将我引向那对隐居夫妇的人我都想见。雅各布·马格努森，一个我曾报道过的卓越的爵士音乐家，来电告诉我一个惊人的秘闻：约翰正在联系乐手——厄尔·斯利克、休·麦克拉肯、安迪·纽马克，等等——并且已经雇用了制作人杰克·道格拉斯，要录制一张新专辑。

苦苦追寻之旅由此开始。我给道格拉斯留了无数电话留言，等他终于回复时，我却刚好外出。与此同时，我弄到了据说是小野洋子的公关人员的电话，他发布过关于洋子以二十五万美元拍卖出一头奶牛的新闻。另一个电话号

---

[1] 哈里·尼尔森（Harry Nilsson, 1941—1994），美国著名词曲作者、歌手。菲尔·斯佩克特（Phil Spector, 1939—2021），美国音乐制作人、作曲家，史上最了不起的音乐制作人之一，"音墙"技术的发明者。尼基·霍普金斯（Nicky Hopkins, 1944—1994），活跃于摇滚领域的钢琴家、键盘手，曾参与 1960 至 1970 年代众多著名乐队的录音制作工作。

码将我引向了列侬夫妇的会计，一位看起来能让我有机会见到他雇主的温和男士。他向我保证，写一封信就足以引起洋子本人的注意，所以我谨慎地拟了封电文。我继续寻找其他的联系方式：另外一些音乐人、道格拉斯，所有奇奇怪怪的关系。我去了纽约，和任何暗示自己可能会帮到忙的人见面。我见了三四个家伙，都声称自己是见到列侬夫妇的唯一途径。等回到加州，我得知那个波士顿的宣传来过电话。洋子收到了电报，安排见面，约在达科他公寓。

洋子的一个助理打来电话，问我的出生时间和地点。这次会面看来是要依据洋子对我星座的解读而定，就像传言中那样——列侬夫妇的许多商业决定受到了星象的指引。我能想象自己对《花花公子》的编辑解释时的样子："很抱歉，我的月宫在天蝎座——访谈黄了。"这事显然不由我掌控。我提供了我的出生信息：12月23日下午三点，出生于波士顿。

穿过一重重阴森的大门和一道道的安检，9月8日那天，我走进了达科他公寓，不确定将会有什么奇遇。在外间办公室，我见到了在电话中联系过的两个人，他们的声音我早已熟悉：约翰和洋子的会计理查德·德帕尔马，以及他们的助理。他们始终彬彬有礼、善意相助。其中一位请我脱鞋后再进入洋子的私人办公室。

我进去时洋子正在打电话，她向我点点头，示意我在她跟前的沙发上坐下。我挺直坐着，打量着她。如我所料，她看起来很严肃。

我们聊了起来，聊到了纽约、天气、飞机航班。她转向下一个话题。除了我的星相，她还看了我的运势。基于这两点，她判断："接下来是你非常重要的一个时期。这个访谈将比你现在所能理解的意味着更多。"这是说我们正式开始了吗？从来没有直接的答案。她是在测试我。她问了我对访谈的构想，以及希望澄清哪些先入为主的偏见，我都一一作答。很显然，我对这次访谈非常重视，不过洋子对此没太大反应：重视是理所当然的。我答应留下几本样刊，她可以看看《花花公子》以前做过的访谈。她让我第二天早上再给她打电话。

那天下午，我留下刊登着吉米·卡特、马丁·路德·金、鲍勃·迪伦、艾伯特·史怀哲等人访谈的样刊，都是重磅人物。第二天早上，我打到达科他公寓找洋子。"中午你到我们这儿来见见如何？"她提议道。

到了达科他公寓，我得到口信，让我去附近一家咖啡馆见洋子。没一会儿我就坐在了那儿，对面是约翰·列侬和两杯卡布奇诺。约翰看来才起床，睡眼惺忪，没刮胡子，边呷咖啡边等在接电话的洋子。"现在还太早，不管是喝咖啡还是采访，"他笑着说，"我搞不懂她是怎么应付过来的。"

喝着咖啡聊了会儿，洋子带我们上了辆豪车。车驶过城市西区，在拥挤的街道上穿行，我们也开始热络起来。洋子的脚搁在约翰的膝上，约翰边在她脚边的折叠椅上保持着平衡，边解释着当天要做的事情。专辑最后一首歌曲是洋子的《艰难时期过去了》（"Hard Times Are Over"），要录制充当背景的福音配唱。

洋子始终戴着黑色太阳镜，漫不经心地读着《纽约时报》，时而抬眼看看头靠在车窗上的约翰。他的军绿夹克敞开着，衣领竖起挡着脖子，里面是件纯白 T 恤。他抓着扶手和前面的司机座椅，保持着平衡。洋子折起了报纸，放在旁边的座位上，她一头乌黑的头发向后梳得紧紧的，与黑色皮夹克融为一体。约翰的心思显然在接下来的访谈上，因为接下来他开始对我说话。"我正期待着这事，"他说，"我们已经很久没做过访谈了。"他的语气变得兴奋："首先，你得听听我们最新的音乐。你听过之后再说！过会儿我们会放磁带给你听。"

我们到了录音棚，这是一个旧仓库，选这儿录音是因为它巨大的空间。制作成员包括制作人杰克·道格拉斯、录音师李·德卡洛和几个助理，都已经在控制室里。约翰迅速跟大家打招呼，一边把我引荐给屋里的一圈人。听到我的名字，道格拉斯会心一笑，朝我眨眨眼。"祝贺祝贺。"他仿佛在说：我没想到真会见到你，但还是欢迎。

道格拉斯坐在控制台正前方,这是他一贯的座位,侧面三把椅子,一边两把给列侬和洋子,另一边一把留给德卡洛。这情形跟他们在金曲工厂里一模一样,那个录音棚他们去得更多,这四个人的架势就像是美国航空航天局的工程师们在准备发射火箭。

洋子让我不必拘束,然后叫她的助理之一,一个叫滨谷俊的日本男生给她和约翰端来英式早茶加牛奶,给我拿了杯咖啡。

玻璃隔间的另一边,"本尼·卡明斯歌唱团"和"列王圣殿合唱团"[1]正在和编曲托尼·达维里奥一起预热。托尼在钢琴上奏了一遍《艰难时期过去了》的和声,"卡明斯歌唱团"随即熟练地将其分解为各个声部,合唱即刻变得和谐,这些教堂唱诗般的"唔"和"呜"将会被灌入洋子的歌曲中。第一次试听录音时,工作人员将这首曲子作为主打歌播了出来,带有黑人灵魂乐风格的合唱与洋子怪异的、带着东方口音的尖细嗓音融合在了一起,约翰仰起头,似乎对此极其满意。他说:"这一定是世界上第一支日本福音歌曲。"

道格拉斯等人倒回磁带,打开开关,拧旋钮,约翰转向控制室的麦克风,将它打开,这样玻璃另一边的合唱队

---

[1] "本尼·卡明斯歌唱团"(The Benny Cummings Singers)和"列王圣殿合唱团"(The Kings Temple Choir)是基督教福音乐队。

就能听见他说话。他用如假包换的列侬式嗓音说，欢迎合唱队，感谢他们的到来。透过玻璃，我们看到他们在用唇语说谢谢。杰克和约翰互相点头，示意可以开始，然后约翰对着麦克风笑着说："好了，让我们来做音乐吧。"

打开控制室的监视器后，合唱团喊唱的"感谢，感谢耶稣"和"阿门，阿门，阿门"的声音传了出来。约翰意识到合唱队正在自发地、优雅地祷告，他低声对德卡洛说："录到第二轨上，快！"祷告声被录了下来，就是后来我们听到的《艰难时期过去了》的开场。

约翰一边呷着滨谷端上的第二杯茶，一边全神贯注地听第一遍试录。不管是一处高音的轻微走音，还是两小节间不明显的停顿（对我而言），约翰都平静而坚定地打断录音，要求重来。"最后的这个'过去'，吐字再清楚点，"他指点着，"第二个音节不要降下去，'过——去'保持，不要'过——去'降音。"他自己示范着唱了这两个版本。有时候他看似心不在焉，但永远都不会忽略音乐中最微小的细节。监听音箱中音乐轰鸣，约翰随着洋子的歌声摇摆，无声地跟唱着。他眼睛扫向这边，看到我正看着他，便眨了下眼睛，问我："所以你觉得怎样？"

当激情澎湃的合唱将洋子尖细的、如短笛一般的歌唱完全裹住后，这更像是祷告而不是一首流行歌曲。约翰要求回放一遍，以便所有人都能听听最终的成果。真是太美妙了。歌声变得丰满而完整，正是洋子想要的效果。约翰看着她，发现她眼里噙满泪水。他把椅子往后靠，以便能伸手够到她的肩膀。"相当好啊，妈妈[1]。"他说。洋子点点头，用袖子擦去面上流淌的泪水。

几个小时后，歌曲录制完成，约翰和洋子也录好了副歌，按照她的要求，反复吟诵"ONE WORLD, ONE PEOPLE"（同一个世界，同一个族群）这四个词，作为整张专辑的结束。卡明斯问可否让他的合唱队唱一首歌来感谢列侬夫妇。之后，约翰亲自向合唱队表示感谢，并亲自与助理确认专辑制作名单中的合唱队名字是否拼写准确。队员们离开时，约翰接受了他们的吻礼和握手。当然，还有一个必定会出现的问题。一位歌手问："保罗[2]怎么样了？"约翰和悦地笑了："哪个保罗？"

轿车里的气氛新鲜而轻快。"今天干得不错，是不是，亲爱的？"约翰问，开心而陶醉。"我们得到了多好的礼物啊！好了，先生，下一站去金曲工厂。"

西区录音室五楼已经特别准备好了寿司、生鱼片、照烧鸡和蔬菜，这地方更为现代，其中最安全的顶层是为一些特殊项目而预留的。一个魁梧的黑人男子在这层楼守着。

约翰和其他人大嚼着生鱼片，谈论上午的录音。洋子

---

[1] 列侬对洋子的亲昵称呼。

[2] 指列侬的词曲搭档、"披头士"乐队成员保罗·麦卡特尼。

打开手提包，小心地拿出几页写着潦草字迹的活页纸——是《双重幻想》专辑中尚未定稿的歌词。她说我应该读读。

"现在，"她说，"我带你到处逛逛。"

洋子带着我参观了休息室，里面有茶、咖啡和好时巧克力棒，接着去了控制室。控制台前有一张沙发，他们工作时我可以在那儿休息。一把椅子背朝前放着，正好可以观察周围的动静。客厅之外，还有一个特殊的房间——洋子的房间，非常安静，铺了地毯，装饰着日本版画和异国鲜花，兰花和小苍兰，还有一张奢华的沙发。她解释说，我可以在那儿逃离喧嚣，录音间隙时她和约翰就是在这个房间里躲避嘈杂、休养精神的。

我们回到了主工作室，约翰等人正忙活着处理当天的录音带。我观察了几小时，直到洋子提议我们离开。在车上，约翰问我是否已准备好回到公寓开始访谈。"我们一直做到你——到我们都满意为止。"他说。

大卫·谢夫，1981 年

第一部分

1

站在灰暗、鬼魅的达科他公寓楼前，那位上了年纪的守卫更像是大楼的一个装置，并不能给人多少安全感。他为我们打开车门。约翰叫他的名字，跟他打招呼。一个粉丝等到很晚，只为能侥幸见他一面，约翰匆忙但是礼貌地与粉丝合影、微笑着摆姿势。两记快闪后，约翰蒙头冲进大门入口，停下来眨眨眼，以恢复视力。"啊啊，亲爱的，你带了房门钥匙吧？我忘了。"洋子没答话，只是用她的钥匙招来电梯。约翰不好意思地看看我，咧嘴一笑："我根本不用问的。"

进了公寓后，约翰引着我穿过贴满相片的走廊，一直走到厨房。他叫我在那儿等他梳洗一下，洋子则去了公寓另一处。我环顾这巨大的、粉刷一新的厨房，满满放着装有茶、咖啡、调料和谷物的各类容器，这时从远处的卧室传来了声音：孩子咯咯的笑声和父亲打趣的教训声。"好啦，小坏蛋，还没睡吗？啊哈！好吧，就算你睡着了，我也会吻你道晚安的，傻孩子。"

约翰轻快地回到厨房，看起来容光焕发，他边将一壶水放上炉子，边向我解释——他们的孩子肖恩还不习惯他和洋子的新日程，这段时间，他们整日都在为专辑忙碌。而此前约翰几乎一直待在家里。

洋子进了厨房，穿着一件和服式长袍，约翰倒了三杯茶。他边坐下边问："怎么样，我们开始吧？"

我看着他俩，专注地等了会儿，然后开始。"有人说，约翰·列侬和小野洋子回来了——"

约翰打断我，笑着轻推洋子。"喔，真的吗？"他开着玩笑，"从哪儿回来？"

我笑着继续："——回到了录音室，这是自1975年以来首次录制唱片，那一年，他们从公众视野中消失了。这些年你们一直在做什么？"

约翰顽皮地转向洋子，问："你先来，还是我先来？"

"应该你先。"洋子确定地回答。

"该我？真的？好吧……"约翰向后靠到椅子上，两手握紧茶杯。看着杯中水汽升腾，他开始了谈话。

列侬：我一直在烤面包。

《花花公子》：烤面包？

列侬：也在照顾孩子。

《花花公子》：同时在地下室里进行一些秘密项目？

列侬：你开玩笑吧？地下室里可没什么秘密项目。每个家庭主妇都知道，烤面包和带孩子就是一份全职工作，不会再有余暇做其他事。

每次烤完面包，我都有一种征服感。当看到我烤的面包被吃掉，我会想，哦，天哪！难道不该为此授予我一张金唱片[1]、一个骑士称号什么的吗？

看着孩子吃饱而又不过饱，保证适当的睡眠，这该是多大的责任啊。作为一个全职爸爸，如果我不能确保孩子在七点半时洗澡，准时上床睡觉，那么这些事便没人做。这真是天大的责任。这些活儿让我懂得女性的挫败感了。而等到一天终了，她们也不会因此获得一块金表[2]……

《花花公子》：那些小奖赏呢——看着家人吃面包和孩子入睡时的快乐？

---

[1] 金唱片（Gold record），美国唱片业协会对单曲及专辑的认证标准，销量达五十万张即被称为金唱片。

[2] 为同一家公司工作三四十年的人，在退休时公司会送一块金表，这是1940年代开始的美国传统，意思是"你为我们奉献了时间，现在我们把时间还给你"，现在该传统已消失。

列侬：那会带来极大的满足。我用宝丽来给我做的第一个面包拍了照。（洋子笑）我当时欣喜若狂！激动得简直难以置信！像是在烤箱里做出了一张专辑。那一瞬间实在美妙。我太投入了，兴奋得不行，最后变成我为所有员工掌厨！每天我给司机、勤杂工，给任何与我们共事的人做午饭。"大家来吃啊！"我爱这工作。

但是你瞧，后来这件事开始让我心生厌倦。我想，这叫什么事啊？算了吧。我周五做两根面包，周六下午给人吃光了。兴奋感退去，一切又回到老样子。但每当我看到肖恩，就觉得那喜悦感还在。他并不是从我肚子里出来的，但是，上帝做证，我造了他的骨肉，因为我给他做了每一餐，哄他睡觉，看着他像条鱼一样游泳。我带他去了基督教青年会，我带他去了大海，这些事让我很自豪。你瞧，他是我最大的骄傲。

《花花公子》：你为什么要做全职爸爸？

列侬：这是一种自我治愈疗法。

洋子：这相当于是在问，"在生活中，有什么是更重要的？"

列侬：直面自己，直面现实，比继续表演摇滚更重要，那种在自我表现和公众评价的风波里起伏不定的生活。此外，还有其他方面。就拿毕加索来说吧。他重复自己直到入了土。这么说不是要否定他的伟大才华，但是他的最后四十年就只是在自我重复。没什么突破。你会怎么形容这种情况？——固步自封，吃老本。

你瞧，我三十五六岁时，发现自己正处于这样的状态；无论出于何种原因，我一直当自己是艺术家、音乐家、诗人，或者不管你怎么称呼这类人。艺术家的自由总是会因为所谓艺术家的痛苦而受到限制。在某种程度上，我的才能和心态很适合做一个摇滚音乐家，而且那种自由曾经很棒。但后来我发现我不自由了。我被关进了笼子。这并不只是因为合同，但合同确实是身陷牢笼的一种物质表现。有了合同，我还不如去做一份朝九晚五的工作，继续用我那时工作的方式做事。摇滚乐不再有意思。于是在我的事业中有了两种标准答案：去拉斯维加斯唱热门金曲——如果你够幸运——或者下地狱，像埃尔维斯[1]那样。

洋子：你会变成自己的复制品。我们可能正朝那条道上走。这不是我们想要的。这就是我非常鄙视艺术圈的原因。你有了这样一个小想法："好吧，我是一个画圆的艺术家。"

---

[1] 即"猫王"埃尔维斯·普雷斯利（Elvis Presley, 1935—1977），美国摇滚巨星。

你坚持画圆，让它变成你的标签。你有了画廊、赞助商，有了所有的一切。这就是你的人生。第二年，可能你会画三角形或其他什么东西。创意就是这么贫乏。然后，如果你继续这样做个十年八年，人们意识到你是个坚持了十年的人物，你可能会因此得个奖。（轻声笑）这一套太荒谬了。

列侬： 等你得了癌症，就会得大奖，毕竟你已经画了二十年的圆或三角形了。

洋子： 然后你就死了。

列侬： 没错。最大的奖就是你死了——在公众面前死去真是件大事。好吧，这些是我们不感兴趣的。

（约翰拿着把勺子，边说边轻敲桌面，像是在跟着这个节拍说话。）这就是为什么到头来我们要做床上行动这类事，而洋子去做了像流行音乐这种东西。我们最初尝试在一起制作的东西，无论是床上行动、海报还是电影，都是跨越彼此的领域，就像人们从乡村音乐跨到流行音乐一样。从左翼前卫艺术到左翼摇滚乐，我们试图找到两人都感兴趣的一个领域。而我们为彼此的经历感到激动和兴奋。

我们一起做的事都是同一个主题的变奏，真的。我们想知道可以一起做些什么，因为我们想在一起。我们想一起工作，不只是在周末聚在一起。我们想在一起，一起生活，一起工作。

所以第一个尝试就是床上行动。更早以前，我们尝试着一起做音乐。那时人们仍觉得，"披头士"是这样或者那样，不应该走出它的圈儿，这让我和洋子很难一起工作。我们觉得，大家要不就是忘了，要不就是长大了。现在我们还将继续突进：我和她在一起，这不是媒体曾描述的，什么摇滚世界的奇妙神秘王子，猎艳来自东方的奇怪女人的故事。

《花花公子》：经过了那么久，为什么是现在？

列侬：哦，是灵魂触动了我。洋子的灵魂从未离开过她。但是我的灵魂突然触动了我，让我想写，这种感觉我已经很长很长时间没有过了。再说，我一直专注于做全职爸爸，有意无意地想要在肖恩五岁之前尽可能多地陪伴他。

洋子（对约翰说）：我觉得并不是灵魂触动了你。（转向我）我觉得，当他在某种程度上将他的重心转向了肖恩，转向了家人，或者说因为这样的一些事，他的灵魂恢复了活力。他现在这样做，不同于以前那样一张张地发片。

列侬：是的，你是对的。我正想说这个。也许我没说清楚。我本可以继续做匠人，但我没兴趣做匠人，尽管我尊重匠人和所有其他的。我没兴趣去证明，我可以每六个月就胡乱做出一些东西，就像——

《花花公子》：就像保罗（麦卡特尼）？

列侬：不仅是保罗。就像是每个人。所以，做全职父母的经历再次给了我灵魂。我没意识到它会发生。但后来我往后退了一步，心想，发生了什么？现在情况是：我就要四十了，肖恩就要五岁了。这不是很棒吗！我们活过来了！

我就要四十岁了，"人生四十始"[1]，这是他们许诺的。啊，我也相信。因为我感觉良好。我，怎么说呢，很兴奋。这就像玩纸牌，而你正好拿到了 21 点[2]：哇！接下来会发生什么？

---

[1] 《人生四十始》（*Life Begins at Forty*）是沃尔特·皮特金（Walter Pitkin）于 1932 年在美国出版的一本励志类图书。

[2] 一种纸牌游戏，21 点为最高分。

2

房间里生出寒意，窗子什么时候微微开了。约翰起身关窗。重新坐下之前，他将椅子调了个方向。他向后靠着，身体轻轻摇晃，我们继续谈下去。

列侬：突然一切都在我这里，"啪"的一声，以歌曲的形式涌现，尽管这些年里它们可能一直都在我脑中的某个地方。

洋子：是的，这都是些真正有感而发的歌。

列侬：没有一首是我必须坐下来，绞尽脑汁才写出来的。

《花花公子》：之前有过毫无灵感的时刻？

列侬：经常有。

《花花公子》：在制作你和洋子的专辑时吗？

列侬：我觉得我比洋子更常陷入神志昏乱的泥淖。如果你听过《墙与桥》[1]，你就会听见一个抑郁的人。你会说，"哦，这是因为与驱逐出境一事缠斗多年，因为这个问题那个问题"，但不管因为什么，它都很令人郁闷。这家伙知道如何做唱片，但唱片中没有灵魂。

我不是要贬损那张唱片。我只是想说它反映了我当时的状态。这是那段时间的一个映像，我在——

洋子：那是最后一口气——

列侬：那是一种抑郁——

洋子：那是呼吸，不管怎么说，是真实的呼吸。

列侬：就像噗噗噗噗噗（呼气）。不会多也不会少，但事实就是这样。

《花花公子》：你是如何决定这下一步的——而不是再搞出另一个"最后一口气"？

---

[1] 《墙与桥》(*Walls and Bridges*)，列侬的个人专辑，发行于 1974 年 9 月。

列侬：唔，逃避的确远比坚持更难。我知道，我两样都干过。从1962年到1973年我一直没停——被要求，被计划，一直没停。所以离开是难的。我这种情形就像是那帮老家伙在六十五岁时应该经历的，突然间，他们就被认为不该继续存在了，有人走过来对他们说（敲着长橡木餐桌：咚，咚，咚）："你的人生结束了。打高尔夫的时间到了！"于是，他们就被赶出了办公室。我想，哦，不是吗？我不应该去办公室或什么地方，我不该做点什么吗？如果我的名字不在报纸上，没有唱片推出或者上榜，或别的什么——如果我不在自己该在的俱乐部被人看到，我就不存在了。

《花花公子》：不过，你的退休不是你自己做主吗？

列侬：自己做主，是的，但这种感觉依然存在。像是突然间有了一整个巨大空洞无法填满。当然它会被填满，因为那宇宙定律：哪里有空间，哪里就会有东西被填满。

《花花公子》：大多数人都会继续批量生产。为什么你能看到出路？

列侬：大多数人都不与小野洋子一起生活。

《花花公子》：什么意思？

列侬：大多数人都没有这样一个同伴，会说出真相并且拒绝和一个狗屁艺术家一起生活的同伴——我可相当擅长做这种狗屁艺术家。我会哄骗自己和周围的人。洋子，就是我的答案。

《花花公子》：她让你看到了什么？

列侬：她向我展示了另一种可能。"你不一定非要做这些。""不一定非要做？真的吗？但是——但是——但是——但是……"当然没那么简单，我也没法在一夜之间接受这个想法，它必须不断被强化。

洋子：一切都表明我们的思想深受社会的毒害。人们教育我们要成就事业，要成为某种人，当然了，在家里做事也是一种成就，但人们从不承认这一点。当约翰和我出去时，人们会上前问："约翰，你最近在做什么？"他们不相信他会只做一个全职爸爸。但至少他们会问他，而从不问我。因为，我是个女人，我不应该在做任何事。

《花花公子》：那时你在做什么，洋子？

列侬：当我在铲猫屎、喂肖恩时，她和穿着三件套西装、扣子都扣不起来的男人们坐在充满烟雾的房间里。

洋子（小声但清晰地说）：我打理生意，老生意——苹果和马克兰[1]的事务——还有新的投资。

列侬：我们不得不打理这些生意。要么是请哪个老爹来处理我们的生意，要么是我俩中的一个来做这事。这些律师一年可以拿二十五万，在购物广场里吃三文鱼——我不知道我会不会因为这些话受起诉——但他们中的大多数似乎并不真的感兴趣于解决问题。每个律师又有律师。每个"披头士"成员都有四五个人为他工作。所以我们觉得，在我们打理自己的生活之前，我们必须先照顾好生意，把它处理掉、处理好。而我们中只有一个人有这种天分与才能，那就是洋子。

洋子："生意"不是什么可怕的词。对我们而言，"生意"是我们的某种现实需要。

---

[1] 苹果（Apple）和马克兰（Maclen）分别为"披头士"乐队的唱片公司和出版公司。

《花花公子》：洋子，你有处理这个规模的商业事务的经验吗？

洋子：我把它学会了。法律对我来说不再是个谜。政治家对我来说不再是个谜。起初我自己的会计和律师无法接受由我来指挥他们这个事实。

列侬：他们认为这是约翰的妻子，但是她肯定不能真的代表他。

洋子：即便是现在，还有许多律师，写封信发给公司所有董事——我也是董事——但不发给我，而是发给约翰或我的律师。你会惊讶于最开始时我在他们那儿受了多大的侮辱。像这样——"但你对法律一窍不通！我不跟你说话。"我说："那好，以我能理解的方式跟我说话。我也是名董事。"

列侬：他们无法忍受。但他们不得不忍受，因为她代表我们。（轻声笑着）他们都是男性，你知道，又大又胖，大嚷大叫，午餐就开始喝伏特加的，男性。像受过训的狗，被训练得每时每刻都要攻击。

我们也玩得很开心，比如（对洋子说）你去和十名犹太律师会面时，戴着我们从金字塔带回来的阿拉伯头饰。

洋子（笑）：每个人都盯着看。

列侬：最近她让他们赚了大约五百万，而他们一战再战，企图不让她做成这笔生意，因为这是她的主意，而她是一个女人。但是她还是成功了。之后，其中一个家伙对她说："好啊，列侬又做了一笔生意。"但列侬跟这件事没有一点关系。

洋子：我什么都不会说。我说"谢谢你"，然后挂断电话。我成熟了。关于现在我们正在做的唱片，大家说的都是：这是一张列侬的专辑，其中有一两首歌是洋子唱的。我无所谓。知道为什么吗？因为我的商人直觉告诉我——这样更好。

列侬：我们已经学会了温和处事。我们不会那样硬来："嗨！这里是约翰和洋子，裸体躺在床上，挂着旗子，洋子在尖叫，他在后面疯狂弹吉他。"我们刚从后门进来。

洋子：以前我经常想，嗯，我有首好歌，我应该在唱片的

A 面，但现在我聪明点儿了。

列侬： 我一直跟她说，B 面不会有人播放。我要她在 A 面。不管怎么说，杰克（道格拉斯）和我会说服她录一首单曲。《每个男人都有个女人》（"Every Man Has a Woman"），可真是首好歌。我完全赞成做主打，才不在乎她是不是排在我前面。

洋子： 总之，我们的关系更好了，因为我们俩都经历了生活的另一面——约翰主内，我主外。

列侬： 这救了我的命。

《花花公子》： 什么意思？

列侬： 我被困于这种感觉：一个人不能——没有正当理由地活着，除非他在实现他人的梦想，不管是契约性的梦想还是公共的梦想，抑或是实现自己的梦和幻想，这些梦是关于我认为自己应该成为什么样的人，但原来的我并不是这样的人。

《花花公子》： 洋子让你意识到了这一点。

列侬：谢天谢地。许多艺术家因此毁了自己，你知道，不管是滥饮，像狄兰·托马斯[1]，还是精神错乱，像梵高，还是性病与疯狂，像高更，为他从未曾陪伴过的孩子画一幅画。他想为他的孩子创作一张杰作，但正当这个时候，他的孩子死了，而不管怎样高更得了性病，杰作也被烧了。即便它能幸存于世，更好的事还是他能与孩子在一起。这是我得出的结论。

从前的我也意识到了这一切，但我看不到出路。这也是两个脑袋比一个好的地方。用鲍勃·迪伦最喜欢的那位代理人的话来说就是："假如两人聚在一起……"[2]

洋子笑了，抬起了眼睛。"说得对，"她说，"但我们非得把鲍勃·迪伦扯进来吗？"

"这段删掉！"约翰一边说，一边用想象中的剪刀在空中比画着。

整晚电话都没响过，让人心生疑虑，但当约翰开始讲话时，电话铃终于响了。洋子答着电话，疲倦地打哈欠。

---

[1] 狄兰·托马斯（Dylan Thomas，1914—1953），英国诗人，后因酗酒引起的呼吸道疾病而死，年仅三十九岁。

[2] 原话出自《马太福音》，"有两三个人奉我的名聚会"。此处"鲍勃·迪伦最喜欢的那位代理人"应指耶稣。

她挂了电话，起身离开。"我得告诉你，"她说，"我累了。你跟他再多讲一些；我一会儿再加入。"

"我们会谈到九点半，"约翰回答，"因为最好我们俩都在。会擦出火花，你知道。所以我们再谈一会儿。"

洋子轻手轻脚离开房间，约翰站起来拿起水壶，给我们加满茶。

列侬：所以我终于明白了。我想，天哪！我独立存在于那之外。

《花花公子》：那应该非常——

列侬：令人震惊。那是——

《花花公子》：也令人振奋——

列侬：不仅如此。这是自我的重新发现！就像重新拥有了自己。

约翰取出一支烟——照例是法国高卢牌的——递了一

支给我。我摇头。"对了，你不沾尼古丁的。"他说。他把香烟塞进嘴，在口袋里摸索着。"她拿了我的打火机。"他埋怨着，摇摇头，咯咯笑着。"经常这样。"他站起来，打开燃气灶的灶头，弯下腰点燃烟。关掉煤气后，他伸了伸腰，又坐下来，吐出一大团烟。

《花花公子》：为什么你和洋子这么特别？

列侬：哦，你是问为什么我们会遇见。我要说，我不知道。就像问你为什么出生一样。我可以给你业力方面的一些理论，但我一点都不知道为什么。而它之所以持续，是因为我们想要它持续，并努力让它持续。

两个人的关系似乎会经历一定的周期。临界点在不同周期的不同位置。新的说法类似这个："哦，为什么要在一段感情关系上努力呢？我们停下它吧，换一个别的。"但业力的不可理喻在于，假定你足够幸运，能在你所放弃——或者换掉，或者远离，或者以无意、不经心、任性或不管什么磨灭了它——的那段感情周围又找到一段新感情，你也必然将一遍一遍又一遍地经历这个过程，直到你七十岁。

人们永远不会明白，他们将不得不再次经历同样的事。

他们会有什么五年之期、七年之痒这些张力点，简直就像是有机的、内置的，就像是潮起潮落。像是每次潮落，你都会放弃——搬家离开之类。我这里没能说清楚，但你明白我要说什么……

《花花公子》：明白，但究竟是什么让你这么想的？

列侬：当她把我踢出去时。当我被踢出去，我意识到了我身处何处——是在茫茫宇宙中的一个筏子上，而不管发生什么，假设我已经开始了另一段感情，我最后还是会在同一个地方——假如我足够幸运的话。

《花花公子》：你在说你们70年代初的分居。

列侬：1973年还是什么时候，总之那时我们分开了，这样说似乎有些冷酷。是有那么一阵子，但这就是我所看到的。假如我足够幸运的话……

这就像人们说的因果。如果你在此生中没把事情做对，你就得重新经历一次。好吧，那些在宇宙中被谈论、接受或者没接受但被谈论的定律，也适用于生活中最细微的细节。就像"即时报应"（Instant Karma），这是我的说法，对吧？它不是什么宇宙大事件，尽管它的确也算是，但它同样也是小事情，像你在这里的生活，你和你想一起生活的、在一起的人的关系。也有掌管这种关系的定律。你要么在登山的中途放弃，说，"我不想爬了，太难了，我要回到山下重新开始"，要么你这一次就爬上去。

《花花公子》：但你一度觉得这太难了。

列侬：没错。但那时我没有看到这一切。洋子和我很幸运，我们共同经历，然后回到我们放下的地方，重拾这段关系，尽管这耗费了我们的一些努力和精力，去重新相融，并重新同步。

《花花公子》：你决定做全职爸爸也是那次分居的结果吗?

列侬：我可以说"是"，但这又会导致一些简单猜测——"哦，他们这么做原来是因为……"事情远不止于此。因为洋子有可能会给出完全不同的回答，而那同样也是真的——"是的，我们重新开始了，我们决定这就是我们的生活，有个孩子对我们很重要，其他一切都比不上，因此其他一切必须放弃。"这种放弃给了我们一直在寻求的美满，也给了我们呼吸、思考和重建梦的空间。像她很久以前在一首歌中唱的，歌词引自她的一本书："你一个人做的梦只是一个什么东西，而你们一起做的梦才是现实。"
我们一起重建了我们的梦。

我们都笑了。后来发现他引用的那句话其实是："你一个人做的梦只是个梦。你们一起做的梦是现实。"

3

正说着，录音带弹了起来。我们已连续谈了几个小时，早已超过了九点半的截止时间，但约翰仍然兴致盎然、灵感四溢。又一盘录音带跳起时，时间已近午夜，约翰说："再换盘带子，我们再喝一杯就收工。"

《花花公子》：我很好奇当初你们为什么肯接受这个专访。

列侬：为了沟通和——坦率地说，曝光……对某些人而言，我们可谓是名人，但也有人不知道约翰和洋子。所以我们需要曝光。我们不需要宣传，但需要解释我们在干什么。

《花花公子》：我知道有非常多的人很关心你们，并且真的感兴趣。我敢肯定这有时是压倒性的，外面的人真的很关心你们的动向。

列侬：是吧，所以谈一谈挺好。我们已经很久没有与外界交流了，而我们很享受这事，会玩得很开心。

《花花公子》：新唱片发行后你们会巡演吗？

列侬：唔，可能会。一个月前我还不能确认这事。但后来我想，干吗不呢？既然它令人愉快，既然它不会变成我们不想做的事，有时候站起来唱一唱歌真的很好，就像是做音乐这事真的很好。不过，我不想把交易、生意以及副产品和压力混为一谈，因为我不再需要那些了。有一次就够了。但当然，我乐意和洋子与一支好乐队一起上台表演这些歌（笑），真正去干一次，因为这乐队实在太酷了。他们刚录了专辑出来，整体都很好——我们之间有默契。我只是对周围要发生的一切有点小紧张，但我想这一回我们可能会处理得更好一些……

《花花公子》：照你们的想法来。

列侬：对。照我们的想法玩儿，因此要享受它。因为我们若不觉得享受，观众们也不会享受。在60年代末和70年代，我们确实做了很多开心的演出。各种不同类型的现场表演，从她的1968年的剑桥演唱会，我作为回授吉他手[1]，到麦

---

[1] 摇滚吉他手有时会特意站在音箱面前将拾音器对准喇叭，制造"回授"，以追求特殊的舞台演奏效果。

迪逊广场花园或者多伦多和平现场[1]，我们身后不是一支未经彩排的摇滚乐队，就是玩即兴。我们在所有这些演出上都玩得很开心，那就再开心一次。

《花花公子》：这张专辑会以我们今天听到的圣歌结束吗？"同一个世界……"

列侬："……同一个族群。"

《花花公子》：这又是一种——

列侬：潜意识信息，是的（笑）。

《花花公子》：是不是到那时困难时期就会结束——当我们变成同一个世界，同一个族群？

列侬：不，不，不。我们就是同一个世界，同一个族群，不管我们乐不乐意。我们可以假装我们被分成了不同的种族和国家，我们可以继续假装下去。但真实情况是我们就是同一个世界，同一个族群。

---

[1] 列侬与洋子受邀于1969年在多伦多"摇滚复活"音乐节演出，并录制发行了现场录音专辑《多伦多和平现场1969》。

27

《花花公子》：《想象》的下一步……

列侬：真的就是这样。《想象》里面唱道："好吧，这你能想象吗？""考虑考虑这个！"

《花花公子》：而现在你已经考虑过了……

列侬：现在你已经考虑过了……

《花花公子》：睁开你的眼睛吧。

列侬（兴奋地说）：是的，就是这样！就是这样！但我不想让它的印象像是："我是……"或"我们是觉醒的灵魂。你们是受到指引的羊群……"不是那样。那样说任何话都是危险的，你知道。

《花花公子》：尤其是对你来说，因为人们正在寻找……

列侬：人们正在寻找领袖。别跟随领袖，留意泊车码表 [1]……（轻声笑着）我们会陷入其中，但你知道，我们

---

[1] 鲍勃·迪伦的歌曲《地下乡愁蓝调》（"Subterranean Homesick Blues"）中的歌词。

并不需要领袖。我们可以有榜样，可以有我们欣赏的、愿意支持的人，诸如此类，但是领袖我们不需要。这又有点乌托邦了。我们都是概念上的乌托邦分子。所以我们不要一遍遍兜圈子：这是同一个世界，同一个族群。这是一个声明，也是一个愿望。（轻声笑着）欢迎来到《双重幻想》的彩排现场。

《花花公子》（指当天的录音）：在彩排中你会有一些特别的——创造的能量。我在今天的录音过程中明确地感到了，举例来说，那种感觉将通过唱片传递，但没有什么会比得上这种体验本身。

列侬：你知道，洋子到了极限。我也到了极限，但我是个男人……而你看到，她是真的到了极限，录音期间她哭了。然后，她一定是稍稍控制住了它，之后当她再次哭泣时，她把它释放出来了。女性就是有这个能力，让它直接表露。我也有那样的感受，但我不允许自己表露——我不会在工程师和《花花公子》记者的面前有意识地哭，但我几乎想跪下大喊"哈利路亚"之类的话，可能那样也不错。不过我想，好吧，你得张大耳朵——你知道，将一切理性化。（笑）"这里有重要的、严肃的工作——可不能痛哭流涕、多愁善感啊。得把音乐持续下去。"（平静地微笑）不过今天是相当好的一天，不是吗？

《花花公子》： 非常棒的一天。

列侬： 非常棒，简直不敢相信。

　　录音机再次发出咔嗒的一声，表明另一盘带子也录完了。"我想这就是说收工时间到了。"约翰说。我收拾着笔记、微型磁带和标准磁带，公寓里一片寂静。约翰笑着打趣我。"你们这些漂亮男孩，都在玩你们的小玩具。"约翰唱着，引用了洋子的歌词。"她对我们了如指掌，是吧？"约翰送我到电梯前，我向他道晚安。电梯门关上时，他说："今天真是美好又充实的一天。那么明天早上再见了，嗯？"

　　老旧的电梯吱吱嘎嘎地缓缓下降。我离开了达科他公寓，向夜班门卫道晚安。出去后，我在安静的纽约大街上等计程车。

4

当我第二天上午十点整抵达时，洋子的办公室显现出不同寻常的景象。摆满桌子的外间办公室里，一整面墙的档案，标签从"荷尔斯坦"排列到"棕榈滩"[1]，列侬的专辑封面和经过挑选的相片装饰着四壁。稍事等待后，我脱掉鞋子，穿过长长的白色地毯踏入内殿。刻花玻璃盒中盛放着奇异的埃及古物，诸如灰色的头骨和婴儿的金胸甲，在一众绿色植物的阴影中被优雅地照亮。一切都笼罩在蓝白两色的彩绘天顶下：波涛翻滚的白云，映射在镶着金边的角镜里。办公室的一端挂着约翰和肖恩的画像，两人都是齐肩长发，画像绘制于那一年初夏的巴哈马。画像下是一架钢琴。一个镶有象牙和玉石的橡木盒，摆放在黑铁包边的玻璃咖啡台上。玻璃下是一条金蛇，沿着横木蜿蜒穿过。一张巨大的豪华白沙发和一把配套椅，呈"L"状围在咖啡台边。椅子是洋子专用，平时她就坐那里主理

---

[1] "荷尔斯坦"，即洋子饲养并拍卖荷尔斯坦奶牛的生意。"棕榈滩"（Palm Beach），指在列侬去世前，列侬与洋子以 72.5 万美元买下了一栋棕榈滩的度假别墅，该别墅后来以 3600 万美元的价格售出。

列侬夫妇的生意，现在她就从那儿欢迎我。

约翰睡眼惺忪地拖步走进办公室，打了个招呼，盘腿趺坐在地板上。我们聊起专辑；洋子头一天给了我歌词。喝过第二杯咖啡后，我回到了昨晚的话题。

《花花公子》：你们俩的分手曾广为人知。媒体上的报道有多少是准确的？

列侬：这些媒体平时有多准确，对这件事的报道就有多准确：一丁点儿真相，再各种添油加醋。

洋子：准确的信息是我们分手了；但是对两个人分手这件事，他们不自觉地认为是男人离开了女人，可怜的女人痛苦万状、以泪洗面，而当他回心转意时，她为他的归来欣喜若狂。有件事真的让我难过——你知道，我们俩可是都谈过分居的事，并且都说过"就这样吧"，我们并没有哪一个人为此痛苦。我们只是觉得需要空间去想一想……

列侬：哦，我很痛苦——

洋子：好吧，但是——

列侬：我们交流过，但她把我赶出去了，这就是实情。

《花花公子》：为什么？

洋子：哦，我想我确实需要一点空间，因为我习惯了做艺术家，习惯了自由自在，诸如此类。然而当我与列侬生活在一起，我们就总处在公众视线当中，我失去了自由。不仅如此，我们俩无时无刻不在一起。

列侬：一天二十四小时——

洋子：二十四小时都在一起。我的压力尤其大，因为大家都认为我是那个把约翰·列侬从公众那里偷走的人。

列侬：没错！首先人们推测是她拆散了"披头士"，接着，她又阻止他们重归于好。所以这都是妈妈的错。也就这么些事吧！

洋子：不管原因是什么，我承受着很大的压力，我认为我的作品受到了伤害。我备受折磨，所以想摆脱这一切。我需要空间思考，所以觉得他去洛杉矶是个好主意，正好让我清静一段时间。

《花花公子》：把友伴遣走真是可怕。发生了什么，约翰？

列侬：哦，我先是想，嘀嘀！单身生活！嘀嘀，嘀嘀！然后某天我醒过来了，想，这是什么玩意儿？我要回家。但她不让我回家。这就是为什么这段分离是十八个月而不是六个月。我们一天到晚通电话而我一再说："我不喜欢这样。我控制不住了。我在酗酒。我麻烦大了我要回家去，求你了。"而她说："你还没准备好回家。"唉，好吧，那我回酒瓶里去……

《花花公子》：洋子，你当时的话是什么意思——你还没准备好？

洋子：我不知道，我是说……

列侬：她有她的处理方式。当她说还没准备好，那就是没准备好。

《花花公子》：回到酒瓶里？

列侬：是的，我简直疯掉了。失落的周末，整整持续十八个月。我一辈子都没喝那么多，我从十五岁就开始喝酒。而那一阵儿我真的想把自己淹死在酒瓶里，非常可怕的一段时间。我身体看上去不那么壮，但你得酒量惊人才能把我喝倒。我和这个行业里最厉害的酒鬼一起，哈里·尼尔森、鲍比·凯斯[1]、基思·穆恩[2]，等等，我们都无法自拔。我想哈里可能还在喝，可怜的混蛋——上帝保佑你，哈里，无论你身在何处——但是我必须摆脱这一切，这是会死人的。基思·穆恩死了。那感觉就像是，看看谁会先死。很不幸基思是其中一个，而我逃出来了。

《花花公子》：这些都因为与洋子分开？

列侬：是的。我受不了。我完全受不了。

《花花公子》：而基思、哈里和其他几位，也有各自痛苦不堪的原因？

列侬：是的，这就是那种"一起淹死在酒里"的情绪。"让

---

[1] 鲍比·凯斯（Bobby Keyes，1943—2014），美国蓝调吉他手、歌手。

[2] 基思·穆恩（Keith Moon，1946—1978），英国"谁人"（The Who）乐队的鼓手，摇滚史上传奇鼓手之一。

我们自寻短见，但以埃罗尔·弗林[1]的方式"——你知道，那种男子气概。想起这段我就很尴尬，因为我把自己弄成了大傻蛋。

《花花公子》：那应该就是报纸上渲染的列侬头戴着丹碧丝[2]到处跑的那段时间。

列侬：所有的事都被夸大了。关于丹碧丝的报道，源于那天我们在餐馆喝酒，就像往常的聚会一样。我刚好去洗手间小便，碰巧看见一张崭新、亮丽的——不是丹碧丝，是高洁丝——在洗手间里。你知道吧，有一个老游戏是把一便士硬币贴额头上，粘住。当时我有点儿喝高了，正好看到了那玩意儿，于是捡起来，拍在前额上（边说边比画着），就粘住了。我从洗手间回来，就当个玩笑。那就像是"披头士"以前在德国的故事：狂饮滥醉，疯闹，那几年全是这些故事。其中有很多重口味的恶搞，但如果是你现在去汉堡，你听到的故事就会不一样。高洁丝的事就有点像这个。我从洗手间走回来，在座位坐下，每个人都哈哈大笑，我就一直戴着，直到它掉下来，仅此而已。

---

[1] 埃罗尔·弗林（Errol Flynn, 1909—1959），澳裔演员、编剧、导演，塑造了一批热爱自由、行侠仗义的草莽英雄形象，最著名的代表作是《侠盗罗宾汉》；酗酒而死。

[2] 丹碧丝（Tampax）和下文中的高洁丝（Kotex）均为女性卫生用品品牌。

洋子：当时我听说了这事，心想，这有什么？

列侬："他头上贴个高洁丝，有什么大不了的。"

洋子：对了，这让我想起一件事。很久很久以前我们约会时，我正在做一些小东西，我送过约翰一盒高洁丝。是这样一件东西，你打开高洁丝的盒子后，里面有许多高洁丝卫生棉，再里面有一只红色的破杯子，一个"修补件"。你知道，照理说你该去修碎了的杯子。而这个作品的用意在于，当你打开一盒高洁丝，一层层地查看，结果发现有一个红色物品在里面时，我想他应该相当尴尬。（对约翰说）是不是啊？（诡秘地笑着）

列侬：只是因为那时我已经结婚了，我妻子很想知道这女人是谁，居然送我一盒高洁丝。（大笑）你知道，我那时候还不太了解她的工作。当我遇见了她，我们悄悄约会而……我不知道该怎么办。"哦，这其实是一位艺术家的作品，亲爱的，这没什么。只是——她刚好在与高洁丝合作。一个前卫艺术领域，高洁丝，你瞧。"她母亲就在旁边——就是我前妻的母亲——她们都看着：一个女人送来一盒高洁丝，而我和她本该是柏拉图式的关系，当时确实是这样。

洋子：是的，是这样。

列侬：所以在我们俩的生活中，高洁丝曾经是件大事。

洋子：他依然是约翰，行事还是那个样子。他没有伤害任何人。而且这件事其实很有意思，不是吗？

列侬：谢谢你，亲爱的。她是那段时间里唯一没让我失望的人。因为第一，她知道我正承受着可怕的痛苦；第二，她说："头上戴个高洁丝又怎么了？"

人们都在议论我是否在餐馆里过于喧闹，或者我是否在头上戴了个高洁丝，其实这都是无伤大雅的酒后乐事……我给洋子打电话，她说："这是好事。"我打电话本想说："惨了，我麻烦大了。他们都在议论高洁丝和我在音乐会上大叫。"而她说："那又怎么样？你没伤害任何人。"我想，好吧，好的，她压根儿不介意。我才不管《滚石》杂志的记者喜不喜欢。她让我对这件事感觉很好，尽管想想我在公共场合的失态还是很尴尬的。

我小时候就是这样，你知道，上艺校的时候。如果你去我学校，打听我在那儿的学业，你就会看到我主要的事迹就是醉酒。等你长大了、出名了，这些事情就有了另外的意味。我在想，他们凭什么攻击我？他们总是在谈论过去的好时光，什么弗林和那些老伙计们喝得厉害，把镇子都平了：那些真正的男人。但当到了今天，当谈论的对象是摇滚歌手，事情就变成了"他们怎么能这样？"，这让我想起我的姨妈，她喜欢在书里读到奥斯卡·王尔德和梵高这些艺术家，却受不了和怪人同处一室。

假如我像狄兰·托马斯那样死了，人们会说："死得多奇妙、多有趣啊。"因为我活着，就不是那么奇妙。那是我人生中最糟糕的一段日子。

洋子（若有所思地看着约翰）：但在那十八个月里，我们是非常好的朋友，不是吗？我是说……

列侬（对洋子说）：嗯，你在悬崖边缘拉住了我，你知道。（转向我）她一直在支持我，说"好好注意健康"之类的话。而当我说："我要——回家。""现在还不行。"

《花花公子》：这是 1973 年和 1974 年？

列侬：我不记得了。不过我的生活都被专辑出版记录着。我们当时正在制作《摇滚乐》[1]《墙与桥》以及哈里的专辑，

---

[1] 《摇滚乐》（*Rock 'n' Roll*），列侬的个人专辑，发行于 1975 年 2 月。

菲尔·斯佩克特带着磁带跑掉了，还有哈里·尼尔森和一大堆的豪饮和疯狂事。后来我清醒过来，带着磁带回到纽约，因为我想回家与洋子重聚，我也想完成录音带，想离开洛杉矶，摆脱酗酒。我回到家，她仍然不愿意我回来，所以我可以说是在纽约闲逛了一阵儿，一直打电话："我能回家了吗？""你还没准备好。""我准备好了。""不，你没准备好。"

《花花公子》：洋子，你为什么要把约翰赶出去？

洋子：因为许多事。我是那种我称之为"一直向前"（moving on）的女孩，我们的新专辑中有一首歌就唱到这个。我一直在向前走，而不是去处理感情问题。这就是为什么作为一个女人，我是极少数幸存者之一，你知道。女人通常更在意男人，但我不是……

列侬：洋子把男人视为助手。

洋子：是的。（笑）我是这样，不错……

列侬：有不同程度的亲密关系，但助手是最基本的。而这个助手要去撒泡尿。（他走出去）

洋子：我对此无可奉告。但当我遇上约翰时，女人对他来说基本上都是身边为他服务的人。他不得不敞开心扉面对我——我不得不看看他都经历了什么。但……我想我得继续"一直向前"，因为我为和约翰在一起感到痛苦。我想从列侬夫人的角色中解脱出来。

《花花公子》：但还是不太对。你说有一部分问题是你们腻在一起太多了——每天二十四小时。但是现在你们就是每天二十四小时待在一起。

洋子：这里我必须澄清一下。社会对于一段感情有那么大的作用，这是很奇怪的，但情况就是这样，因为我们都是社会动物。我们都是社会中的人。两个人的感情并不孤立于社会之外。（约翰回到了房间）假设一个男人娶了一个非常有名的女人——我相信同样的事也会发生。这是个非常艰难的处境。

列侬：把位置对调一下，我就是小野先生。

洋子：那样你会很丢脸，你会想逃离。不是你不爱她，而是因为你感到，你受不了这处境，因为这是一个你被阉割的处境。社会不明白女人也是会被阉割的。我就感到被阉割了。在那之前我的状况很好，谢谢你。不管怎么说，若没有你，我的作品可能卖出去不多，我可能会更穷。但我的自尊完好无损，我的状况很好。最丢脸的事是被人看作寄生虫——被喂养的那种人。在这种情况下，男人会觉得自尊心受挫，诸如此类的感受，但莫名其妙的是，社会会认为如果你是个女人，那么一切都好。

列侬： 有一名"披头士"的身居上层的助手，我不说他的名字了，在我们一起共事的早期，他曾经俯身靠近洋子——在苹果公司有一间约翰和洋子的办公室，我们会在那里举行冗长的、疯狂的新闻发布会，宣布我们的各种事情：比如我们都会穿上袋子，各种事情——他俯身说："你知道，你不必工作，你的钱够多，既然你是列侬夫人……"这大约是 1968 年。在那些日子里，我想说："哦，别担心……"但到了 1973 年，你知道，持续几年的那种态度会把你阉割掉。是这个词吧？

洋子： 正是。我被阉割了。

列侬： 而且，即便没有那些麻烦事儿，我做我自己就够受的了……

洋子：你看，我总是比绝大多数男子还更有男子气，从某种意义上来说，无论何时当我有了类似结婚的这种状况，我都会是那养家的人。我不想干待在家里照顾孩子这类事。我总是会去养家。所以突然间，我和一个在收入水平上不可同日而语的人走到了一起，那我该怎么办？我的自尊心一直在受伤害。早些，当约翰还是"披头士"一员时，我们待在房里，约翰和我躺在床上，门关着，但是没上锁，这时"披头士"的一个助手走进来，和他说话，就好像我不存在一样。

列侬：他习惯见到我跟人待在床上，所以任何女性都像是不存在。

洋子：真是令人心惊肉跳。我是隐形人。

列侬：当她向我抱怨这件事时，我并不明白。我说"他是亲爱的老查理"或别的什么话。"他跟了我们二十年了……""她会想通的。"

　　录音室里也发生过同样的事情。她会对录音师说，"我想要低音更重一些或高音更重一些"或"你加的东西太多了"，而他们就会看着我，说："约翰，你是什么意见？"

那些日子我自己都没注意到。现在我明白她在说什么了。就像在日本,当我用日语说要一杯茶,他们就看着洋子问:"他要一杯茶?"——用日语。

《花花公子》:了解洋子之后,我无法想象她会轻易接受。

列侬:是的,她寸土必争。

洋子:直到最后我还是受不了。我根本不会有这种难题,如果我没有跟……

列侬:约翰。就是约翰。

洋子:跟约翰一起。而约翰不只是约翰,他也代表他的乐队和乐队周围那帮人。当我说约翰,他不只是约翰——

列侬:就是约翰。J-O-H-N。来自 Johan 这个名字,我觉得是这样。

《花花公子》:所以你遣他走。

洋子:是的。

列侬：她还是不能容忍傻瓜，即使她嫁给了他。因此无论怎么说，我们允许自己受外部影响和压力左右，以至于我们会爆炸。就是这回事。压力太大，我们炸了。

洋子：社会会毁掉一个人。事情就是这样。

5

门铃响了。接我们去录
音室的车到了。公寓门口，
一个少女走过来与约翰搭讪：
"你什么时候重返'披头士'
乐队？"约翰厉声答道："你什么时候重返高中？"

这一天的录音——洋子演唱《吻吻吻》（"Kiss Kiss
Kiss"）的主唱部分——提前结束。回到公寓，我们的谈
话继续。

《花花公子》：最后你们是怎么和好的？

洋子：是这样，西海岸的朋友们一直打电话来，说："听着，
你最好过来一趟，他真的是一团糟……"而我会说："是
吧，他只是闹一闹。"诸如此类的。而生意人认为，嘿，
这可是约翰·列侬，一件贵重物品——你可要照管好。

列侬：是呀，我是资产。不是性交对象，但还是某样东西。

洋子：我是负责处理这事务的人。对他们来说就是这样——他的妻子，所以来照顾他吧。但是我也有非常复杂的感情。我可不要这样做——"过来接他。"但我听说他在纽约正在做埃尔顿·约翰（Elton John）的演唱会，我就去听了——这对我来说是一件很奇怪的事。

《花花公子》：在麦迪逊广场花园？

洋子：是的。所以我去了那里，在观众席上看他，大家都疯了一样地鼓掌欢呼——当他出现时，房子都在震——然后他在那里鞠躬，但我看到的不是这样。不知怎么的，我觉得他非常孤独，我就开始哭。我旁边的人问："你怎么哭了？""我没哭。"我记得我说。但不知怎的，我突然感到台上的他是个非常孤独的人。他需要我。仿佛我的灵魂突然看到了他的灵魂。所以我去了后台，说你好，他也说你好。

列侬：我们有一张那次相聚时刻的照片——看上去有点害羞和腼腆。一位摄影师碰巧抓拍了它。如果我知道她在观众席上，我就不可能继续演出下去。那对我来说已经够难的了。我能做下去是因为我答应了埃尔顿。他曾在单曲《让你度过夜晚的一切》（"Whatever Gets You Through the

Night"）中献唱，后来这首歌成了《墙与桥》专辑中的一首。他在歌里唱和声，活儿干得可真漂亮。所以当初我有点儿半心半意地应承他，如果《让你度过夜晚的一切》成了第一名——虽然我觉得不可能——那么我就会和他一起去麦迪逊广场花园的现场。所以有一天，埃尔顿打电话来说："还记得你答应过……"又不是我答应过什么经纪人，所以我突然不知所措。毫无准备，我就突然得上台演出。

然后她就在那里。（微笑）

《花花公子》：接下来呢？

洋子（笑）：我们约会了。我们当时也觉得好笑。真就像重新开始认识彼此。我还不确定。我在想，我要回到那些——嗯——麻烦里去吗？

列侬：那个疯人院……

洋子：所以我不确定，你知道。

列侬：因为让我回来不仅仅是——你得到的不只是我，对吧？她必须做出权衡，看让我回来是否值得，回来的不只是我，还有伴随着我的神话。

48

洋子：所以我想，我要再一次进入这段关系吗，仅仅因为我看到了他的灵魂什么的？所以我有些犹豫。有些时候，当我们真的觉得，啊，如果不在一起我们就是疯了吧，我就会思考这一切，最后说："好吧，你最好现在就走。"有一次我演出回来，有人告诉我约翰来了。他们说："哦，我们把他安置在客厅里，可以吧？"我就去了客厅，他就在那里，我们打了招呼，然后就那么趴在彼此的肩膀上哭，这么哭的时候，我心里想的是，好吧，哭哭也好，但这意味着那整个混乱又来了。所以好的，好吧，再见……但我们为此而哭泣。这真是非常难。

列侬：这能拍成一部很棒的电影。（笑）于是我们意识到，在我们的光环中有许多洞——我们这样称呼它——需要我们小心弥合的地方。

洋子：我们必须褪去我们的光环。

列侬：我们必须褪去……我们分居的那一段时期。我们不得不用某种方式把它洗掉，这是一个微妙的操作——几乎和第一次见面到彼此知根知底的过程一样微妙。

《花花公子》：为了让一切重新运转，有什么变了？

洋子：嗯，我开始慢慢意识到约翰根本就不是那个麻烦。约翰是个很好的人。是社会变得太难以承受。我很感谢约翰的智慧——

列侬：现在，编辑们，注意了——抓住那个词没有？

洋子（笑）：——他很有智慧，明白这是挽救我们婚姻的唯一办法，不是因为我们不相爱，而是因为这一切对我来说太多太多。如果我以列侬夫人的身份回来，什么都不会改变。

《花花公子》：那么是什么变了？

洋子：对我来说，管那摊生意是好的，让我重拾自尊，明白我能做什么。知道他需要什么是好的，角色转换；这对他来说太好了。

列侬：我们意识到，最好是我们俩都为这个家工作，她经营生意，而我扮演母亲和妻子的角色。我们重新安排了我们的次序。第一要务是她和家人，其他一切绕着它转。

洋子：领会到这一点很难。如今社会更喜欢单身人士。鼓励离婚、分居、单身或同性恋——随便啦。企业需要单身人士——若没有家庭纽带，他们工作会更努力；不需要为家人付出太多；不必担心晚上或周末必须回家。通过把人从家庭生活中解放出来，他们把人拉进了资本主义的陷阱。要使资本主义加速发展，最好每个人都单身。对家庭或个人感情，没有太多的情感空间。

列侬：还有个原因——这样一来，每个人都要买自己的电视、自己的电话、自己的公寓、自己的衣服。你知道，任何东西都不再与人分享。

洋子：选择事业而不是选择家庭生活似乎很好，只是通过选事业，人们也选定了公司。他们的心不再无所着落，而是与公司连在一起。更忠于职守的员工被提拔。他们真的变成了更有效率的部件。

我们有基本的人类情感，对吧？身体。女人有子宫。但是为了竞争，我们否认这种情感。一个女人若想成功，就得否认她所拥有的，她的子宫。这是欺骗：麦迪逊大街的干练女人被视为"自由"女性。"自由"意味着我们变成了妓女。我们服避孕药，把丹碧丝塞进去，这样对男人更方便。然后我们意识到吃药会致癌。卫生棉会致癌。我们看起来不错但我们在走向死亡。

列侬： 你走了很长的路，宝贝。

洋子： 那就是新女性的组成部分。似乎只有特权阶层才能有家庭。今天，或许只有麦卡特尼家、列侬家之类的家庭。

列侬： 其他人都变成了工人兼消费者。

洋子： 然后老大哥[1]将决定——我讨厌用"老大哥"这个词——

列侬： 太晚了。它已经在磁带上了。（笑）

洋子： 但最终这体制——

列侬： 老大姐——等待她降临！

洋子： 这体制将决定："好了，你们中的一些人将进入婴

---

[1] 老大哥（Big Brother），指乔治·奥威尔的反乌托邦小说《1984》里的统治者。

儿生产部门。"

列侬：将会有试管和孵化器。然后是阿道司·赫胥黎[1]。

洋子：不，不，等一下。我们不必走那条路。我们中有些人可能会觉醒，意识到我们不必否认自己的器官——

列侬：我最好的一些朋友就是器官——

洋子：那张新专辑——

列侬：你把这意思带进了新专辑里，非常好——

洋子：——新专辑在对抗着这些东西。我们想传递的信息不算时髦：家庭、情感、孩子。

列侬：对。我们谈论的是平常事物。通常当你在一张唱片上看到一男一女，会仿佛听到他们在说"我爱你"，对不对？这是最基本的东西。但这张专辑不是像"艾克和蒂娜·特

---

[1] 指赫胥黎在小说中描写的情境。赫胥黎（Aldous Huxley，1894—1963），英国作家，著名反乌托邦小说《美丽新世界》的作者。

纳"[1]那样的男女对话。

洋子：我们更像是在把我们之间发生的事讲出来。有时感情高涨，有时低落……

列侬：它很诚实。不是性幻想，不是像媒体报道的那样。（讥笑）"他们把他们的性幻想放进了一张唱片！我的天啊！"是啊，我看过这些报道。我都看过。就像我们做床上行动那会儿。他们全冲进门，以为我们要在床上乱搞。而其实我们只是拿着和平标语坐在那儿。

《花花公子》：这张专辑是你们俩之间的对话。它有多少是自传性的？

列侬：这个问题如果你明年问我，我可能会给你另一个答案，但现在我会说，这完完全全是自传。这是我们过去五六年的事。就像是一部电影，尽管，剧本在不停地变。当你把场景从这里移到那里，故事本身会改变吗？我不知道。所以的确有一条主线，一个故事，但是我们置换了场

---

[1] "艾克和蒂娜·特纳"（Ike & Tina Turner Revue），美国黑人蓝调与灵歌音乐双人组合，两人曾是夫妻关系，后离异。

景。至于它是否完整——嗯，就像"谁杀了 J.R.？"[1]，拿到下一张专辑就知道了。它就像《现代启示录》！有两三个结局。我不确定它会如何结束。我们有个想法，一开始像这样，然后有一个场景，他说是这样而她说是那样，有时他们有双方对话，我是说有时我们一起唱……

洋子：但它也不仅仅是要展示发生了什么，更主要的是讲我们从这些经历中得到了什么。你会看到，它反映了我们从生活中学到的那些东西。

列侬：对。与其说这是日记，不如说有点像是写过日记之后，回头看看，问："从这里我得到了什么？"它是对已经记下的东西的反思。

当然，它是艺术的，因此不能字字较真。我们用真实状况写歌。《失去你》（"Losing You"）显然讲的是我们的分居，但它实际上写的是我和肖恩在百慕大时，我打不通她的电话。

她当时在纽约，要回来度周末。我们就像这样："妈妈要来了！妈妈要来了！"你知道，这是角色转换，就像"爸爸要来了！爸爸要来了！"，就好像爸爸在国外，去了德

---

[1] "谁杀了 J.R.？"是美国哥伦比亚广播公司于 1980 年为宣传电视连续剧《达拉斯》而设计的一句广告语。

国或者什么地方一样——不同于爸爸离开家而一家人待在家里，现在是一家人离开家而爸爸一个人待在家里，因为那个爸爸兼妈妈在办公室忙。我们就这样："她就要来了！她就要来度周末了！"

所以见到她我们欣喜若狂，但她和我们在一起的整个时间里都在打电话。我们听到她在电话里卖那个奶牛，我就开她的玩笑，因为我不知道发生了什么。直到后来，我才知道这是件什么事。只有洋子能把一头奶牛卖出二十五万美元……

所以她回家之后，我想给她打电话，但打不通！那个周末之后，我如此沮丧，但就是打不通！我写了这整件事，但我一半在想的是那真正的分离。直接的感觉是，无法联系到她，无法打通电话，她在溜走。这真是把我逼疯了——时间久得足以写成一首歌。

《花花公子》：把一首歌和它的创作联系起来很奇怪。你是否对你歌曲传递的情感有所意识？

洋子：流行歌曲是一种很有力的沟通方式。大多数人以为，你写首流行歌曲是因为它是一种非常商业化的方式，你可以通过它赚大钱。根本不是这样。流行音乐是人们的沟通方式，你知道。试图与大众交流的知识分子通常以失败告终。这就像试图用古德语或法语在日本交流。如果你去日本，说日语。忘记所有的知识垃圾，所有那些老规矩，认真对待那真实的感觉——简单、良好的人的感觉——并以一种简单的语言去表达，让人们理解。别扯淡！如果我想与人交流，我应该用他们的语言。流行歌曲就是这种语言。这是一种很有力的沟通方式。

还有一件事，我们正越来越多地意识到声音的治愈力量。确实，某些声音会治愈疾病，治愈世界上的各种消沉。一首流行歌曲可能很短，但它极其有力。

列侬：心跳也是。

洋子：没错。整张唱片之下是心跳。音乐因那种颤动而传播，所以你必须非常小心你传递出去了什么。

《花花公子》：那么你们的目的不仅仅是娱乐，是希望这唱片将鼓舞和推动人们以一种不同的方式感受和行动——这正是人们想从你们这儿得到的：生命的某种药方。这是不是超出了你们想选择的责任？

列侬（断然地说）：不。这样说就跟说"披头士"引领了60年代差不多成了一回事，但事实不是这样。（说得更快、更清晰了，似乎这是一首有节奏的吟诵）领袖理念是个伪神。如果人们想的是利用"披头士"、约翰、洋子或无论谁，那么只是期待他们能为自己做些什么。这不会有什么好结果。而这些人就是那种无论如何也理解不了任何信息的人，就是那些将追随希特勒、文鲜明牧师或者随便谁的人。追随不是这张唱片的意义，它的意义只是留下信息——"这就是发生在我们身上的事。嘿，什么将在你身上发生？"我们在寄出明信片和信。这是我们在干的事。这就不一样了。你明白吧？

《花花公子》：但是你认为大多数人会像预期的这样接受它吗？

列侬：我不知道。你做了一顿饭，而人们吃饭，你可以从他们脸上的表情看出他们对这顿饭的看法。我有一个充满希望的夙愿和祈祷，希望人们能以它被寄予的精神接受它——带着爱、许多汗水和两个人的人生阅历。

《花花公子》：而你的明信片确实留下了信息——关于从《上帝》到《想象》再到《双重幻想》里的歌曲的一切。

洋子：让我这样解释吧。人们认为幻想不同于现实，但幻想几乎就是即将到来的现实。每个人都创造幻想，所以每个人也都创造现实。如果你这么看的话，那么就会看到，乔治·奥威尔将创造出《1984》的世界。我认为，这是男性物种的普遍趋向——创造那样一种幻想。

约翰大声咳嗽，然后咯咯笑了起来。"他咳嗽，括号。"他用手指在空中画着想象中的括号，就像《花花公子》杂志在出现这样的旁白时注明的那样。洋子未受影响，继续说下去。

洋子：就像 H.G. 威尔斯[1]。人们说："难以置信！他过去所说的，现在正在发生！"但实际上那不是预言，而是一种祈祷形式，这使它在现实中发生了。

列侬：我同意这种观点。自从我们认识之后，这么多年她一直跟我这么说。他们把这叫做什么？心想事成。前几天我看到一篇文章。（对洋子说）记得吧？我给你看过。这家伙预言了第三次世界大战，并指出是什么世界事件会导

---

[1] H.G. 威尔斯（H. G. Wells, 1866—1946），英国著名科幻小说作家，著有《时间机器》《隐身人》等。

致这场战争。现在他们都在说："哦，看，事情正在像他说的那样发展！"我们的游戏，或者不管它叫什么，一直都是一样的。那一类文章实际上是战争广告，最终制造了战争，与此同时，我们却做和平广告。

当我们做床上行动时，我们把这些话告诉记者们，他们回应："啊哈，是的，当然……"但是记者们说什么无所谓，重要的是，不管怎么样我们的广告推出去了。它就像是另一种电视广告。每个人都对它不屑，但每个人都知道它、听到它，并购买产品。我们在做同样的事情。我们把"和平"这个词放在报纸头版，放在所有那些关于战争的文字旁边。

《花花公子》：你们希望那些主观愿望将创造出新现实？

列侬：就是这样。你已经领会了。

《花花公子》：这也解释了洋子的歌曲《艰难时期过去了》。我很难理解它。困难时期还远未过去。但是说艰难时期过去了，它就会过去？

列侬：正是。

洋子：但也要注意，我说的是"艰难时期暂时地过去了"。

我可以简单地说"艰难时期过去了",但这是非常微妙的一件事。这就像编织,进进出出得很慢。你必须慢慢来。说"艰难时期暂时过去了",是一种微妙的祈愿方式。不像是说:"我想永远活下去。请保证我永远活下去。"不是那种傲慢。这可能会发生,但会有强烈的负面效果。所以我想要更细腻的,骑在阴和阳的波峰上的,呼和吸。我不是想要什么傲慢自大的东西。这是公平的,是可能发生的。

列侬:这和我们的《给和平一个机会》是同样的理念。不是"你必须拥有和平!",只是给和平一个机会。我们没有宣讲任何的福音——只是说,大家觉得变成这个版本怎么样?我们认为我们有权利对未来发言。我们认为未来就生成于你的头脑中。

洋子:我觉得与其说我们,如果你指的是我们两个人,不如说我们所有人都是未来的一部分。未来已经在我们心中。我觉得世界在变并且充满生机,因为有些人真的知道,他们所想的一切真的会发生。这并不是什么高深的、智识层次上的问题,而是我真的相信,无论你想什么,它都会发生。所以我们甚至要对自己的想法负责。我们都有非常负面的想法，这样那样，我并不是说我们要压制它们，但是应该以某种方式将它们转化为正面的东西。

《花花公子》：如果约翰和洋子出了一张预示末日的专辑——

列侬：我想我们不会把它放出去。我们会挖好战壕，储备粮食。（变得严肃）世界末日未必如此。不一定会这样，像他们以前常说的。

洋子（笑着摇头）：我不明白为什么人们总是展现负面的东西，不过你用不着害怕放出负面的东西，既然事物都有另一面。我们身上确实都有一些脏东西，但我们不应该害怕把它放出来，只要最后我们会迎来积极的阶段。这张专辑有一些歌曲可以认为是负面的，但是与此同时我们可以诚实陈述这些感受，这又是非常正面的，由此我们得到了一定的救赎。有负面的一面，释放出来，唱出来，并摒除它。唱一首负面歌曲并不意味着我们要建立一个负面的幻想。相反，我们用那负面去得到正面。

这之前，约翰一直在谈《失去你》，解释说他已把歌名改为《（我怕）失去你》（"[Afraid I'm] Losing You"），因为担心这个不当的标题或许会成为一个预言，最后真的会应验。

6

《花花公子》：所以，那些负面的、暴力的幻想来自何处？

列侬：所有科幻作家和电影制作者，通常是男性，都在展现一个又一个危机——人们穿着宇航服在太空中进行的第三次世界大战。这个信息，男性信息，正在被传递出来。

《花花公子》：为什么你们认为男性信息一贯是暴力的？

洋子：可能有生物学上的原因，男性会投射暴力形象，因为我们——

列侬（疲倦地叹了口气）：唉，让我们歇会儿吧——

洋子：——因为我们有子宫，你们势必就会有子宫妒羡。

《花花公子》：像阳具妒羡的另一面？

洋子：噢，不是一码事。你去问问女人。从来没有哪个女人经历过阳具妒羡。我们从没有过。书上说我们应该有，但是看看是谁写了这些书。我们从来没有阳具妒羡。然而男人确实有子宫妒羡，因为我们直接连接生命，我们给予生命——

《花花公子》：而传统上男人制造战争，夺走生命。

洋子：是的，不过你一旦意识到了，这个传统就会被轻易地改变。

列侬：许多个世纪以来，女性的信息一直不被倾听或听到，倾听或听到是刚刚才开始的。尽管有一种叫"妇女运动"的东西，但这就好像社会吃了点泻药然后放屁一样。它们真的还没好好拉过呢。真的还没开始呢。种子是1960年代某个时候种下的，但真正的变化是缓慢的。

洋子：这是改变意识的问题。当约翰第一次读伊丽莎白·B. 戴维斯的《第一性》（*The First Sex*）时，他熬夜读到很晚，然后开始哭。我觉得他真的感受到了巨大的负罪感，因为男性一直在让女性承受着某种东西。之后，在过去的五六年里，他有意识地转换角色，经历了一种全新的体验，这激励他写出了这张专辑中该类型的歌曲。

另一方面，我是那种真的不了解男人的女人，而通过他，通过约翰，我对男性在这个世界上的奋争明白了许多。我了解到男人也受苦。他了解了女人的苦。现有的社会结构造成了很大的痛苦，改变它的唯一方式是意识到这一切。这听起来很简单。这很简单。大部分重要的事都很简单，就像呼吸。你知道怎么做。只是改变意识就够了。我们甚至不需要做太多。

我们正在走的路存在着很大危险。之所以会这样，一部分是因为劳动分工。这是很久很久以前就确立的——男人出去伐木而女人在家养育孩子，这样更方便。这就开始了男人狩猎的整个循环和所谓的狩猎本能，顺便说一句，我们也有这种本能。劳动分工造成了这个问题。所以女人的声音变成了无声的声音。男人相信语言表达。男人相信媒介，比如写作。女人确实也会写作，但她们更相信"通灵式"的沟通方式。现在她们正试图像男人那样行事，这是相当危险的方式。从某种意义上说，这是一种健康的改变，因为她们不再墨守成规，因为我们在尝试、探索全新的领域。从这个意义上说，这是鼓舞人心的，也是健康的，但也有风险——我们可能会变成男人，我们可能会变成一个男子气的社会。

列侬：我知道相互比较令人厌恶，而与所谓的黑人运动比较尤其令人厌恶，但这确实有点儿像第一次黑人觉醒运动。首先，有一种模仿白人的倾向，把头发拉直，诸如此类。而后，他们突然想，我们到底他妈的在干什么？我们必须做自己。我们自己就很漂亮，虽然还有拉直头发之类的事。这不是贬低，这是自然进化。

洋子：我们总是争论，比如我们该不该送肖恩去上学。我不认为有什么理由该送他去上学，因为他应该在自己想做的时候再去学语言、学写作，诸如此类。事实上，长期没有写作知识的孩子会变得更通灵。所以这也是……

列侬：保持更通灵……

洋子：哦，对的，保持。保持更通灵。一点儿没错。所以从这个角度来看，女人不是语言性的。在这样、那样、任何模样上，女人都跟男人不一样，我认为我们的思维方式和感受方式确实会有助于世界。

列侬：来拯救世界怎么样？

洋子：拯救世界。没错。所以改变这一点会很遗憾。

列侬：但改变一旦过了潜伏阶段，就会产生一场对话。结果将是，男人的直觉、通灵能力或随便你想用什么词，那些我们已经失去了的，将被重新开发。女性的其他潜力将得到发展，而我们将平等地分担职责——根据每个个体的……那个词叫什么？

洋子：能力。

列侬：对。每个人都是在领导，而不总是委托，让一个黑人做这个，一个孩子做那个……

《花花公子》：约翰，要真正理解女性，真的需要换位到她们的角色才行吗？

列侬：对我来说，真的需要。我不能代表所有男性，尽管我能够试着以此类推。对我而言，我需要为改变做出一个承诺。

《花花公子》：受到了像《第一性》这样的书的启发？

列侬：是的，通过阅读，也通过和洋子一起生活。她不让任何东西轻易溜走。

但是决定做出这个改变，就像决定"我要成为一名音乐家"之类的一样。过去我一直喜欢音乐，但存在着一个节点，我说："我要学会这件乐器。我真的很想入这个门。"所以改变的机会不仅通过洋子呈现给我，还由于我有了一个孩子，我处在一个具体的境况中，这时我才开始改变。在与移民、诉讼案件等事情斗争多年之后，我几乎别无选择，只有叩开这扇门——而通过这扇门，我永远地改变了自己。

就是这样。事情发生的原因很多很多，但我举出来的这些是其中儿个好的。

《花花公子》：你做了那个决定之后，过得怎么样？

列侬：和任何人一样，有起有伏，但我们知道什么是最重要的：在一起。正如她所说："当两个人聚在一起……"

洋子：当两个人聚在一起时，你无所不能。两个人聚在一起的力量非常强大。

《花花公子》：这非常鼓舞人心，可是没有那种爱和陪伴的人呢——所有那些独身的人？

列侬（严肃地说）：去得到它。

洋子：是的。

《花花公子》：就这么简单？

列侬："去得到它"是一种反过来的说法，意味着如果你愿意接受这种可能性，你——

洋子：将会得到它。

《花花公子》：你是否同意，有了它，世界上的一切都会变得不同？

列侬：绝对的。这是死生之别。

洋子：在实际层面上，两个人祈祷、许愿，无论做什么，力量都是强大的。

列侬：是这样一种意念——"让我们看看要一起祈祷什么。让我们通过设想同一幅图景，投影同一幅图景，让它变得更强大。"这就是秘密所在。因为你们可以在一起，却投射出不同的东西。

洋子：双重幻想。

列侬：同一时刻的双重幻想。在那一刻，你会得到最强烈的幻想，无论它来自谁；或者你只得到一片混乱。但不管怎样，你都失败了。

洋子：当然，他有不同的梦想，我也有不同的梦想。这是个问题。换句话讲，当你说两个人想要同一个东西，这不总是发生。所以当它发生时，它真的很强大。有时两个人或许在祈祷，但同时，一个人可能在想别的事。那样它就不会发生。那种一致的愿望或祈祷不是那么简单就会有的。我们走了很多不同的路，但最终走到了一起，希望一切会好起来。

7

《花花公子》：在远离公众的新角色中找到这样的满足和快乐之后，你为什么又要重返公共生活呢？

列侬：你吸气，然后呼气。我们在长时间呼气后再吸气。《易经》称这为"打坐"。你什么都不做的时候，比你看似在做事的时候会发生更多事情。虽然五年来我和洋子好像什么都没做，但我们真的做了很多。打坐是描述这状况的一种方式。打坐，你瞧，神奇的事情发生了。而现在我们不再打坐。现在我们四处走。也许几年后我们会再打坐。因为人生很长，我想。

所以现在我们在呼气。一个人必须兼顾两面：后退与扩张，潮起与潮落。吸气和呼气，比一直呼气要好得多，那样你会上气不接下气的。同样，我们也想这么做，我们有话要说，正如前面我们已经谈过的。

《花花公子》：是洋子使你，或者说允许你可以吸气的吗？

列侬：也因为我够聪明，能赶上。我是说，当可能性在我面前出现时，我看得见。

《花花公子》：可你离开"披头士"的时候，不是已经做到了这一点吗？

列侬：嗯，那是一次类似经历，是的。当时我很害怕离开"披头士"，但1965年我们停止巡演后，我就一直在寻找离开的机会。也许保罗也这样吧——我不知道。我不能代表别人说话。

但是，唔，我与迪克·莱斯特（Dick Lester）一起拍了部电影——《我如何打赢了那场战争》（*How I Won the War*）[1]——一部没有多少人看过，却让我获益良多的电影。这么说吧，逃走让我获益良多，那是一种抽离。当时我在西班牙阿尔梅里亚。顺便说一下，我就是在那儿写了《永远的草莓地》。我在那儿待了六星期，这让我有时间去思考，和其他"披头士"分开，但我仍在工作，而不是一个人待家里。就像很多人那样，我在那里时常常想：好吧，如果我不做这行，我又能做什么？

所以从1965年开始，我就有点模模糊糊地在寻找一

---

[1]　英国战争喜剧片，由迪克·莱斯特导演，约翰·列侬参与演出，1967年10月上映。

个去处，但我没有勇气真的独自上船，把船推下水。所以我有几分在徘徊，恰在这时，我遇见了她然后坠入爱河，哦，那就是——"我的天啊！事情和以前不一样了。另一幕开始了。我不知道这是什么，但这很好。"（轻声笑，望着天）谢谢，谢谢你，谢谢你！这胜过做一张热门唱片。这胜过了金子，胜过了一切。这胜过了。这是件难以形容的事。

事情就是这样。只是我们太自我投入了。虽然我确实把自己从"披头士"中解放出来了，但精神上没有。在精神上，我仍然把"披头士"留在脑海深处，然而最初的爱遮蔽了一切：一切都在聚光灯下，你想让每个人都像你一样快乐。这让人头晕目眩。再接下来，爱变得不同了，可以放慢一点了。不是变少了，只是不一样了。这样一来，我就能把还在身上的这些垃圾都清出去，它们影响了我的思维方式和生活方式，影响了我的一切。最后，我终于把自己从精神上，也可以说，从精神"披头士"、60年代或随便什么当中解放出来了。所以第一步是身体上的脱逃。第二步是精神上的脱逃。

《花花公子》：可你已经离开了，显然是完全地离开了，从组建"塑料小野乐队"[1]开始。

---

[1] "塑料小野乐队"（Plastic Ono），1970年列侬和小野洋子所组的乐队，除了他们二位之外，没有其他固定成员。

列侬： 不错，可那阵子有关"披头士"的一切仍困扰着我，就像现在很多其他人一样——"他们什么时候复合？""你是怎么看保罗的？"你知道，我并不想……

《花花公子》： 在我们今天去录音室的路上，那个姑娘问你："你对保罗有什么看法？"你回应说："你什么时候回高中去？"

列侬： 嗯，它们是一回事，你知道。我和我的那些老伙计，已经结束了。我遇见了洋子，就像你遇到了你的第一个女人，你离开了酒吧里的那些家伙，你不再去踢球了，不再去玩台球了。也许有些人喜欢每周五晚上干这个，继续和男孩们保持这种关系，而我一旦找到了那个女人，男孩就变得没意思了，他们变成了单纯的老朋友。你知道，就像："嗨，你好吗？你妻子怎么样？"你知道有首歌："那些婚礼钟声，敲散了我的老伙计。"哦，直到我遇到洋子，也就是二十六岁时，我才被这首歌触动。我们相遇于 1966 年，但是全面的冲击直到……我们直到 1968 年才结婚，对吧？这一切都汇入了一部该死的电影！

　　可不管怎么说，事情就是这样。我遇见她的那一刻，老伙计们就散场了。我当时没意识到这一点，但事情就是这样。我一见到她，男孩们就完了，但碰巧的是男孩们都很出名，而不仅仅是酒吧里的乡邻。这些家伙是大家都认识的人。但还是那么回事——每个人都为此不爽、生气！只有洋子和我，彼此如此投入，我们去做唱片，去做床上行动，就那样一路向前。但是却有很多狗屎扔到我们头上，很多令人痛苦的玩意儿。

《花花公子》：从外界看，好像所有的议论都没有影响到你们。

列侬：当然影响到了我们。我们都是很敏感的人，那大部分内容都让我们觉得受了伤害。一开始我们无法理解。我们只是无法理解。我是说，如果有人开口问："你为什么要和那个丑女人在一起？"或是别的什么。你当然会说："你这是什么意思？我和这位爱之女神在一起，圆满了我的整个生命！你为什么这么说？为什么会有人想惩处我，只因我爱上她？"

《花花公子》：为什么会有人想用石子打破你们的玻璃气泡？

列侬：是啊——！他们为什么要这么做？我们的爱挺过来

了，但是相当狂暴。我是说，这相当糟，其中的大部分都相当糟，我们差一点就完了。但我们设法活下来了，我们走到了这里，我们很感激。（再次抬头看天）谢谢，谢谢，谢谢！这是一段漫长旅程，我都不愿意回顾。谢天谢地，我们到了这里。沿途也有很多的爱，很多的祈祷，不管你叫它什么。这也帮助我们挺了过来。

《花花公子》：但是关于约翰·列侬被罩在洋子的魔咒下、被她控制的指控呢？

列侬：哦，那是胡说八道，你知道。没人控制我。我不受谁控制。唯一能控制我的是我，而且我自己也不太能做到。

《花花公子》：不过，很多人信。

列侬：听着，如果有人能让我佩服，不管是玛赫西[1]还是小野洋子，总会有皇帝没穿衣服的那一天。总有一天我会看到。所以，对于那些认为我被蒙蔽了双眼的人来说——好吧，这是对我的侮辱。不是说你看轻了洋子，因为那是你的问题；要我说，她才是真正重要的！但是如果你因为

---

[1] 玛赫西（Maharishi, 1918—2008），印度瑜伽师，一度被"披头士"奉为上师。

我做的音乐而认为你了解我，或者拥有我的某些部分，然后你觉得因为我和她在一起，所以我就像拴在皮带上的狗一样，那就去你的吧。因为——你们不知道发生了什么。我来这里不是为了你们。我来这里是为了我和她还有孩子！

洋子：确实，对我来说这完全就是侮辱——

列侬：嗯，你总是被侮辱，我亲爱的妻子。这是自然的——

洋子：我为什么要费心去控制别人？

列侬：她不需要我——

洋子：我有我自己的生活，你知道——

列侬：她不需要一个"披头士"。谁需要"披头士"？

洋子：人们认为我是个大骗子吗？约翰和玛赫西在一起待了两个月。两个月！那我一定是世界上最大的骗子，因为我和他在一起十三年了。

列侬：但人们确实这么说。

《花花公子》：这就是我想问的。为什么？

列侬：一开始他们是想保住自己从不拥有的东西。每一个声称对我作为独立的艺术家，甚至对我作为"披头士"一分子有点兴趣的人，如果不明白我为什么跟洋子在一起，显然就误解了我曾说的每一句话。而如果他不明白这个，他就什么都不明白。他们听音乐不过是为了找点乐子——可以是任何人的音乐：米克·贾格尔或别的什么人。让他们去找米克·贾格尔，好吗？我不需要。

《花花公子》：他会很感激的。

列侬：我绝对不需要那个。让他们去追逐"羽翼"[1]。忘了我吧。假如那就是你要的，去追保罗和米克去吧。我不是为这个来的。如果在我的过去这不够明显，那我现在就坐在 196 页的这堆奶头和屁股旁边[2]，以我眼镜的名义声明，找其他男孩玩吧。别烦我。去跟"滚翅"（the Rolling Wings）玩。

---

[1] "羽翼"（Wings）乐队，保罗·麦卡特尼的乐队。

[2] 列侬当时正好坐在一本翻开的《花花公子》旁边。

《花花公子》：你——

列侬：不，等一下。让我们在这儿停一下；我总是放不下这件事。人有时候就是会放不下。（他站起来，爬上冰箱）从没有谁说保罗对我施咒语，或我对保罗施咒语！他们从没想过那样有什么不合理——在那些日子里。两个伙计在一起或者四个伙计在一起！为什么他们从不说："为什么这些家伙不分开？我是说，有什么内幕？保罗和约翰在搞什么？他们怎么能在一起这么久？"早年我们在一起的时间远远超过约翰和洋子待在一起的时间。我们四个睡一间房，几乎是在同一张床、同一辆卡车上，日夜生活在一起，一起吃，一起拉，一起撒尿。明白吧？一起做每件事！没人说他妈的谁被施了咒语。也许他们说过我们被布赖恩·爱泼斯坦或乔治·马丁[1]施了咒语。总有人要对你做点什么。

你知道，他们在庆祝"滚石"们在一起112年。哈哈！至少查理和比尔还有自己的家人。到了80年代，他们会问："为什么那些家伙还在一起？他们就不能自己搞吗？他们干吗非得拉帮结伙？因为乐队的小领袖害怕有人在背后捅他？"这就是问题所在。这就是那问题所在。他们会回头把"披头士""滚石"和所有那些家伙都当作历史遗物。

---

[1] 布赖恩·爱泼斯坦（Brian Epstein）与乔治·马丁（George Martin）分别为"披头士"乐队的经理人和制作人。——原注

当他们将这些乐队的所有人的昔日镜头弄进新闻短片，你知道：他们会给你看那个涂口红的家伙扭动屁股，四个家伙挑逗地涂了邪恶的黑眼影的照片。这将会是以后的笑谈，但一对夫妻一起唱歌、一起生活和工作不会。当你十六岁、十七岁、十八岁时，有男性同伴和偶像，这挺好，明白吧？这是个部落，是帮伙，很好。但是当它继续下去，你四十岁的时候还是这样，这意味着你仍然是十六岁的脑瓜子。

8

洋子和我交谈时，约翰跑了出去，叫助手准备热咖啡和茶。等他回来时，他继续说，仿佛中间未曾有过中断："你要问的下一个问题是，'为什么要与洋子一起做事'，或是'她为什么要跟我一起做事'。"

我笑了。"不，我没打算问。"

"但让我们假设他们会问'为什么要在一起做事呢'，"他说，"因为在一起是唯一好玩的方式。"

《花花公子》：度过了所有逆境，撑过来了，一定有种解放了的感觉。

列侬：是的，妙不可言。所以没什么好懊恼的。不是说我有什么答案，说我从不会紧张或者猜疑，只是我现在比当时明白了更多。在我看来这似乎没问题。

（叹气）唉，这个就叫生活经验吧，我想。我是说，在我们之前，很多人已经经历过了。每当一个人经历些什么的时候，一切都像是全新的，但其实世世代代的人们都已经经历过了。这就是我之前想说的，当你说"嗯，很多人都在期待你们要说的东西"，或者别的什么话。但是，第一，我们已经说过了；第二，过去也有数不清的人说过了。我们能说的，不过是在强化现存的东西。

《花花公子》：但也许你可以用一种方式点醒一个新的人，这个人不管给他讲了多少次都还没弄明白。

列侬：是的，我们的言说是用今天的语言，而不是某种古代语言。但是太阳底下无新事，你知道，没什么新的可说。只是强化同一条旧信息：太阳升起，太阳落下，然后它再一次升起。

《花花公子》：除了那些期待精神引领的粉丝，唱片公司也期待着你的"产品"，以疗愈一个痛苦的行业。

列侬：这有点扯。

洋子：我不认为音乐行业发生了整体衰落。这又是一个非常男性的想法。（她和约翰相视一笑）我想，如果你回头看看大萧条时期，人们甚至那时候也在购买他们喜欢的东西。唱片世界下行的唯一原因是他们真的没有——

列侬：*产品。就像在汽车产业一样。所有人都在谈德国人和日本人——"其他人"正在做产品给我们。*

我们都经历过 70 年代初，那时所谓的阿拉伯石油禁运让我们大吃一惊，就像纽约每年下雪，洛杉矶每年下雨，伦敦和利物浦每年大雾，每一次都让我们大惊小怪。而他们继续在造老年人的车。汽车公司的头头满脑子是一厢情愿的幻想，个个六十多岁，仍在设计四五十年代的汽车——每个人都明白他们不想要美国大汽车。所以每个人都在买日本和其他国家的车，并非他们不爱国，只因为他们务实。

所以现在汽车产业试图通过法律指指点点，大做广告，老人们走出他们的象牙塔说"买美国车吧""我们会制造你想要的汽车"。别说了，伙计，把那该死的车造出来，我们会买的。你不必在那上面挂美国国旗。如果它好，我们就买。如果不好，我们就去买委内瑞拉造的车。

50 年代，是英国人对德国人指手画脚。显然，德国人制造出了更好的产品。现在是日本人在制造更好的产品，人们都在买日本货。流行音乐也是如此。办公室里的经理把事情搞砸了。他们以为只要提供产品，人们就会买。你不能哀叹这个，哀叹你不能把坦克卖给想买马的人。

洋子：需求就在那里。人们渴望交流，渴望被感动。但唱片公司却在做一个猜谜游戏："也许这会吸引公众。"

列侬：你试图用计算机算，告诉人们他们想要什么。

洋子：对极了。这不是我们在做的。你问我们公众会不会接受这个。好吧，我们只是给出我们的这部分。至于他们会不会接受，我们不知道。这不是要捏造出我们认为公众想要的东西。这是我们的事。如果他们要接受，他们就会接受。

《花花公子》：这段时期你们有自己的音乐喜好吗？

列侬：哦，我喜欢的音乐取决于当下是什么时间。我不喜欢什么特定的音乐类型或音乐人。我不能说我喜欢"伪装者"（The Pretenders）乐队，但我喜欢他们的热门唱片。我喜欢"B-52s"[1]，因为我听出他们做的是和洋子一样的事，太棒了。如果洋子回到她以前的声音，人们会说："是啊，她在模仿'B-52s'。"

---

[1] "B-52s"，美国乐队，1978 年开始出版唱片，早期有新浪潮风格。B-52 是美国一款远程战略轰炸机。

《花花公子》：你们听收音机吗？

列侬：听米尤扎克[1]或古典。我不买唱片。我很喜欢听像日本民谣、印度音乐这类东西。我的口味很宽。在我做全职爸爸时，我就让米尤扎克响着——作为背景音乐——因为它让你放松。

《花花公子》：洋子你呢？

洋子：不听。

《花花公子》：你出去买唱片吗？

洋子：或者读报纸、看杂志、看电视？不。

《花花公子》：另一个不得不问的问题是，约翰，你会听你自己的唱片吗？

列侬：我听我的唱片听得最少了。

---

[1]　米尤扎克音乐（Muzak），指在商店、饭店、机场等连续播放的背景音乐。

《花花公子》：甚至你的那些经典吗？

列侬：你开玩笑的吧？作为消遣，我绝不会听它们。听到那些歌，我只会想到录音期间——保罗和我枯坐四十八小时，制作那张"白色专辑"（《披头士》），直到我们快疯掉；还有那首做了八小时混音的《革命9号》（"Revolution 9"）——随它去吧。天啊，我们坐在那里几个小时弹那该死的吉他。我记得工作中的每一个细节。

《花花公子》：你会不会对你的老歌过于挑剔了？

列侬：我不挑剔。我只是听到它们就会想起那一天。就像一个演员在一部老电影里看他自己。当我听到一首歌，我就会想起艾比路的录音室(Abbey Road studio)，录音期间，谁跟谁打架，我坐在那儿，在角落里敲着铃鼓……

洋子：事实上，我们真的不太喜欢听别人的作品。我们会分析我们听到的所有东西。

列侬：是啊，如果不好，我们不喜欢；如果很棒，我们生气，我们怎么没想到这样的音乐。

《花花公子》：洋子，你是"披头士"的粉丝吗？

洋子：不是。当然，我现在注意到了那些歌曲。在餐馆里约翰会指出，"啊，他们在放乔治[1]"，类似这样。

《花花公子》：你们出去听音乐吗？

列侬：不，我不感兴趣。我可能喜欢杰里·李·刘易斯[2]在唱片中唱《整个摇摆》（"Whole Lotta Shakin'"），但我对看他的表演没兴趣。

《花花公子》：你的歌比多数人创作的歌更多地被人演唱，约翰。这是种什么感觉？

列侬：当人们唱我的歌时，我总是感到骄傲、开心。这让我很高兴，他们居然试图演奏我的歌，因为我的许多歌不是那么容易演奏的。我去餐馆，乐队总是在演奏《昨天》。洋子和我甚至在西班牙给一个家伙的小提琴签了名，在他给我们演奏了《昨天》之后。他都弄不明白这首歌不是我写的。但我想他不可能从一张桌子到另一张桌子地演奏《我

---

[1] 指"披头士"吉他手乔治·哈里森弹奏的吉他桥段。

[2] 杰里·李·刘易斯（Jerry Lee Lewis, 1935— ），美国著名歌手，成名于 1950 年代，摇滚乐元老级人物。

是海象》。（笑）

《花花公子》：影响到这么多音乐家是什么感觉？

列侬：影响他们的其实并不是我或我们，是时代。刚好我在 50 年代听到了摇滚乐。之前我对把音乐作为生活方式毫无概念，直到摇滚乐击中了我。

《花花公子》：你还记得具体是什么击中了你吗？

列侬：我想应该是《昼夜摇滚》（"Rock Around the Clock"）。我喜欢比尔·哈利，但我没有被他征服，直到听到《心碎旅馆》（"Heartbreak Hotel"），我才真正投入其中。

我知道胖子多米诺[1]1948 年在录唱片，其中很多叫节奏蓝调的东西你们可能称之为摇滚乐，但在英格兰这很难理解。只有当白人搞这东西时，摇滚乐才进入我们的意识。我认为这名字是对性的一种隐晦说法——它真正的意思是在床上摇和滚。所以问"摇滚乐是什么时候开始的"，它的真正含义是"什么时候白鬼子开始注意到它了""我们

---

[1] 胖子多米诺（Fats Domino，1928—2017），美国节奏布鲁斯和摇滚钢琴家及创作歌手。他在 1955 年前发行过五张金唱片。

什么时候意会到它是一种强烈、有力、美丽的东西"。什么时候并不重要，重要的是它对我们产生了作用——当我们听到它时，它改变了我们的生活。

《花花公子》：你对现在音乐的发展方向怎么看？

洋子：之前有很长一段时间，我们做了许多朋克的东西。

《花花公子》：约翰和洋子，最原始的朋克。

洋子：你说得对。

《花花公子》：约翰，你对最新的这些浪潮有什么看法？

列侬：我喜欢这些朋克玩意儿。它纯净。尽管，我对那些自我毁灭的人，并不着迷。

《花花公子》：看来你不会同意尼尔·杨在《铁锈永不沉睡》（"Rust Never Sleeps"）中的歌词："与其苟延残喘，不如纵情燃烧……"

列侬：我讨厌它。不如像个老战士慢慢熄灭，而不是一下子烧成灰。如果他说的燃烧是像希德·维瑟斯[1]那样，算了吧。我不欣赏人们对死去的希德·维瑟斯、死去的詹姆斯·迪恩[2]或死去的约翰·韦恩[3]的崇拜。这都是同一档子事。把希德·维瑟斯当作英雄，还有吉姆·莫里森——在我看来这是垃圾。我崇敬那些活下来的人。葛洛丽亚·斯旺森[4]。葛丽泰·嘉宝。他们说约翰·韦恩战胜了癌症——他像个男人一样猛抽它。你知道，我为他的死而难过——我为他的家人感到难过——但他没有猛抽癌症。癌症猛抽了他。我不想让肖恩崇拜约翰·韦恩、约翰尼·罗滕或者希德·维瑟斯。他们教你什么？没什么。死亡。希德·维瑟斯为什么而死？为了我们能摇滚？我要说，这是胡说八道，你知道的。如果尼尔·杨推崇这种情绪，他为什么不这样做呢？因为他的确他妈的熄灭过，却又一次次回归，像我们所有人一样。不用了谢谢。我要活着，活得健健康康。

---

[1] 希德·维瑟斯（Sid Vicious，1957—1979），英国朋克乐队始祖"性手枪"（Sex Pistols）乐队的贝斯手。1979年被控谋杀女友，保释出狱期间因吸毒过量死亡。有人视他为朋克精神的代表，也有人当他是摇滚乐一个可悲的牺牲品。下文中提到的约翰尼·罗滕（Johnny Rotten）是该乐队的主唱。

[2] 詹姆斯·迪恩（James Dean，1931—1955），美国电影演员，主演过《伊甸之东》和《无因的反抗》，因车祸身亡，年仅二十四岁。

[3] 约翰·韦恩（John Wayne，1907—1979），美国电影演员，以演出西部片和战争片中的硬汉而著名。

[4] 葛洛丽亚·斯旺森（Gloria Swanson，1897—1983），美国女演员，以其在无声电影中的表演技巧和魅力而著名。

9

第二天早上，我们三个离开达科他公寓，步行一个半街区到"财神"——哥伦布大道上的一家社区咖啡馆。洋子和约翰点了卡布奇诺。约翰要了拿破仑酥。我们一边交谈，约翰一边小心地从酥饼中央刮奶油，把它从餐刀上舔下来。他又叫了一个，还是只吃掉奶油，留下松脆的酥皮。"比奥利奥好。"他笑了。

咖啡馆的一个熟客走到桌子边打招呼。当这位绅士约略谈起《挪威的森林》（"Norwegian Wood"）里的泛音段落时，洋子和约翰礼貌地点着头。老人挥手离开后，约翰把头转向我，说："这么久以来，我都不知道泛音是他妈的什么东西。"我们步行走回达科他，我将谈话引向约翰喜欢的话题。

《花花公子》：你介意多谈谈肖恩吗？

列侬：我可以永不厌倦地谈他。

92

《花花公子》：跟我谈谈吧。

列侬：哦，你很快就会见到他。他对我们来说意义非凡，无论身体还是其他方面，都漂亮极了。就像是……

我们确实送他去过幼儿园，但是我意识到我送他去只是因为我累了。人们把孩子越来越早地送离身边。我意识到大部分的学校机构和幼儿园都是为妇女或那些必须外出工作的人设立的。但是这种想法——当到了一定年龄，就要把小孩子送进一所监狱，而把老人送进另一所监狱——有点儿落后。（摇头）老人应该照顾小孩子。因此，如果把老人从他们的监狱里放出来，让小孩子也离开他们的监狱，再把他们安置在一起，那么，我们就将会有一些很自由的孩子。

我想肖恩这孩子是……他游历很广，和成年人相处的时间很长。不管我们去哪儿，他都跟着去。他也得到了很多小孩子的陪伴，大家都说这很重要——"那么，他不需要小伙伴吗？"不，他宁愿随时跟父母待在一起，只要我们在，尽管不必时时刻刻坐我的腿上。像所有孩子一样，他很高兴知道我在家里，即使他自己不在家里。对他来说，意识到有时候我外出又回来是个很大的打击。

有一天，我外出又回来了，他那样看着我。"哦，你去哪儿了？"他说。我说："嗯，我刚才去了咖啡馆。你知道有时候你是怎么外出的吧？我就是那样。"这对他来说是个重要时刻，他意识到我存在于厨房之外。这太神奇了。孩子们认为当你不见时，你就永远消失了。他们似乎没法理解你还会回来。我是说，现在他明白了。他在慢慢懂得……

在达科他公寓外，进门厅之前，约翰和洋子为歌迷在几张照片上签了名。我们回到洋子的办公室。洋子快速听取了几个错过事项的简报，然后我们三个回到办公室继续交谈。

《花花公子》：之前你说肖恩是你最大的骄傲。他是计划中出生的吗？

列侬：啊，为了要这个孩子我们非常努力。我们一起经历了那些黑暗时刻——多次流产和非常、非常可怕的时刻。事实上，这就是人们所谓的"爱的结晶"。在英格兰，医生们告诉我们，我们不可能再有孩子。我们身上有那种负面因子。我们差不多放弃了："好吧，就这样了，我们不

94

可能有孩子了。"

洋子：那是个挑战。

列侬：那是个挑战。她四十三，所以他们说："不可能。"
他们说她流产了太多次，当她还是个小姑娘的时候，因为
没有避孕药，所以她有过很多次的流产，诸如此类。（取
笑地）"她的腹部一定很像伦敦的邱园[1]，是个迷宫……"
医生的诊断是："她年龄太大，而你放纵太多。你作为摇
滚信徒滥用了自己的健康，你的精力耗尽了。"我的精子
有问题。

　　哦，让我们发生转机的是一位中国针灸师，他现在已
经不在了，上帝安息他的灵魂。在旧金山，他说："真见
鬼，你有一个孩子。放规矩点儿。不吸毒，不喝酒，好好
吃。十八个月你就有孩子了。"我们说："可是英国医生说
我年轻时放纵过度，而她……没有机会了……""忘了他
们的话吧。好好吃，放规矩点儿。不吸毒，不喝酒，好好
吃。十八个月后你就有孩子了。"所以我们有了肖恩之后，
我给他寄去了一张宝丽来拍的婴儿照，刚好在他去世前。
肖恩出生后他就死了。

---

[1]　邱园（Kew Gardens），原为英国皇家植物园，2003 年被列入世界文化遗产名录。

你知道，我们是那种乐天派，但是当这个人，这个医生，说我们不可能……哦，就是那时候我意识到我真的想要个孩子，这可真糟。我想要洋子的孩子，而不是只想要一个孩子。

洋子怀孕的时候，九个月里我们对索菲娅·罗兰做了点研究[1]——你知道，因为我们两人的那种经历，我们小心翼翼。所以，是九个月的静养，等待着孩子。身体不要晃动得太厉害。我们甚至在孕前戒了烟，严格饮食。

《花花公子》：因为洋子的年纪出过什么状况吗？

列侬：因为她的年纪倒没有，倒是因为医院的出错，还有名声的代价。医务人员把错误血型的血输给洋子。事发时我在场，她开始变得僵硬，然后因痛苦和折磨而发抖。我跑去找护士说："快去叫医生！"那家伙来病房时，我紧紧抓着洋子的手。他走进来，几乎没注意到洋子正在抽搐呢，而是径直走向我，微笑着，握起我的手，说："我一直想见你，列侬先生，我一直喜欢你的音乐。"我开始尖叫："我妻子快死了，你想谈音乐？"上帝啊！奇迹，一切都好。

---

[1] 意大利著名影星索菲娅·罗兰曾两次流产，最后在医生指点下有了两个孩子。

《*花花公子*》：你说过你想要个孩子，洋子的孩子，但你此前对做父亲并无兴趣。什么变了？

列侬：哦，这确实是我们俩第一次想做父母。尽管我们前一次婚姻里都有孩子。我们都太自我了。还有就是我们真的想要个孩子，我们的孩子，而不只是一个孩子——因为你知道，我们也可以收养个孩子。有些人只想要一个孩子，我也很佩服——那些有大爱的人。但我们想要我们的孩子。

《*花花公子*》：你们的爱的产物。

列侬：是的，我们的爱的产物。也是我们终于无私到想要一个孩子了。你知道，因为我们俩真的是自私的艺术家。我们俩都很自负，都完全投身于工作，所以想要个孩子对彼此而言都是一种觉醒。就是这么回事。

《*花花公子*》：那是对孩子的责任吗？

列侬（若有所思而缓慢地说）：不，这是生命的礼物。在我们想来，是肖恩选择了我们做父母。这份责任的馈赠永不会终止。我不知道我们死后会不会终止。这是一个不间断的过程。这是一份丰厚礼物和巨大责任。我认为我从不想要责任——不管哪种。不负责任是我所渴望的。我觉得，我无法面对责任。但是面对责任使我获得了做下去的能力，所以，这是对我直面我不想面对的东西的回报。

《花花公子》：这与你此前在生活中孜孜以求的一切都背道而驰。

列侬：是的，是360度的调头。非常令人兴奋。

《花花公子》：你现在不打算送肖恩去上学，但以后呢？

列侬：肖恩不会上公立学校。我们觉得他可以在他想学的时候学会初等教育三要素[1]——或者，我想，等法律规定他必须上学的时候，我不会反对。否则，就没有理由让他学会坐着不动。我看不出这有什么理由。就像我说的，他现在有很多孩子陪伴，但他也经常和成年人在一起。他适应了这两样。

我有一种很强烈的感觉：孩子们都很疯的原因是没有人担负带大他们的责任。人们都很害怕跟孩子时时刻刻

---

[1] 初等教育三要素被视为儿童教育最重要的部分，即读、写、算。

相处，所以我们拒绝他们，送走他们，折磨他们。幸存下来的都是墨守成规的人——他们的身体被裁剪得符合特定尺寸的制服——那些我们贴上"好"标签的制服。那些不适合制服的人，要么被扔进精神病院，要么成为艺术家。

《花花公子》：你第一次婚姻的儿子朱利安，十几岁了吧？这些年你见过他吗？

列侬：哦，辛西娅获得了抚养权，随便你管那叫什么。而我有在假期见他的权利，以及这样那样的权利，所以我们之间至少还有一条开放的交流线路。我们的父子关系不是最好的，但它就在那里。他十七岁了。朱利安和我将来会更亲密。这么多年来，他已经能够看穿"披头士"的幻象，看穿他的母亲下意识或有意识想告诉他的形象。他现在对女孩子和摩托车感兴趣。我只是天空中的一个人物，但他有义务和我交流，即使他可能不想交流。

《花花公子》：你非常诚实地谈论你对他的感情，以至于你说肖恩是你的第一个孩子。你不担心伤害他吗？

列侬：我不会对朱利安撒谎。这个星球百分之九十的人，特别是西方人，都出生于星期六晚上的一瓶威士忌里，本来是没打算要孩子的。所以百分之九十的我们——包括每个人——都是事故。我不知道有谁是计划中出生的。我们都是周末夜的特别节目。朱利安属于大多数，和我以及其他每个人一样。肖恩是有计划出生的孩子，这就是不同所在。作为孩子，我并不少爱朱利安几分。他仍然是我的儿子，不管他来自一瓶威士忌，还是因为那段日子里缺避孕药。他在这儿，他是我的，永远都是。

《花花公子》：洋子，你和你女儿的关系一直很不稳定。媒体曾广泛报道过你的苦恼。

洋子：我在京子大约五岁时失去了她。我是个有点离经叛道的母亲，但我们之间有很好的沟通。我并没有特别照顾她，但她总和我在一起——在舞台上，在画展上，各种场合。她还不到一岁的时候，我带她上台，把她当一件乐器——无法控制的乐器，你知道。我和她的沟通是在交谈和做事的层面上。因为这一点，她与我的前夫（托尼·考克斯）更亲近。

《花花公子》：她五岁时发生了什么事？

洋子：约翰和我走到了一起，我与前夫分居。他带走了京子。我们试着要回她。

列侬：这是男人逞英雄的典型例子。事情演变成了我和艾伦·克莱因[1]试图控制托尼·考克斯。托尼的态度是"你得到了我的妻子，但你别想得到我的孩子"。在这场战争中，洋子和孩子被完全抛诸脑后。我总是为此事感到难过。这件事变成了 O.K. 牧场枪战[2]：考克斯逃到山里躲了起来，我和警官把他找出来。先是我们赢得了监护权。洋子不想上法庭，但是男人们——克莱因和我——无论如何要上。

洋子：艾伦有一天打电话来，说我赢了官司。他给了我一张纸。我说："这张纸是什么？这就是我赢到的吗？我并没赢得我的孩子。"

我知道把他们送上法庭会吓到他们，当然，真的吓到他们了。所以托尼消失了。他很强硬，认为拿着钱的资本家、律师和探子在追捕他。这让他更强硬。

列侬：我们全世界追他。天知道他去了哪儿。如果你在读这个访谈，托尼，在这件事上，我们成熟一点吧。都过去

---

[1] 艾伦·克莱因（Allen Klein, 1931—2009），著名音乐经纪人，曾代理"滚石"和"披头士"的音乐事务。

[2] 1881 年发生在美国亚利桑那领地汤姆斯通的一场枪战。

了。我们不想再追你，因为我们造成的伤害够多了。

洋子：我们也请了私家侦探去追京子，我认为也是一段糟糕的经历。一个家伙来报："太棒了！我们差一点就抓到他们。我们就在他们后面的车子里，但他们加速了，逃了。"我歇斯底里："你说差一点抓到他们是什么意思？我们是在谈我的孩子！"

列侬：我们像是在追捕一个逃犯似的。

《花花公子》：你们这么执着是因为你们觉得自己更适合京子？

列侬：她中了激将法，有一种负罪感。如果她不用侦探、警察和联邦调查局进攻，那么她就不是一个在找孩子的好母亲。她一直说"别管他们了，别管他们了"，但他们说"你不能那么做"。

洋子：对我来说，这就像他们从我的生命中消失了一样。我的一部分也和他们一起离开了。我只想和她敞开心扉。有一段时间，约翰和我看电视，只要电视上有孩子，我们就会换频道，因为我无法忍受看到孩子。在经历了一些折磨过后，我想我有了一种赎罪感。可能她还是和父亲在一起比较好。但如果能有我期望的那种程度的交流，也不会太坏。

《花花公子》：她现在多大了？

洋子：十七岁，和约翰的儿子一样大。

《花花公子》：也许等她长大了，她会来找你的。

洋子：她完全吓坏了。有段时间，我和托尼之间约了一次会面。他想见我。但我被艾伦·克莱因、约翰和艾伦的会计师包围着，托尼理所当然地害怕了。之后在西班牙有段时间，约翰和另一位律师认为我们应该绑架她。

列侬：哦，不，全说出来了……

洋子：我们真的绑架了她并上了法庭。

列侬：我想我应该去切腹谢罪……

洋子：在法庭上，他们做了一件非常明智的事，把她带到一个房间，问她："你想跟谁？"当然，她说的是托尼，我们抓她的方式和其他种种让她怕极了，所以她选择托尼。现在她一定很害怕，如果她来这里，她就再也见不到她的父亲了。

列侬：她要到二十岁以后才会明白，我们是白痴，而我们现在已经知道这一点了。

洋子：也许吧。

列侬：她也许会给我们一个机会。

洋子：即使不是约翰，我可能也会失去京子。只要我和托尼分开，就会有某种困难。

列侬：那我死掉一半好了……

洋子（对约翰说）：事情变得如此糟糕，一部分原因在于，京子的问题，是你和托尼在处理。男人们。对朱利安，是女人们——我和辛西娅之间有更多的相互理解。

《花花公子》：你能解释一下吗？

洋子： 举个例子，京子有一次生日派对，我们俩都被邀请了，但约翰很紧张，没去。他不愿跟托尼打交道。但我们被邀请参加朱利安的生日派对，我们都去了。

列侬（叹气）：哦，天哪，这也……

洋子： 或者，当我受邀单独去托尼那儿，我不能去；但是约翰受邀去辛西娅那儿，他去了。

列侬： 男人有一套规则，女人有一套规则。

洋子： 所以对朱利安来说要容易些，因为我允许这样的事发生。

列侬： 不过我一百万次地祝念了万福马利亚。我究竟还能做什么呢？

《花花公子》： 洋子，经历了这事之后，你还把抚养肖恩的事交给约翰，是怎么想的？

洋子： 我很清楚我这方面的感情。我不觉得内疚。我以我自己的方式行事。这可能跟其他母亲不一样，但我是用我能做的方式来做的。总的来说，母亲们对自己的孩子有很强烈的不满，尽管世间存在着很多对母亲的赞美，关于母亲如何真正地为她的孩子着想，她们是多么地真的爱自己的孩子。我的意思是，她们确实如此，但从人的角度来说，在这个社会，要保留母亲应该拥有的感情是不可能的。女人要向不同的方向伸展，这使得要保持住这感情是不可能的。这对她们是过分的要求。所以我对约翰说——

列侬：我是她最爱的丈夫——

洋子："——我怀了九个月的宝宝，够了。之后你来照料他。"这话听起来像是很冒犯，但是我真的相信孩子是属于社会的，因为我们都是社会的一部分，社会应该有能保护孩子的系统。如果父亲抚养，母亲孕育，责任就会分担。这样会更好。我不是批评我自己。这就是我，其他的我做不到。

列侬：她不想当母亲。

洋子：不，我不是不承担母亲的责任。

列侬：哦，还有"其他"事情你能做，我不能做。他会半夜叫醒你，而你就在他身边。我会说："哦，天哪，难道不能等到早上吗……"

《花花公子》：约翰，你讨厌承担这么多责任吗？

列侬：嗯，有时候，你知道，她回家后会说："我累了。"我会半开玩笑地说："你以为我在玩儿吗？我二十四小时跟孩子在一起！你以为这容易吗？"我会说："你要对孩子多些兴趣！"我不在乎我是爸爸还是妈妈。当我开始谈论粉刺和骨骼，该让他看哪个电视节目的时候，我会说："听着,这很重要！今晚我不想听你两千万美元的生意！"哪边都不容易。不管怎么样，应该从社会方面得到支持。（对洋子说）我希望父母双方都能照顾孩子，但具体怎么做是另一码事。

洋子：好吧，不过现在有两条相互矛盾的信息传递给了母亲："母亲是美丽的"，诸如此类；另一条是"太糟糕了，她怀孕了"和"她只是个家庭主妇"。你必须怀孕，但与此同时你又是性对象。你能做多少？你必须有一个美丽的身材，又得怀孕。

《花花公子》：你要冒着失去丈夫的风险，因为你从性对象变成了母亲。

洋子：完全正确。你甚至要冒着失去公寓的危险。我是说，有些公寓不让孩子进。

我们无法成为那样的女性，智慧、美丽、性感，又以成就为导向，同时是一个家庭主妇，每天二十四小时照顾孩子。这就是为什么我认为让母亲在抚养孩子方面扮演如此重要的角色是种病态的做法。

《花花公子》：把父亲从抚养孩子的事务中除开是危险的。

洋子：但我会更进一步，我会认为一对夫妇要这样对孩子过度负责是危险的。不管怎么说，父母与孩子之间的那种联系总是存在。我的意思是说，这是我的骨肉，不管他们去了哪儿，我都和他们有联系。但这有点像我创作出一幅美丽的画，或者别的什么，然后有人告诉我："好吧，你作了这幅美丽的画，现在你必须维护它：为它掸去灰尘，把它擦干净，一直照顾它。"这事儿别人也可以做，可能孩子也会因此变得更好，父母变得更好，社会变得更好。有人可能会说："哦，多么可怕，竟有这样的母亲！"但是那样做的话，我们能更好地从情感与身体上照料孩子。我的意思是，我或许无法最好地满足孩子的一些需求。有些东西，他或她能从别人那里获得更多。这就是我关于孩子的观点：社会应该照顾孩子。

列侬：好吧，我完全同意，应该多依靠社会一点。

洋子：或者我们妥协一下，社会至少应该有更多的理解。

列侬：只要你愿，你应该能带孩子随便去哪儿。举例来说，现在，哺乳的女人必须躲起来，男人只能接受在色情电影或《花花公子》杂志里看到乳房。但在我小时候的英格兰，女人们总是在有轨电车上喂奶。女人就坐在那儿，掏出乳房喂孩子，没人去想这种事有什么不对，只有十岁的我注意到了，但这没什么大不了的，她只是在给婴儿喂食。我们的社会如果依然是这种情况，女人生了孩子仍然可以做她想做的事。但现在，她得躲起来。我不明白怎么乳房变成了这么大的一件事。

洋子：乳房变得太大了……

列侬：这事得从休·赫夫纳[1]说起。也许他是被瓶子喂大的。（若有所思）你知道，"你已经走了很长的路，宝贝"，这话更适用于我而不是她。正如哈里·尼尔森所说："一切都是反的，不是吗？"男人走过漫长的道路，才开始思考平等的观念。我是那个走了很长的路的人。我是真正的猪。不做猪是一种解脱。做猪的压力是巨大的。这差点儿要了我的命。那么多年来，我都试图表现得强硬，试图做一个重度摇滚乐手、重度风流浪子和重度酒徒，那差点儿要了我的命。不用这样做是一种解脱。

我不渴望被人视为性对象：一个男性，雄风凛凛的摇滚歌手。很久以前我就不再想这事。我甚至都没兴趣把这一面表现出来。所以我喜欢现在这样，乐于让人知道，是的，我照顾孩子，我烤面包，我是一个全职爸爸，我为此感到骄傲。这对我来说是很有启发性的经验，因为它完全颠覆了我儿时受到的教育。这是未来的潮流，我也很高兴站在前列。

洋子：好吧，我们都走了很长的路。

列侬：我们都成长了，但我想我得多迈出一步。有时候，

---

[1] 休·赫夫纳（Hugh Hefner，1926—2017），《花花公子》杂志的老板。

它还在那儿——当房间里没有女性时，就会发生某种事情。也许没什么，但仍然有"猪镇"的感觉。你知道，还有人在发表同样的大男子主义言论。

《花花公子》：你经常处在那种情况吗？

列侬：不，不经常。

《花花公子》：也许在录音室里，洋子不在的时候？

列侬：是的，嗯，这就是我要说的。

洋子：不过你生于那一代。

列侬：是的，我确实就是那一代人。

《花花公子》：那肖恩这一代呢？

列侬：噢，肖恩这代人从零开始。我们可以寄予希望。已经有了些变化，然而，即使十七岁的孩子现在也差不多开始变老套了。你看《周末夜狂热》^[1]和人们现在推崇的形象，基本上还是男性那些玩意儿。但新一代来了。我们正在做得更好，这是个开始。

---

[1] 《周末夜狂热》(*Saturday Night Fever*)，1920 年代末引起轰动的一部歌舞片，掀起了迪斯科的热潮。

10

星期五早晨，城市灰蒙蒙的，要下雨了。从我第一次进入达科他公寓，到现在快一星期过去了。我会在十点钟左右与约翰和洋子见面，已经成了惯例。那天天气本身就令人振奋：约翰一边哼着《雨中曲》[1]一边冲进了办公室，模仿吉恩·凯利跳着踢踏舞步。

豪华轿车几分钟后到了，把我们送到金曲工厂。细雨没有浇灭等在外面的成群歌迷的热情。约翰签了几个名，勉强地摆姿势拍了几张照片。等过了门道走入电梯，我问约翰为什么要对一直在这儿索要签名和照片的人那么慷慨。"这件事做比不做容易。"他说。他显然对这种喧闹感到不安，但上楼之后平静下来，喝了一口巴黎水，与工作人员们互致了问候。

工作数小时后，约翰问我想不想聊聊，此时洋子刚唱完了一些背景和声。我们退回洋子紧邻录音室的独立房间。近两小时的交谈，话题从粉丝谈到录音技术的进步，我问

---

[1]《雨中曲》，好莱坞同名歌舞片中的主题曲，系主演吉恩·凯利自编自演自唱自跳，影片于1952年上映。

约翰，对不可避免的"披头士"重聚，他是否准备好了。他笑了："为什么不呢？"

《花花公子》：为什么神奇四人重组做一些音乐，这事这么不可想象？

列侬：谈论"披头士"重组是一个幻觉。那是十年前的事了。"披头士"只存在于电影、唱片和人们的脑海中。你不能重组已不存在的东西。我们不再是那四个人了。不管怎么说，我为什么要回到十年前去提供……提供一个我明知不存在的幻觉？

《花花公子》：忘掉幻觉吧。就是做点音乐怎么样？

列侬：为什么"披头士"应该献出更多？他们不是在上帝的地球上用十年献出了一切吗？他们不是献出了自己吗？他们不是献出了所有吗？

一方面，你就像一个典型的爱恨交织的粉丝，说："谢谢你们在 60 年代为我们所做的一切。能再给我一次机会吗？再一次奇迹？第一次我还没过瘾。"

《花花公子》：我是在唱反调。让我们一劳永逸地把这事儿弄清楚吧。我们没有在说奇迹，只是好音乐。

列侬：为什么非得找"披头士"？罗杰斯和哈特做过搭档，之后与哈默斯坦共事，你认为他就只应该跟哈特或者只应该跟哈默斯坦一起？还是谁先来就和谁在一起？因为我喜欢，迪恩·马丁就得跟杰里·刘易斯在一起？[1] 因为别人想要，你们就得做，这是个什么游戏？"披头士"的全部想法就是做你想做的事，对吧？承担你自己的责任，做你想做的，尽可能不伤害别人，对吧？做你想做的，只要不害人。

《花花公子》：好吧，但是回到音乐本身，你不认为"披头士"创造了有史以来最好的摇滚乐吗？

列侬：我不这么认为。我是说，那样你就得定义，定义什么是摇滚乐，什么是最好的，所有那些玩意儿。但是"披头士"，你明白——我在艺术上参与得太多，我不能客观

---

[1] 这里提到的，都是流行艺术史上的著名搭档。理查德·罗杰斯（Richard Rodgers, 1902—1979）和洛伦兹·哈特（Lorenz Hart, 1895—1943），通常署名罗杰斯和哈特（Rodgers and Hart），美国百老汇著名歌曲作家。后来罗杰斯与奥斯卡·哈默斯坦（Oscar Hammerstein）一起合作创作歌曲。迪恩·马丁（Dean Martin）和杰里·刘易斯（Jerry Lewis）是一对美国双人喜剧搭档，1949 年至 1956 年一起出演了十七部喜剧电影。

地听。我听的时候，它们对我来说就是某首曲目，或者我们做这首歌的那一天。就我而言，我对"披头士"做过的每一张唱片都不满意。没有一张我不想重做，包括"披头士"的和我个人的全部录音。所以我不可能给你一个关于"披头士"的评价。

当我还是"披头士"一员时，我以为我们是这该死的世界上最他妈好的乐队，并且相信那就是我们的本来面目，不管你叫它最好的流行乐队还是最好的摇滚乐队还是别的什么玩意儿。在我们自己看来，我们就是最好的，甚至在汉堡和利物浦的时候，其他人还没听说过我们，我们就认为自己是最好的。所以从这方面说，我认为"披头士"是流行音乐史上曾出现过的最好的东西，但是你给我放那些曲目，我就想把该死的每一首歌都重做一遍。昨晚我听到《露西在缀满钻石的天空中》，一塌糊涂，你明白吧？那首歌太糟糕了。我的意思是说，这是首伟大的曲目，一首伟大的歌，但它并不是一首伟大的作品，因为它没有做对。你懂我说的意思吧？我觉得我能把它该死的每一个部分都改得更好。但那是艺术之旅，对吧？这就是为什么你要继续前进，始终努力让下一个作品成为最好。

《花花公子》：有人觉得保罗独创的歌曲没有一首能够接近他在"披头士"乐队中创作的歌曲的水平。

列侬：那就是保罗。

《花花公子》：你呢?

列侬：我创作出了《想象》、《爱》（"Love"）和"塑料小野乐队"的那些歌曲——它们抵得上我在"披头士"时所写的任何歌曲。的确，你可能需要二三十年时间才能欣赏到这一点；而事实是，这些歌和我曾经写的那些该死的歌一样好。

《花花公子》：如果不从商业角度来说呢?

列侬：哦，商业。什么是商业?

《花花公子》：被广泛接受为最好的——好吧，至少是好的。

列侬：约翰·丹佛 [1] 够商业了吧，那又意味着什么?

《花花公子》：但是丹佛从未写出像《露西在缀满钻石的

---

[1] 约翰·丹佛（John Denver，1943—1997），著名美国乡村歌手，1970 至 1980 年代风靡全美并影响世界。

天空中》或《我是海象》那样具有冲击力的歌曲。看来你是想对世界说，"我们只是个好乐队，做了些好音乐"，而在很多人看来，"这不仅仅是些好音乐，这是无与伦比的"。

列侬：好吧，就算那是最好的，又怎么样？

《花花公子》：又——

列侬：再也不可能了！大家总在谈论着一桩美事就要完结，仿佛生命已经结束。转眼我就要四十岁了。保罗三十八岁。相对于埃尔顿·约翰、鲍勃·迪伦来说，我们还比较年轻，游戏还没结束，人人都在谈论最后一张唱片，或"披头士"最后一场演唱会——但是，上帝保佑，还有另一个四十年的产出要实现呢。时间会告诉我们，究竟哪儿才有真正的奇迹。

第二部分

11

两个年轻小子，约十五岁和十八岁，为约翰和洋子打工，跑跑腿、接接电话之类。

事情起因于洋子有一天在楼上公寓前门抓到了他们。两个男孩闯进达科他，潜入楼梯和电梯，在门厅里晃悠。洋子听到响动，生气地打开门，两个男孩大吃一惊。"我们想见见约翰·列侬。"其中一个说。洋子打电话给警局，但是中途改变了主意，给了他们工作。他们都很好，是尽职尽责的工人。

一天早晨，我到了，其中一个男孩叫我等等，说约翰正在下楼。约翰穿着运动鞋，问我周末怎么安排。于是我们去散步。

粉丝们在达科他公寓外等着，约翰拉住我，抓着我的胳膊。"跟我来。"他说。我们踮着脚穿过门厅，快速走下吱吱响的楼梯，一边低头闪躲着横梁。一扇通往达科他地下室的门出现在眼前。水管滴漏着锈水。

穿行在这座老旧大楼的腹腔，约翰给我讲起他最近的一次航海旅行，说到这次冒险，他的语气变得骄傲。走到门口时，他还在继续。约翰向外瞅了一眼——小道上没人。

我们上了七十二街，顺着哥伦布大道走下去。

"这太不可思议了，媒体会报道你午餐吃了什么，但当你真的做了什么重要的事，你却可以不被发现。"他说，"这是我第一次出海：七天，三千英里。"

"我总是谈起航海，但是总借口于我没有专门学过，所以只说不练。洋子的态度是：'要么去干，要么闭嘴。'所以她帮我安排了这次旅程，我就去了。

"我们谈了重新开始做音乐的事，但她知道我会反对，即使我说过我想。我说：'好吧，只是我碰巧没有歌。'她特意安排了这事以打开我的创造力，虽然她没明说。她知道我会抗拒。我们四个人，在一艘四十一英尺长的船上。这是我有过的最美妙的经历。我爱死它了！

"一天下午，暴风雨来了，持续了三天。船长病了，他的两个表兄弟——船上的其他人，也病了。没有了参照点。无论往哪个方向看，我们都在一个圆的中心。看不见土地。他们病了，在呕吐，船长对我说：'暴风雨就要来了。你想接手舵轮吗？'我说：'你觉得我行吗？'我本应该还是个学徒。而他说：'哦，你必须这么做。没别人了。'我说：'好吧，你最好盯着我。'他说他会的。

"五分钟后，他到下面睡觉，说，'回见'。没有人还能动弹。他们病得像狗。所以我接手了这船，驾驶着它，整整六个小时，让它保持航行。我被水淹过。海浪砸着我的脸，实实在在的六个小时。它不会消失，你不能动摇。就像在舞台上——一旦你开始，就不能放弃。

"有几次海浪让我跪下来。我只是手不离舵轮——非常暴烈的天气——我享受着我生命中最好的时光！我尖叫着唱海上水手之歌，向着众神呼喊！我觉得自己就像是维京人，你知道，伊阿宋和金羊毛[1]。

"船长用六分仪找到了方向。他是个了不起的家伙，汉克——你怎么样？汉克，以防我没回你的信。从外表看上去，他就像手工卷烟纸[2]上那个大胡子、戴围巾的人，看着六分仪。当你在游艇上，置身在海中央，你将重现曾经有过的所有的海上旅程——维京人的，哥伦布的。真不可思议！

"我抵达了百慕大。一旦到了那儿，在这海上的经历后，我感到精神无比集中，甚至感受到了整个宇宙。所有这些歌曲都来了！

"那段时间真是神奇。弗雷德（海员，助理）、肖恩和我在海滩上，用这台大机器录歌，我就这样弹吉他，唱歌。我们就这样在太阳下，这些歌就出来了！"

---

[1] 伊阿宋，古希腊神话中的英雄。叔叔珀利阿斯篡夺王位后，命令他去科尔喀斯觅取金羊毛。伊阿宋得赫拉之助，历经艰险取得金羊毛，最后却被美神阿佛洛狄忒无意间的玩笑所诅咒，含恨而终。

[2] 此处指的是源自法国的手卷烟品牌 Zig-Zag，其品牌形象为一个大胡子男性。

《花花公子》：你有没有想过从纽约搬到百慕大这样的地方住？

列侬：没有，我无法长期生活在没人烟、没活力的地方，但我跟洋子不同的是，我必须经常地跑出去。她可以一年三百六十五天待在纽约。肖恩和我有时必须离开，如果够幸运，我们会拖她一起去。

《花花公子》：你打算更多地去航海吗？

列侬：当然。我想横渡整个大西洋，从美国到英国。

　　接下来的几天里，我们谈论的话题多种多样。在录音室里，当洋子在做《吻吻吻》的时候，约翰问我对关于"披头士"的谈话是否满意。我说不，我还有更多问题想问。"好吧，那我们开始吧。"他说着，带我去了一间办公室。

《花花公子》：试想，你们四个把个人感情放一边，重组做一场大型慈善演唱会，作为对歌迷的慷慨回馈，这个建议怎么样？希德·伯恩斯坦[1]说，你们一天内就能筹集两亿美元。

列侬：好吧，首先，这是希德·伯恩斯坦用犹太式伤感和热泪盈眶的表演做的广告，单腿跪地，就像艾尔·乔森[2]那样。这个我不买账。再说，我不想跟慈善扯上任何关系。我已经回馈得够够的了。

《花花公子》：为什么？

列侬：因为他们都是在诈骗。自 1966 年"披头士"最后一次演出后，我就没再为个人收益表演过了。那之后，洋子和我为特定的慈善机构做了一场又一场音乐会，除了多伦多那场不是，那是一个摇滚复兴现场。每一场慈善演出要么是一团糟，要么就是一场欺诈。所以现在我们把钱给想给的人。你听说过什一奉献[3]吧？

《花花公子》：就是说，你捐出你收入的一个固定百分比？

---

[1] 希德·伯恩斯坦（Sid Bernstein, 1918—2013），"披头士"曾经的经纪人。

[2] 艾尔·乔森（Al Jolson, 1886—1950），美国歌手、喜剧演员，以涂黑脸扮演黑人著称。

[3] 什一奉献，常用于指犹太教和基督宗教的宗教奉献，源自《圣经·旧约》，其希伯来文原意是"十分之一"。

列侬：对。我只打算私下做。我不想被绑在拯救世界的事业舞台上。这种演出总是一团糟，艺术家们的表现总是一塌糊涂。

《花花公子》：那么与乔治、迪伦和其他人在孟加拉国的演唱会呢？

列侬：孟加拉国那场就是坨屎。

《花花公子》：是因为人们提出了钱去哪儿的问题吗？

列侬：对，是的，我甚至不好谈它，因为它至今还是个问题。你得去问妈妈（洋子），她知道这件事的来龙去脉，我不知道。我会告诉你，每当人们认为能搞定一个"披头士"，他们就能搞定其他人——"朋友们"是单大生意。这意味着迪伦、上帝、耶稣、米克和埃尔顿 [1] 也会出场。他们搞定一个"披头士"，他们想用其他四十场演出为这场秀作铺垫。他们不明白这种可怕的气氛会如影随形，设备问题，给工会开双倍工资——一个家伙戴上灯，背上包，

---

[1] 这一部分提到了音乐界的一些大人物，包括乔治·哈里森、鲍勃·迪伦、米克·贾格尔、埃尔顿·约翰。

推销它——除了音乐家，人人都得到报酬。这是一个彻头彻尾的诈骗，但它让艺人们看起来很光鲜。"他真是个好人！"

全都是该死的诈骗。所以算了吧。你们这些正读这访谈的人，不用费心把那些垃圾甩给我，"来救印第安人，来救黑人，来救退伍军人。"每个我想救助的人都能通过我们的什一奉献得到帮助，我们每一笔收入的十分之一。

《花花公子》：划掉"该死的"。

列侬（笑）：划掉"该死的"。这是个糟糕的表达。

《花花公子》：你想用什么替代？

列侬："他妈的。"那个更好，更适合我们这本杂志。

《花花公子》：不管怎么说，如果有人——别再提伯恩斯坦了，随便哪个人——组织了这场音乐会，以至你一天内就能筹集两亿美金，这总会有些好处吧。给南美一个穷国捐两个亿——

列侬：这种说"披头士"应该给南美两亿美金的说法，什么时候才会停止？你知道，美国已经向类似这些地方投入了数十亿美金。这不算什么。等他们吃完那顿饭，怎么着？只持续了不过一天。等两亿没了，又怎么着？再一遍一遍地重复。你永远可以投入资金。秘鲁之后是哈莱姆，再之后是英国。不是一场音乐会。我们不得不将余生献给一场世界巡演，而我还没准备好。至少这辈子不会了。一旦你做了一场，全地球的人都会说："哪个更重要？孟加拉国人的死，哈莱姆人的死，还是利物浦人的死？"

《花花公子》：除了被邀请参加百万美元的再聚首演唱会之外，你对制片人洛恩·迈克尔斯（Lorne Michaels）几年前请你们一同出席《周六夜现场》节目的三千二百美元的慷慨出价有何感想？

列侬：哦，是的，保罗和我正一起看那个节目。他来达科他公寓拜访我们。我们一起看电视，差一点就去了演播室，就像开玩笑一样。我们差点上了计程车，但我们实在是太累了。

《花花公子》：你和保罗是怎么碰在一起看电视的？

列侬：那段时间，保罗总是拎把吉他就出现在我家门口。

我会让他进来，但最后我会说他："请你在来之前打电话。现在不是 1956 年了，别再突然出现在门外了。你懂的，给我个电话。"对此他很不高兴，但我不是出于恶意。我的意思是我整天在照顾孩子，有个人出现在门口……可不管怎么说，那天晚上他和琳达来了，他和我坐一起看节目，然后我们说，哈哈，如果我们真去了，会不会很好玩？但我们没去。

《花花公子》：那是你最后一次见保罗吗？

列侬：是的，但不是那个意思。

《花花公子》：我们这么问是因为，人们总是在猜测约翰、保罗、乔治和林戈究竟是可怕的敌人还是最好的朋友。

列侬：两样都不是。我已经不知多久没见过"披头士"的任何一个人了。我甚至不会去想我是否见过他们。只是不相干罢了。我经常见到他们，或者再也见不到他们，对我都无关紧要。因为整个"披头士"乐队的主旨，就像拉姆·达斯 [1] 说的，活在当下。

---

[1] 此处指的是 Baba Ram Dass，当时著名的美国籍心灵导师、心理学家。其在 70 年代启发美国人对东方身心灵哲学与瑜伽的兴趣，对战后婴儿潮世代影响尤其深远。

我不关注他们在干什么。有人问我对保罗上一张专辑有什么看法，我作了些评论，比如"我觉得他很沮丧也很悲伤"之类的一些话。但后来我意识到，我没听这整张专辑。我只听了一首歌——那个热门，《来吧》（"Coming Up"），我觉得这是首好作品。然后我就听了其他的歌，从这些歌听来他很沮丧。但我并不关注他们的作品。我不关注"羽翼"，你知道。我一根毛都不关注"羽翼"在做什么，乔治的新专辑在做什么，林戈在做什么，我不感兴趣，这就像我对埃尔顿·约翰和鲍勃·迪伦无感一样。这并不是冷漠。只是我正忙着过我自己的生活，管不了别人在做什么，不管他们是"披头士"，还是和我一起上过大学的家伙，或者是遇到"披头士"之前与我有过密切关系的人。

所以把那个"该死的"划掉吧。我不喜欢那个表达。

《花花公子》：除了《来吧》，你对"披头士"解散后保罗的作品有何看法？

列侬：我有点佩服保罗从头开始的方式，他组建了新乐队，在小舞厅里演奏，其实这就是他想和"披头士"一起干的——他一直都想让我们回到舞厅表演，再体验一次。但我没有……某种程度上，他想重温这一切，这就是问题之

———我不知道该怎么说……但我有点佩服他从台上下来的样子——现在他又回台上了，不过，我得说，他做了他想做的。那很好，但不是我想做的。

《花花公子》：你说你没真正听过保罗的作品，自那晚在公寓之后就再没真正跟他说过话——

列侬：真正地跟他说话，没有，这是关键词。我已经十年没跟他真正地说话了。因为我没有和他一起度过什么时间。我一直在做其他事，他也是。你知道，他有二十五个孩子，有两千万张唱片——他怎么有时间说话呢？他一直在工作。

《花花公子》：你觉不觉得这会很有意思——忘掉魔力，忘掉宇宙力量什么的——仅仅是有意思，去和保罗一起分享你们的新经历，让你们的才能相交，看看会发生什么。

列侬：哦，让埃尔维斯穿越回他的太阳唱片（Sun Records）时期会不会很有意思？我不知道。但我满足于听太阳唱片。我不想把他从坟墓里挖出来。有关于列侬和麦卡特尼之间魔力的议论，但是罗杰斯和哈特之间也有魔力，罗杰斯和汉默斯坦之间也有魔力。列侬、麦卡特尼和"披头士"已经不存在了，以后也不可能存在。约翰·列侬、保罗·麦卡特尼、乔治·哈里森和理查德·斯塔基可以办一场音乐会，但再也不可能是"披头士"演唱《永远的草莓地》和《我是海象》了。我们不可能再那样，听的人也不可能再那样。

《花花公子》： 当然，但也许只是为了旧时光，就像高中同学聚会？

列侬： 我从不参加高中聚会。我的行事作风是，眼不见，心不想。这就是我对生活的态度。所以我对我过去的任何部分都不会有任何浪漫化。我想到它，只是因为它给了我快乐或者帮助我在心理上成长。这是我对昨天唯一的兴趣所在。顺便说一句，我不相信昨天（轻声笑）[1]。你知道我不相信昨天。我只对我现在做的事感兴趣。

我从没看过埃尔维斯表演，虽然我有这个机会，而我崇拜他就像人们崇拜"披头士"那样。在我十六岁那时，埃尔维斯正火爆。一个留长发、扭屁股，唱着《猎犬》（"Hound Dog"）和《没事儿》（"That's All Right"）的家伙，还有那美妙的太阳唱片时代，我认为这是他真正伟大的时

---

[1] 此处为列侬对由保罗·麦卡特尼作曲的"披头士"歌曲《昨天》中的经典歌词的化用。原歌词为："我相信昨天。"

期。但我没去见过他，因为他不可能还是那个人了，也不可能还是那个唱《没事儿》的家伙。我的一个朋友，一个埃尔维斯的死忠粉，比我更迷他，还去看了他的演唱会。我不去，因为我知道那不是他。他不是做出了那些唱片的那个人了。并不是说他开始拍弱智电影，也不是所有那些智识上的原因，而是因为那不可能是他了。当我的这个朋友在拉斯维加斯看到埃尔维斯时，我问他怎么样。我朋友说："好吧，如果你半闭上眼睛假装一下，那就是天堂。"

我不想半闭上眼睛去看埃尔维斯，假装那是天堂，也不想为其他人制造这种幻觉。我只对现在和我现在所做的事感兴趣。我将永远永远谈论"披头士"。我将在智识层面上讨论它们，讨论它们意味着什么，不意味着什么。这不会困扰我。困扰我的是人们认为我们可以为了他们去重塑它的想法——为了那些不断写信给我说"我现在只有十四岁，我错过了"的孩子们。我觉得那很可悲。我是想说，忘了它吧。可以听"披头士"的唱片，但去追"皇后"（Queen）、"冲撞"（Clash）或别的现在的乐队吧。

而对于那些想要重温的人，大喊"复活'披头士'"以及所有那些从一开始就不理解"披头士"和60年代的人，我们现在能为他们做什么呢？（激昂地、有节奏地说）我们要把鱼和面包再分给众人一次？我们要再次被钉死？我们要再次在水上行走，因为有一群傻瓜第一次没有看到，或者不相信他们看到了？他们就是这么问的："从十字架上下来。我第一次没看懂。你们能再做一次吗？"没门儿！不能一件事做两次。什么事？你永远回不了家。家不存在。并不是说我们扣押了它，而是我们并不拥有它。从一开始它就不属于我们。它自己存在。

对"披头士"的抱怨就跟我们的父母一样，他们永不停歇地谈论该死的第二次世界大战。是的，它很重要，但对我们来说不是。我们常听他们说"我们在战争中没这个没那个""战争期间我们没有火柴，我们没有牛奶……"。糟糕透了，但我明白了。这就是我从家里听到的全部！我不知道在美国是什么情况，但我们小时候在英国听到的全是因为这场该死的战争我们是多么幸运。

好吧，都结束了，伙计。战争结束了，60年代结束了，"披头士"结束了，一切都一样。我不反对战争、"披头士"、保罗、乔治还有林戈。我没有什么小心思，只是我不想去参加与日本战机的重聚。我不想成为围在梅塞施密特和喷火战斗机[1]边重温"二战"的人。我对它不感兴趣，好么？这很离谱，彻头彻尾的离谱。

---

[1] 梅塞施密特（Messerschmitts），著名德国飞机制造商，所开发的飞机曾是"二战"期间德国空军的主力战斗机。喷火战斗机（Spitfires），英国在"二战"期间最具代表性的战斗机之一。

12

《花花公子》：对那种坚持
说没有"披头士"就不会有
今天我们所谓的摇滚乐的人，
你怎么看？

列侬：没有摇滚乐就不会有"披头士"。这都是推测。没
有埃尔维斯就不会有"披头士"。没有约翰尼·雷[1]就不
会有埃尔维斯。没有约翰尼·雷之前那些人，就不会有约
翰尼·雷。没完没了，无休无止。60年代属于"披头士"，
所以这音乐对他们很重要，至死方休。但是对于40年代，
那是格伦·米勒[2]的时代，或者别的什么人，我们的父母
听格伦·米勒时，他们经历同样的事。不过，也许他们并
没像我们这代人，没有把额外的所有东西都放在那上面。
你知道，这些玄乎的东西。

---

[1] 约翰尼·雷（Johnnie Ray, 1927—1990），美国歌手、作曲家、钢琴家，被评价家认
为是摇滚乐发展的先驱。

[2] 格伦·米勒（Glenn Miller, 1904—1944），美国爵士音乐家、乐队领班，摇摆时期的
代表人物，其舞曲风格的爵士音乐风靡1940年代。"二战"期间入伍空军，因飞机被
击落身亡。

《花花公子》：对那些坚持说自"披头士"出现以来，所有摇滚乐都是"披头士"翻版的人，你有什么话说？

列侬：所有的音乐都是老调重弹。就几个音符。就一个主题的变化。请告诉70年代对"比吉斯"[1]尖叫的那些孩子，"比吉斯"的音乐只是"披头士"的翻版。"比吉斯"没问题。他们干得真棒。那段时间除了他们没什么别的。

《花花公子》：至少"披头士"更聪明，不是吗？

列侬："披头士"更有智慧，所以他们在那个层面也很有吸引力。但是"披头士"最基本的吸引力不是他们的智慧，是他们的音乐。只是当《伦敦时报》上有人说《不会太久》（"It Won't Be Long"）用"爱奥尼亚调式作为终止式"[2]之后，中产阶级才开始听——因为有人在那上面贴了个标签。

《花花公子》：你有没有在《不会太久》中放进爱奥尼亚终止式？

---

[1]　"比吉斯"（Bee Gees），也称"蜜蜂合唱团"，一个来自英国的三人兄弟音乐组合。

[2]　爱奥尼亚调式（Aeolian Mode）是一种音乐调式，属于中古教会调式的一种。在现代用法中，它是一种自然音阶，也被称为"自然小调音阶"。

列侬：直到今天我都根本不知道那是什么。它听起来像一种外国的鸟。

《花花公子》：那么，你对曲解你的歌曲有什么反应？

列侬：比如说？

《花花公子》：最明显的例子是"保罗死了"的尴尬结果。《我是海象》里的句子"我埋葬了保罗"，是什么意思？

列侬：我唱的是，"小红莓调味汁"（模仿唱片里）。小红莓调味汁[1]，我就说了这个。

《花花公子》：一点儿没有"保罗死了"的意思？

列侬：小红莓调味汁怎么会有这个意思？

《花花公子》：那《玻璃洋葱》里的"给你们所有人另一个线索，海象就是保罗"呢？

---

[1] "小红莓调味汁"（cranberry sauce）与"我埋葬了保罗"（I buried Paul）的英语在音调、音节上相似。

列侬：哦，那是句玩笑话。把那句话放进去，一部分是因为我感到内疚，因为我和洋子在一起，而离开了保罗。我在试图——我不知道。这是以一种特别有悖常情的方式对保罗说话，你知道，"这儿，拿着这点碎屑，这个假象，这——这一下，因为我要走了"。

《花花公子》：当大家把你的唱片倒着放并哭泣时，你被"保罗死了"这事儿逗乐了吗？[1]

列侬：他们都玩得很开心。这事儿毫无意义。

《花花公子》：查尔斯·曼森 [2] 声称你的歌词是在给他传递讯息，这事儿你怎么看？

列侬：这和我无关。就像那家伙，会跟狗说话的山姆之子 [3]。曼森只是想出了"保罗死了"的那类人中的一个极端例子。

---

[1] 如果把《我很累》一曲的结尾倒过来播放，听众会听到"保罗死了，想念他，想念他，想念他"（"Paul is Dead man, miss him, miss him, miss him"）的喃喃自语。

[2] 查尔斯·曼森（Charles Manson，1934—2017），美国邪教组织头目，也曾是一名歌手。曼森很迷恋"披头士"乐队，并宣称"披头士"的歌曲给自己带来灵感。

[3] 山姆之子（Son of Sam），1970 年代纽约连环杀人凶手，声称自己的所有杀戮行为只是执行一只拉布拉多犬的命令，而这只狗原属于一个古代恶魔。

《花花公子》：你现在做的歌很难被曲解。

列侬：我现在不想制造幻觉。"塑料小野乐队"简单直接。这就是我要做的。我一直都想这么做。我只想直接说出我想说的话。我对所有"大写的诗歌"都不感兴趣。对我来说，最好的诗歌是俳句。所有最好的画都是禅。话越少越好。我想不用歌词就能说出来，可我不能。我只好——只好用语言表达。总之我所追求的就是清晰，表达的清晰。画壁纸或做米尤扎克音乐，都不是我想干的，虽然我并不反对。我只想在画布上画一个清晰的瞬间。

假如人们不喜欢，那么……那就跟想要"披头士"回来一样。你想从我这里得到音乐，你就会得到。但不要告诉我该做哪种音乐或建议我该怎么做。否则，你就自己去做。人人都有可能。别的人可以去做那件事。

《花花公子》：的确已经有人这么做了。

列侬：是的，已经有人这么做了。"电光乐团"[1]就是《我是海象》之子。如果有人想要《我是海象》那种音乐，他们只需要去买 E.L.O. 的唱片。不同流派的"'披头士'

---

[1]　"电光乐团"（Electric Light Orchestra），简写为 E. L. O.，英国古典摇滚乐团。

之子"持续地存在。

《花花公子》：你有没发现那种让"披头士"重组的呼声已经平息了？

列侬：嗯，前几天我在收音机里听到了"披头士"的一些东西，我听到了《大葱》——不，《玻璃洋葱》——我甚至都搞不清楚我自己的歌！我去听它是因为这是一首稀罕的曲目。这是首他们通常不放的歌。当一家电台要做一档周末"披头士"节目，他们通常会播放同样的十首歌——《辛劳一天的夜晚》（"A Hard Day's Night"）、《救命！》（"Help!"）、《昨天》《某种东西》（"Something"）、《随它去》（"Let It Be"）——你知道，有这么丰富的曲库，但我们只会听到十首歌。而主持人会说："我要感谢约翰、保罗、乔治和林戈没再聚在一起，去毁掉一件美事。"我想这是个好兆头。也许人们开始懂了。

《花花公子》：流行音乐史学家花了很多时间分析"'披头士'现象"和乐队的各种动向——你们的个性，布赖恩·爱泼斯坦对保罗的暗恋……

列侬：这很离谱。他没有爱上保罗。他爱上了我。这很离谱，你知道。

《花花公子》：你对这没兴趣吗？

列侬：这无关紧要。我会读一切东西——我喜欢考古学、人类学，任何这类古老的东西。我爱死它了。我可喜欢挖东西了。（笑）但每个人有他的角色。我负责做事，其他人负责记录。我不能两样都干。我是说，谁在乎格伦·米勒是被中情局杀了还是被纳粹杀了还是别的什么鬼？关键是他死了。有一天它会做成一部很好的《好莱坞巴比伦》电影，讲述布赖恩·爱泼斯坦的性生活，但这无关紧要，完全无关紧要。

《花花公子》：那么你怎样看待那些对你所作所为的心理分析？

列侬：这只是供人们玩耍的游戏。有些人喜欢乒乓球，有些人喜欢挖坟。这些都是逃离现实的方式。相比于待在现在，人们宁愿去做别的事。这无关紧要。如果有人想做，就让他们做吧。他们把所有幻想都放在别人身上，不管那是"披头士"还是埃尔维斯，还是格伦·米勒。

门开了，洋子探了一下头，问进展如何。她说她的事忙完了，想知道我们是否准备离开。吃过寿司和生鱼片之后——约翰称之为"死鱼"，那是每天哥伦布大道一家日本餐馆送来的——我们乘坐等候在外面的车返回达科他公寓。天已经黑了，洋子疲倦地把头靠在约翰肩上。

13

进了公寓，约翰在大厅
里四下张望。他对我眨眨眼。

"他在附近。"终于，从我
们后面，肖恩冲过大厅，一
头栽进他父亲张开的怀抱里。如约翰所说，肖恩真的非常
漂亮，发光的黑眼睛——时而像约翰，时而像洋子——从
粘着巧克力的脸上探看着。约翰把他带进厨房，取笑他够
脏的。洋子已经消失在房子的另一端。

约翰向肖恩介绍我，肖恩礼貌地问了好。过了会儿，
肖恩在约翰膝上谈起"小鸟"和"纸做的东西"，要拿给
我们看。他跑进另一间房又跑回来，脸红扑扑的，很兴奋，
手里拿着些纸做的小鸟和一张手指画。他把画丢在约翰腿
上，身体靠在我腿上。"看见了吧？"他问，举起他的作
品。他说他想做更多，这样鸟儿就不会孤独，可以一起在
他房间飞。"但我会关上门，这样它们就不会飞走，不会
迷路。"他说着，咯咯笑。

约翰称赞了画，这时洋子走进来，肖恩突然从我腿上
弹起来，跑上去给了她一个拥抱。很快到了睡觉时间。肖
恩恳求再玩几分钟，然后很不情愿地牵着约翰的手，被带

去睡觉。

约翰回来时，我们聊了聊当天的录音。约翰和洋子谈到关于这张唱片的一些要点——是不是该把它叫做"一部耳朵戏剧"，或者还不够，也许该叫"一部心的戏剧"，因为"心"这个词包含了"耳朵"？——是该继续的时候了，我不好意思地问是否可以再谈谈"披头士"。洋子笑道："当然。"约翰呻吟了一声。

《花花公子》：为了引出话题，让我们继续坚持这种说法：除了"披头士"，没有别的艺术团体以如此深刻的方式感动了这许多人。

列侬：但是，是什么感动了"披头士"？

《花花公子》：你告诉我。

列侬：好吧。不管那时的风怎么吹，那风也吹动了"披头士"。我不是说我们不是船桅的旗子。但整艘船都在动。可能"披头士"在桅杆瞭望台里叫着"陆地到了！"之类的话，但我们都在同一艘该死的船上。你不能一辈子都盯着看那瞭望台。总得有人扬帆和落帆。

《花花公子》：就说"披头士"仅仅是桅杆瞭望台。这样，人们又一次仰望它是有理由的。

洋子：但是"披头士"本身是一个社会现象，他们并不知道自己在做什么。某种程度上……

列侬（喘着气）：这个"披头士"的谈话要闷死我了。翻到 196 页吧。

洋子：我敢肯定有些人会因为听到了印度音乐、莫扎特或巴赫而受到了影响。最重要的是"披头士"出现的时间和地点。那里确实发生了些什么。一种化学反应。好像几个人围坐在桌子旁，一个鬼魂出现了。就是那种交流。所以在某种程度上他们就像是媒介。他们之间曾有一种东西，一种强烈的彼此联系，一种在一起的感觉，而不只是四个人。现在不一样了。这不是你能强求的东西。那是人物、时代，他们的青春和热情。就像我说的，他们就像是媒介。他们对他们所说的没有意识，但是那些话通过他们说出来了。

《花花公子》：为什么？

列侬：我们接收到了那个讯息。就这样。我不是有意贬低"披头士"，当我说他们不是这个，不是那个。我只是不想夸大他们独立于社会之外的重要性。我不认为他们比格伦·米勒、伍迪·赫尔曼[1]或贝茜·史密斯[2]更重要。这就是我们这一代人，仅此而已，这就是 60 年代音乐。

洋子：而人们还想要更多？记住，你读到《圣经》的时候，基督传教差不多快五年。五年他就上了十字架，说，我将再一次显现，但是"披头士"已经做了十年了——够久了，不是吗？

列侬：你不觉得"披头士"已做得够多了？这用掉了我们的整个生命，我们的整个青春；当其他人都在傻乎乎地玩耍，我们却在每天二十四小时地工作。我一直做一直做一直做，没法停下。电梯服务生在你回酒店房间的路上想要一点你，女招待在你回酒店时想要一点你——我不是指性，我是说你的时间和精力。于是我突然明白了：我要再回到那儿吗？我们真要做的话，就得把"披头士"拯救世界这

---

[1] 伍迪·赫尔曼（Woody Herman，1913—1987），美国爵士乐单簧管、萨克管演奏家，爵士乐队领班，深刻影响了摇摆乐（Swing）和冷爵士（Cool Jazz）时代。

[2] 贝茜·史密斯（Bessie Smith，1894—1937），早期爵士乐和蓝调唱片中第一位现象级女歌手，对这两种音乐的发展都做出了巨大贡献，也被认为是史上最有魅力和力量的女歌手之一，人称"蓝调女王"。

件事搞搞清楚。如果你看不清，那么没人能看清。把我们重组筹集的钱献出去，只是给人提供治头痛的阿司匹林。头痛的原因是无法解决的。

《花花公子》：也许你不用给阿司匹林。也许你筹集钱，可以做一些不同的事——比如实现某些社会事业什么的。

列侬：但为什么是我？为什么不是你？你为什么不马上开始，让自己像"披头士"一样出名？如果你想一天工作二十四小时，一直微笑、跳舞，搞它十到十五年，这很容易。那么你就可以做到。为什么每个人都对我说我要做这件事？我已经做了！上帝知道我们创造了多少福利。我们提供了"披头士"能提供的一切。我们并不是来拯救这该死的世界的。

洋子：同样地，这样产生出来的钱并不像你想象的那样。税收是个大问题，但是许多人（可能不知道）——钱并不会流向你想要它去的恰当地方。而有这么一种想法，这四个男性人物，或者说这四个男性人物的延伸物，做了些好事，一场音乐会可能在象征层面上奏效，但在实际意义上，在金钱层面上，它却通常不起作用。他们对此有经验，请相信我。

《花花公子》：在你自己的财富问题上，《纽约邮报》最近说，你们承认有一亿五千万。

列侬：我们没承认过任何事。

《花花公子》：《邮报》说你们承认了。

列侬：《邮报》说——好吧，我们有钱，所以怎样？

《花花公子》：哦，问题是，这和你的政治理念吻合吗？

列侬：在英国，只有两件事情可做，基本上是：你要么拥护劳工运动，要么拥护资本主义运动。如果你处在我的阶级，你要么成为右翼的阿尔奇·邦克[1]，要么变得像我这样，成为一个本能的社会主义者。我的意思是，人们的假牙、健康之类的该被照顾好。而除此以外，我为钱工作，我想发财。那又怎么着？如果这是自相矛盾，那么我就不做社会主义者。怎么着？而我什么都不是。我本能地拥护工人，因为我以前和工人一起生活，虽然很多工人是右翼。我以

---

[1]　阿尔奇·邦克（Archie Bunker），美国电视系列片《全家福》（*All in the Family*）中的人物，工人阶级，著名的偏执狂。

前对钱有罪恶感。这就是为什么我失去了它，要么送出去，要么允许自己被所谓的经理（随你叫他们什么）骗去。但潜意识里是，因为我对有钱这事有罪恶感。

《花花公子》：因为？

列侬：因为过去我以为，金钱等同于罪恶。我不知道。我想我已经不这么想了，因为我要么去干要么闭嘴，你知道。如果我要做一个一文不名的修道士，那就做吧。相反，如果我要努力赚钱，那就赚吧。金钱本身并不是邪恶的根源。金钱只是一个概念，也只是一种能量。所以现在你可以说，我已经与金钱达成妥协并且在赚钱。

我总是忽略钱。所以现在，洋子管生意，把钱投入到奶牛和房地产之类的事情上。我们必须面对现实，钱在那里，而我总是避开。反正我也太艺术了，处理不好金钱。我是个社会主义者，碰巧有了这些钱。每当我忽略它，总是会带来问题。我很难解释这事。我现在变得有些迟缓，因为我累了。我需要整理一下思绪。

《花花公子》：我们可以以后再谈这个。

列侬：没事，没关系。如果一直谈下去，我们就能把这事搞明白。

不是我凌驾于政治之上，而是我做的事就不是政治。政治与社会是分开的，而我不是。政治是包容性的，就像艺术、饮食和生孩子；它不仅仅是你四年做一次的事情。正如戈尔·维达尔[1]常说的："不要给他们投票，这只会助长他们的气焰。"我从来不给任何人投票,任何时候都没有。即使是在我所谓的最热心政治的时候。我从来没登记为选民过，永远也不会。这么说会让很多人心烦，这可太糟了。我和大多数人一样。大多数人都不投票。哦，他们更明智一点。

洋子：无可否认，我们仍然生活在资本主义世界中，而为了在这个世界生存，我们必须照顾好自己。我们有些朋友可以说是 1920 年代的社会主义者，生来就有钱，总是说他们不在乎钱。这么做很容易。但我认为，为了生存和改变世界，首先你必须照顾好自己。你得靠自己活下来。要改变社会，你必须得与这个社会周旋……

现在 60 年代的许多人去了地下，想着要炸掉白宫之类。那是暴力做法，我觉得负面影响太大，不会有任何结果。所以这不是个办法，对我来说绝对不是。

---

[1] 戈尔·维达尔（Gore Vidal, 1925—2012），美国小说家、剧作家、政论家，以讽刺幽默见长，有名作《迈拉·布雷肯里奇》。曾两次竞选国会议员，均告失败。

如果你不使用暴力，你也不要钱，你就什么也做不了。所以如果你是真的想改变体制，你就要变成体制的一部分，有个改变它的地位。所以你需要钱。纵使你想当市长还是什么。

　　可悲的是，在这个社会中如果你不考虑钱，你就会成为寄生虫。在有些社会，即使不考虑钱，如果你是艺术家或者你有技能，你就不需要什么了——这并不是指苏联，因为他们的体制也有缺陷。我不是说现在世界上就有一个社会那样地存在着。每个人都有这个理想，认为社会中应该有这样一个东西来保护人们不必真正地依赖于金钱系统。但是这个社会依赖于金钱体系。所以我们必须玩这个游戏。

列侬："任何来自虚伪政治家的消息对我都不起作用。"我早先说过这话，现在仍然属实，仍然奏效。在60年代末和70年代，我涉足所谓的政治，更多的是出于负罪感。内疚于变得富有，内疚于想到爱与和平也许是不够的，你必须去挨枪子儿，或者脸上挨顿揍，以证明我是人民中的一员。我违背了我的本心。

洋子（朗诵道）："现在，我是这儿唯一的社会主义者。"（她笑了）我一分钱都没有。都是约翰的，所以没关系。

我以前真的玩过这个游戏。但是钱，当然，也有我的一部分；我也在用这些钱，不得不面对它。所以，是的，你必须玩金钱的游戏。

《花花公子》：你能在何种程度上玩这个游戏而不被卷入其中——换句话说，不为钱而赚钱？

洋子：有个限度。可能与我们感到多安全正相关。你懂我的意思吗？我是说情感上的安全水平。

《花花公子》：达到那个水平了吗？

洋子（笑）：没有，还没有。我不知道。可能达到了，但我们觉得要达到那样的水平才会更舒服。

《花花公子》：你的意思是需要一亿五千万？这是个准确的估算吗？

洋子：我不知道我们有多少资产。它变得如此复杂，需要十个会计师工作两年才能弄清楚你到底有多少钱，我真的说不出来。但是我们得说现在我们感觉舒服。舒适且独立。我们把我们收入的百分之十给了穷人。

《花花公子》：你是怎么投资的？

洋子：要赚钱，你就得花钱。而如果你打算赚钱，你就得用爱才能达成。我喜欢埃及艺术。我买入一切埃及艺术品，不只是为了其价值，而是为了它们的魔力。每样东西都有一种魔力。房子也有。我只买我们爱的，而不买人们说是好投资的。

《花花公子》：按报纸上说的，好像你们要买下一块大西洋沿岸。

洋子：你看到房子的时候就会明白了。它们的确是做投资，但除非你卖掉，否则它们就不算投资。每个房子都像是历史地标，它们非常美。我们真的爱每栋房子。

《花花公子》：你真的在使用所有这些房产吗？

洋子：大多数人都可以去公园走一走，跑一跑——公园是一个宽敞的地方——但是约翰和我从不能一起去公园，或者不常去，你知道。所以我们必须创造我们自己的公园。

《花花公子》：听说你拥有总计价值六千万美元的奶牛。是真的吗？

洋子：我不知道。我不是计算器。我不依据数字行事，我依据事物的卓越与否。

《花花公子》：就一个艺术家而言，你的商业感觉似乎很突出。

洋子：我只是在做类似下棋的游戏。我喜欢下象棋。我做这件事、每件事都像是在下象棋。不是像"地产大亨"那种游戏——那更现实一点。象棋更具概念性。

《花花公子》：约翰，你真的需要遍布全国的所有这些房子，让你有地方可以逃离吗？

列侬：它们是很好的生意，但我们确实喜欢它们，在使用它们。

《花花公子》：为什么有人需要一亿五千万美元？难道你不能满足于一个亿？或者是一百万？

列侬：你想建议我什么？把一切送出去，以街头为生？过去没钱时我不满足，有一百万时我不满足，现在有一个亿，我也不满足。满足感不在于金钱。

《花花公子》：那为什么要投身于获取更多金钱的游戏？

列侬：因为做我在做的事，需要钱来达成。

《花花公子》：一亿五千万吗？

列侬：都是相对的，不是吗？

《花花公子》：那些要超越财产的话题呢？

列侬：不用穿着长袍走来走去也能超越财产。财产可能存在于头脑中。一个洞穴里的僧侣，梦想着食、色、性，比我这所谓的背后口袋里有钱的人，情况要糟得多。我已经摆脱了不能又清醒又有钱的那种冲突。那绝对是胡说八道。当基督说，"富有的人上天堂比骆驼穿过针眼还难"，我从字面上理解——一个人必须抛掉财产才能进入涅槃，或者随便你怎么称呼。但是一个知识分子比我更不可能穿过针眼。他们拥有想法。一个没钱的知识分子，过着苦行僧的生活——没有电视之类东西——嗯，他们拥有想法，关于他们应该如何生活。我不再拥有想法了。因此，那些才是我要抛弃的，而不是物质上的所有物。

洋子：一个人不能通过压抑来抛弃事物。为了要"抛弃"，你必须先得"得到"，明白吗？

列侬：我的不安是我有太多衣服。这是我不安的一种生理表现——我有一柜子不可能去穿的衣服。但我明白了。无论如何，我还是有衣服，会每年把它们扔在救世军[1]的柜台上。但我明白了那种焦虑恐惧。但是有很多钱对我已经不再是问题了。这就是为什么最终我们会要获取更多。小野没这个问题，因为她生来富有，她这辈子一直很富有。她无法理解我对金钱的态度。不管我们钱多钱少，似乎都与她不相干。

所以所有物不仅仅是物质财产。思想也是所有物。大多数人被他们随身携带的概念和思想窒息而死，通常那些都不是属于他们自己的，而是属于他们的父母和社会阶层的。那是你穿过针眼时必须要抛弃掉的所有物。这完全与物质财产无关。

---

[1]　救世军（Salvation Army），以基督教作为信仰基本的国际性宗教及慈善公益组织，以街头布道和慈善活动、社会服务著称。

《花花公子》：你穿过针眼了吗？

列侬：我想我已经穿过去又穿回来好几回了。我知道什么？我知道这不是你口袋里有多少金子的问题。有许多觉醒了的非常富有的人，也有许多觉醒的不拥有任何物质的人。一个碗，一个杯子。那是什么？禅宗吗？一个碗，一条斗篷。对我来说，那样做相当疯狂——离开所有一切。这意味着没有任何所有物，包括你的家庭、纽带和一切。就这么极端。但是走开就是逃避责任。就像"披头士"。我不可能离开"披头士"。那是一个还依附在我身上的所有物，对吧？不管我自己怎么说。如果我要远离真正的自己，不管是两栋房子还是四百栋房子，我都逃不掉。

《花花公子》：那要怎么逃呢？

列侬：把我身上的那些影响了我的思维方式和生活方式的垃圾扔掉，要花很多时间。这与洋子有很大关系，她让我意识到我仍背负很多。当我和洋子相爱时，我就从肉体上放下了，但在精神上我挣扎了有十年。我从她那里学会了一切。

14

《花花公子》：你让你和洋子
的关系听起来像是师生关系。

列侬：就是一种师生关系。
这是人们所不理解的。她是老师而我是学生。我是个名人，
一个应该通晓一切的人，可她是我的老师。她教了我应该
知晓的一切。当我漂泊不定时，当我就是那个漂泊者[1]时，
是她在那儿。她是我的唐璜[2]。这是人们不理解的。我与
该死的唐璜结婚了，这就是问题所在。是她教会我找个地
方坐下来。唐璜不一定要笑，唐璜不一定要有魅力，唐璜
就是唐璜。唐璜周围发生的事与唐璜无关。

就像她叫我滚出去——唐·小野说"滚出去"，因为
你没搞明白。唉，就像被送进沙漠一样。她不让我回来，
是因为我还没准备好回来。而当我准备好回来的时候，她
让我回来了。我就是这样生活的。

---

[1] 《漂泊的人》（"The Nowhere Man"）也是"披头士"的一首歌。

[2] 指唐璜·马图斯，秘鲁裔美国作家和人类学家卡洛斯·卡斯塔尼达（Carlos Castaneda，
  1925—1998）笔下的印第安人萨满巫师。——原注

I hope someday you'll join us.   And the world will live as one.

《花花公子》：洋子，做约翰的老师感觉如何？

洋子：哦，他在遇上我之前有很多经验，那是我从来没有过的一种经验，所以我也从他身上学到很多。这是双向的。也许我有力量，女性的力量。因为女人会产生这种力量。在男女关系中，我认为女人真的拥有内在的智慧，她们带着这种东西，而男人有一种对付社会的智慧，毕竟他们创造了它。男人从不产生内在的智慧，他们没时间产生。所以大多数男人都依靠女性的内在智慧，不管他们表达与否。我认为约翰只是表达了这一点。他甚至说女性的内在智慧让他彻悟。人们认为这是句娘娘腔的话："我从一个女人那儿学到了很多。"

《花花公子》：你追随洋子和追随其他领袖有什么不同？"不要追随领袖……"[1]

列侬：唐璜和非唐璜有什么不同？幻觉和现实有什么不同？就是这么不同。自从我遇上她，她再也没找过其他人。

《花花公子》：但听起来像是洋子成了约翰的上师。

---

[1] "Don't follow leaders...", 鲍勃·迪伦的一句歌词，1960 年代成为青年格言。

列侬：不，唐璜没有追随者。唐璜不在报纸上，没有门徒，不需要任何东西，也不给人改宗和传教。知道的人不说，说的人不知道。

在她印地卡画廊（Indica Gallery）的展览，我感觉就像是和唐璜见面。一开始我没意识到是和谁见面。然后，我加入了最初的游戏，我玩了最初的游戏，然后我们连接起来。

《花花公子》：你能详述一下神奇的神秘王子和唐·小野会面的故事吗？

列侬：那是1966年在英国。有人告诉了我这个"活动"——（外面传来一声刺耳尖叫）哦，又一起在达科他的凶杀案……（笑）——这个"活动"，是一位来自美国的日本先锋艺术家办的。她很火。展览上有些黑袋子一类的东西，我以为一切都会跟性有关：艺术性的狂欢。太棒了！好吧，那展览的确很激进，但不是我想象的那样。

所以我走了进去，那儿没人。那其实是开幕夜的前一晚。那个场所还没真的开放，但是老板约翰·邓巴（John Dunbar）非常紧张："百万富翁来买货了！"他就像疯了一样飞来飞去。然后我开始看这玩意儿。一个塑料盒上有几颗钉子。我继续看过去，看到在架子上有一个苹果——一个新鲜苹果在架子上，一张便条上写着"苹果"。我想，你知道，这是玩笑，相当有趣。（想起那一天，洋子笑了）我开始看出其中的幽默。我说："苹果多少钱？""二百英镑？真的。哦，我明白了。那么这些弯曲的钉子多少钱？"所以我四处转，玩得很开心，然后下楼，那儿坐着几个穿牛仔裤的衣衫不整的人。我有点戒备，想，他们一定是些时髦人物。但是不，后来晓得他们只是帮她摆放东西的助手。但是我，怎么说呢，我是名人，富有的摇滚明星，而这些人肯定是知道那些钉子和苹果是什么的人。我看出了幽默，这些东西展现得很好，但我的反应有点像很多人对她的幽默的反应——生她的气，说她没幽默感。实际上，她是歇斯底里的好笑。

总之，这样过了一会儿，邓巴带她过来了，因为，你知道，毕竟百万富翁来了，对吧？

洋子：（邓巴）什么都没对我说，就把我拖出来了。

列侬：我在等袋子。袋子里的人呢，你知道吧？我一直在想我是否有胆量和什么人一起进那袋子。你知道，你不知道谁会在袋子里。

于是他介绍了我，而因为应该有活动要举办，所以我问："咦，是什么活动？"她给了我一张小卡片。上面写着"呼吸"。我就说："你是指（喘气）？"她说："就是这样。你理解对了。"而我在想，我理解对了！（笑）但我已完全准备好要做点什么了。我想做点什么。

洋子：哦，你做到了。

列侬：我呼吸了，但我想要的不仅仅是，你知道，把我的意识放在呼吸上——这是一种富有智慧的说法。我看到了钉子，我懂得了那幽默——也许我没有体会到它的深度，但我从中得到了一种温暖的感觉。我想，这我能做到。我能把一个苹果放在架子上。我想要更多。

然后我看到了画上的这个梯子，它伸向天花板，那儿挂着一个小型望远镜。就是它让我留了下来。我爬上梯子，拿起望远镜，那儿写有非常小的字。你真得站在梯子顶端，就像这样。（约翰站起来比画着）你在这个梯子上——你觉得自己像个傻瓜——你随时可能摔倒——然后你通过望远镜看，上面写着"是的"。

哦，当时所有的所谓先锋艺术和所有人们认为有趣的东西都是负面的，用锤子砸钢琴，打碎雕塑，都是无聊的、负面的狗屎。一切都是反、反、反。反艺术，反权威。而仅仅那一句"是的"，就让我待在了一个满是苹果和钉子的画廊里，而不是走出去说："我不会买这些狗屎。"

接着我走到一个展品前，上面写着："拿一颗钉子钉进去。"我说："我能钉颗钉子进去吗？"她说不行，因为画廊其实第二天才开张。老板邓巴说："让他钉。"那意思是"他是百万富翁，他可能会买"，你知道。她更希望开幕时它们看起来很好，漂亮、洁白。这就是为什么她从来没在这些东西上赚到钱；她总是忙于保护它们。（笑）

于是有了一个小小讨论，最后她说："好吧，你可以花五先令钉颗钉子。"而我这个自作聪明的家伙说："好吧，我给你一个想象中的五先令，然后钉进一颗想象中的钉子进去。"那就是我们真正相遇的时刻。就在那一刻我们锁住对方的眼睛，她明白了，我明白了，就那样。其他的，就像他们在那些采访中说的，都是历史了。

《花花公子》：后来那些展品呢？

列侬：我会给你看的。它们在屋子里。肖恩和我时不时放一个苹果在架子上，但是肖恩总是把它吃掉。

洋子（微笑着说）：当然，当时我们各自都结婚了。但我们还在约会。

列侬：那就是事情起变化的时候。从那时起，我开始从"披头士"解脱出来了。而每个人都开始有点不高兴……

洋子：即使是现在，我还读到保罗说过这样的话："我理解他想和她在一起，但为什么他非要和她每时每刻都在一起？"

列侬：洋子，你还要背负那个罪名吗？那是几年前的事了。

洋子：不、不、不。那是他最近说的。实际上发生了的事是，我和这个我喜欢的家伙上了床，突然第二天早晨，我发现这三个人带着怨恨的眼神站在那里。

《花花公子》：你认为人们的那种态度也是嫉妒吗？

列侬：是一种嫉妒。人们无法忍受恋爱中的人。他们完全不能忍受。他们想把你拉进他们待的洞里。

《花花公子》：这种美妙的感觉不会感染他人吗？

列侬：哦，是的，但你总会有一刻不想和他们同处一室。你们彼此聚精会神，你们彼此心满意足，而人们无法忍受这些。他们当然会被你吸引，因为你的能量既正面又高昂——最高形式的。而能量吸引能量吸取者。无论他们乔装成朋友还是敌人都无关紧要。这会以许多神秘的形式显现。他们会把你吸干。这就是那个游戏的本质。很难让这种感觉留下来。

《花花公子》：就像汤姆·罗宾斯[1]在他最近的一本书中半真半假地问："如何让爱长驻？"

列侬：试图占有它会让它消失。试图占有一个人会让他离开。每次你想搞明白一件事，它就会溜走。每次你打开显微镜的光，事物就会改变，因而你永远看不见它是什么。一旦你问出问题，它就消失了。这都是周边视觉。不能直接盯着它看。试着看太阳。你会变瞎，对吧？虽然如此，并不意味着你不需要专注于它。爱是一枝花，你必须给它浇水。

洋子：是的。我认为爱永远不会消逝。一旦你认识了某个人，你就再不可能不认识这个人。而相知就是爱。所以你

---

[1] 汤姆·罗宾斯（Tom Robbins，1932— ），知名美国作家、小说家，作品幽默、诗意、奇特，常跟主流文化唱对台戏。这句话出自其名作《啄木鸟的静物写生》（*Still Life With Woodpecker*）。

永远无法摆脱爱。可能因为其他原因会有误解和分离，但爱总在那里。在一起只是爱的一种形式。也许那是一种强烈的爱和爱的表达。但爱是灵魂的东西。它总是在那里。我认为人们不应该对失恋感到不安。如果他们不害怕去爱，那么他们总是会爱。人人都有爱，这就是为什么人们总想弄明白如何才能让爱持续。每个人都真的关心爱。这是最大的主题。爱让万物运转。它使万物生长。

爱也很难。有时候我们有占有欲，这没什么。我们不应该为有这种感觉感到羞愧。没事的。我们因嫉妒而感到羞愧，因占有欲而感到羞愧。我们如此害怕有仇恨之类的感情。这都不必要。所有这些不过是不同形式的能量。能量通过不同的形式表现。我们拥有的东西没有哪一样是丑的。出自我们的一切都是美的。我们被教导说唱歌是美的，但如果你唱走了调就不美了。我们被教导说你要以一种特定方式唱。但是我认为，出自我们的一切都是美的，因为我们是人。

我为人类感到惊叹。他们多有韧性啊！他们生来就没有保证可以存活。他们的保证只有父母，而父母也如此不安，他们自己也像孩子一样。而他们活下来了。他们在"不要这样做，不要那样做""你不该这么做"中活下来了。一个人若没有这些成长中的不安会成为什么样的人？这将是个有趣的设想，但即使有这些不安，我们还是活下来了。

想象一下，我们真的知道这没什么大不了。（微笑着摇头）无论如何，人生是如此艰难。走下去需要极大勇气。尽管如此，我们还是好好活着。（笑）我认为人生是美好的，我很享受人生。我正在享受。

也许直到最后，我都是一个无止境的乐观主义者。我有时会想到那些人的想法：啊，好吧，世界很快就要完蛋了，所以我不要孩子。哦，如果你害怕失去，你就会失去的。看看那些人。我们在谈论这个世界是多么美——这是真的。

列侬： 嗯，今天它是。昨天它糟透了。所以管它呢。（他和洋子笑了）

洋子： 就是那样。没关系。如果你明白了，你就不会那么怕了。如果你不那么怕，爱就会长驻。

15

《花花公子》：你们为什么
决定结婚？

列侬：因为我们很浪漫。而
且这是有区别的。正如在收到离婚协议书前，离婚不像是
离婚，我是这么觉得的。不管智性层面如何——我们一起
生活了两三年——当离婚协议书办下来，上面说"你自由
了"，我们感到了自由。从智性层面上，我们知道这都是
狗屎，但结婚至少和离婚一样重要。

洋子：我们真的想结婚。这是一份声明和承诺。

列侬：还有，仪式的确很重要，不管我们小时候怎么想。
（嘲讽地说）"结婚——哈哈哈。"当然现在不结婚很时髦。
但我对赶时髦没兴趣。我是说，我对"大写的时髦"感兴
趣，而对时髦的东西不感兴趣。

《花花公子》：婚礼之后，就做了床上行动？

列侬：对的。我们结婚时，我们就知道反正我们的蜜月将是公开的，所以我们决定用它来做一个声明。我们的生活就是我们的艺术。床上行动就是那个意思。我们坐在床上，和记者们谈了七天。太好玩儿了。实际上，我们为和平而不是为战争做了广告。记者们的反应都是"嗯哼，行吧，当然"，但这不重要，我们的广告不管不顾地传递出去了。就像我说过的，每个人都贬低电视商业广告，但他们却到处唱着它们。

一个伙计在床上行动中不断重复他对希特勒的观点："你要怎么对待法西斯主义者？当希特勒存在的时候，你怎么能得到和平呢？"洋子说："我会和他上床睡觉。"她说她只需要和他待十天。人们喜欢那个说法。

洋子：当然，我是开玩笑说的。但关键是你不能通过战争改变世界。也许我和希特勒待十天太天真了。毕竟，我和约翰·列侬在一起花了十三年时间。（她咯咯地笑）

《花花公子》：报道上说你们在一个袋子里做爱，是怎么回事？

洋子：我们从没在袋子里做爱。人们可能想象我们在做爱。实际上，只是我们在袋子里，你知道。重点是袋子的外形，袋子的动静：我们多少能看出一个人的形状。里面可能发生了很多事，也可能什么都没发生。

《花花公子》：走向公众会引起骚动，远离公众显然带来宁静，你们为什么要选择公开地做这些事——艺术声明、唱片，诸如此类？

洋子：任何事都是公开的。不管你在做什么，即使你咳嗽、打喷嚏什么的，都会影响世界。就算是你以为在私下做的事情也是如此。我们都在一起分享整个世界。你没有理由不能公开做这些事。相反，你必须公开这样做。

列侬：就像我之前说的床上行动的事一样。我们知道无论如何，我们结婚后都会被媒体跟踪，所以我们坐下来说："怎么利用这一可能会很有趣的状况？它是对未来可能发生的事的一个投射。"我们问："我们该如何利用我们的处境？"所以我们公开地度了蜜月。

洋子：而且，你知道，床上行动是那整个时期里改变了世界的抗议活动的一部分。在那个有很多消极部分的时期，它确实改变了世界。人们一直在抵制正在发生的事。这是那个时代的可取之处。而我们只是其中的一部分。

《花花公子》：政治声明必须公开发表，但是那些更个人的声明呢？约翰的《亲爱的洋子》（"Dear Yoko"）、《噢，洋子》（"Oh Yoko"）以及洋子关于约翰的歌。你们在这方面受到了很多批评。

洋子：如果我们写情歌，那是因为我们感到了爱。而不是"哦，我们也放进一些情歌吧。"这张专辑反映了我们的生活，所以有一些爱，也有一些恐惧。

列侬：人们写自己知道的东西，至少我是这样做的。私密和公共之间没有界限。没有一条线。"除了我和我的猴子，每个人都有事儿隐瞒。"[1] 没什么可隐瞒的，真的。我们都喜欢私底下拉屎，我们有一些更喜欢私下做的小事情，但是，总的来说，有什么要去隐瞒的呢？有什么大秘密？秘密就是没有秘密。

---

[1] "除了我和我的猴子，每个人都有事儿隐瞒"（"Everybody's got something to hide except me and my monkey"），"披头士"乐队的一句歌词，出现在同名歌曲中。

16

约翰的助理一早打电话给我。"约翰想知道你能多快到公寓来见他！"那段路打车很近。他在楼下等着，简要地告诉我说："有个家伙想发我传票，我不想理。你能帮帮我吗？（"正是我需要的，又一场官司。"约翰叹了口气。）他先让我确认从公寓到接车点的路线。很安全。我向他点点头，然后他从我身边冲过去，翻进车的后座上，我撞倒在他身上上了车。约翰叫司机直奔录音室，离他要去的时间早到了三个小时。

我们接近录音室时，约翰叫司机开慢点，指点我在确保路上没有危险后带着他走进去。"要是有人拿出文件来，撞倒他，"他说，"只要他们不碰我就好。"我下车离开前，列侬指指靠在录音室外墙睡觉的酒鬼，他说那家伙可能在装睡。

在我示意一切安全后，约翰拖着我火急火燎地追向电梯。电梯门终于关上，他紧张地叹了口气，不知怎么，他突然意识到这个早晨的滑稽，大笑起来。"我觉得自己又回到了《辛劳一天的夜晚》或者《救命！》的状态！"他说。

我们利用这三个小时谈话，一边喝着茶，一边从一个话题跳到另一个话题。在这次访谈之前，我本来害怕会有一些话题难以引入，约翰却以对一切问题都开诚布公的方式消除了我的恐惧。

《花花公子》：这些天你喝得多吗？

列侬：不，我喝得已经够多了。

洋子：如果我们想喝酒，我们可能就会喝；但是你看，我们现在并没有压抑自己，所以我们真的没觉得有那种需要。

《花花公子》：除了生鱼片、寿司、好时巧克力和卡布奇诺之外，你们的饮食还包括什么？

列侬：我们基本上都吃养生食品[1]，但有时我会带家人出去吃比萨。

洋子：直觉会告诉你吃什么。试图将食物统一化是危险的。

---

[1] Macrobiotic，以全谷物和有机蔬菜为主的食物。

每人有不同的需求。我们尝试过素食和养生饮食，但现在，因为我们在录音室，我们确实吃一些垃圾食品。我们正在试图坚持养生饮食：鱼、米饭和全谷类。你要平衡食物和吃本地产的食物。玉米是这个地区的谷物。

《花花公子》：你们俩都狂抽烟。

列侬：坚持养生饮食的人不相信有癌。不管你是否认为这只是一种托词，养生饮食者不相信吸烟对人有害。如果我们死了，就证明我们错了。

我们从来不买制好的烟。顺便说一句，我们也不认为我们是猴子变的。

《花花公子》：换了个话题。

列侬：换了个话题。那是另一种胡说八道。这有什么依据？我们不可能是什么变来的——鱼，也许，但不会是猴子。我不相信从鱼到猴子到人的进化。不然为什么猴子现在不变成人了？这是绝对的胡说八道。绝对非理性的胡说八道，就像那些相信世界创造于仅仅四千年前的人一样疯狂，那都是些原教旨主义者。那种信仰就跟猴子的事一样疯狂。我这么说什么依据都没有，只是一种直觉。他们总是画那个演变表——这些猿突然就站起来了。早期的人总是被画得像猿，对吧？因为这符合自达尔文以来一直相伴于我们的理论。

我不买那猴子的账。（唱）"太多猴子生意……"[1]（笑）我不买账。我没有根据也没有理论，只是不信它。我相信有其他的东西，一些更简单的东西。我只信"一直如此，也将永远如此"。我想不出比这更少或更多的东西了。其他的理论一直在变。他们建立起这些谬论然后再打倒它们。这让大学里的那些老教授都很高兴。这给了他们事儿干。他们把那些理念硬塞进每个人的喉咙，我不知道还有什么别的坏处。在我小时候他们告诉我的每件事，都已经被当初编造它的同一类"专家"证明是错的。拉倒吧。

---

[1] "太多猴子生意"（"Too Much Monkey Business"），"披头士"的一首歌曲，收录于专辑《BBC现场》（*Live at the BBC*）。monkey business，也有"恶作剧""胡搞"的意思。

17

与列侬夫妇日夜相处的又一个星期过去了。随着一层层新录音的添入，不管是和声歌手一遍又一遍的"噢""呜"，还是约翰和洋子自己的主唱与和音，还是器乐，《双重幻想》已经接近尾声。一天，制作人道格拉斯带来一位杜西莫琴演奏者，那天他在中央公园刚弹了一整天。这位演奏者弹着三个音符，直到坐在座位上的约翰感到满意。这音乐家对所得报酬欣喜若狂，只是事后才想起问杰克，他是在为谁的专辑演奏。杰克指了指坐在玻璃后的约翰。过了一会儿，那人又问玻璃后的人的名字。杰克回答："约翰。"那人夹着琴离开时，又转向杰克问"约翰"的姓。"列侬。"杰克说。那人面无表情地离开了。又一段录音开始，其间，门铃响了。夹着琴的人又回来了，要求和杰克谈谈。"刚才我是在为约翰·列侬的专辑弹奏吗？"那人问。杰克笑了，"是的"，他说。那人摇了摇头，无比震惊地走开了。

那天晚上，当我到公寓和约翰见面时，他唱着歌来应门："大卫·谢夫来了，来问那些没有人听过答案的问题。"

他唱的是《埃莉诺·里格比》的曲调。

在厨房，电台口播了一条纽约市郊抗议核电的新闻。这使我们的谈话转向了今天的政治运动。

列侬：所有的"运动"都搞错了。用于打击核工业的资金和能量都在为核工业注入动力。如果把同样的能量和金钱投入到寻找替代物上，可能会有所收获。他们的思虑都在核工业上，但是核能没有替代物，他们的所想是不现实的。就像我说的，他们给了它动力。如果他们真的想处理这个问题，他们就必须让注意力离开它，转向解决办法。

洋子：某种程度上，这就是能量的秘密和生命的秘密。就像那三个装有种子的罐子的故事。一个被爱浇灌，一个被恨浇灌，一个没有爱也没有恨，没有任何能量。你认为哪一个会活得久？那些有爱和恨的一样地活了下来。无论你给它什么能量，它都会茁壮成长。那个没有能量的死了，但被爱的和被恨的同样地活了下来。

你看，当所有恨的能量集中在我身上的时候，它转化成了一种奇妙的能量。它在支持我。如果你位于中心，并且能转化所有汇聚而来的能量，它就会帮助你。如果你相信它会杀了你，它就会杀了你。核工业既可以利用这种恨的能量，也可以利用另一种能量。所以你必须把能量转化为正能量，转向其他方向，这样替代物就会出现。这是能量。纯粹的能量。

列侬（像是在电视广告中一样唱道）：纯粹的能——量……

洋子：我们曾经和阿比（霍夫曼）与杰里（鲁宾）有过争论。我们现在不相信暴力，以前也不相信暴力。

列侬：是的，当时就像是，"我们会帮你搞音乐会，我们会唱好我们的部分"。我们也很天真，以为没有钱会花在肮脏的事情上。总之，我们和阿比进行了这些不可思议的对话。"我们不反对那个。我们赞成这个。"

让我们陷入移民身份问题的臭名昭著的圣地亚哥会议，其实并不存在。有一个包括了杰里[1]、阿比[2]、艾伦·金斯堡、约翰·辛克莱[3]、约翰和洋子的所谓的集会，试图

---

[1] 杰里·鲁宾（Jerry Rubin，1938—1994），美国政治活动家，后转变为商人，曾出现在《列侬在纽约》《芝加哥10》《美国和约翰·列侬》等纪录片中。

[2] 阿比·霍夫曼（Abbie Hoffman，1936—1989），著名反文化人士、"雅皮士"的领导人，黑客文化早期先驱人物。

[3] 约翰·辛克莱（John Sinclair，1941—　），美国诗人、作家、政治活动家，曾因持有大麻被判十年监禁。其亲友组织了名为"释放约翰·辛克莱"的慈善音乐会，并邀请列侬与洋子登台表演。这一表演及后来列侬自己的"反尼克松之旅"计划（该旅行计划以当时在圣地亚哥举办的共和党全国代表大会为终点），导致美国当局开始调查他们的移民身份问题，试图将他们驱逐出境。

把我们搅和进圣地亚哥共和大会（San Diego Republican Convention）。当他们描述他们的计划时，我们只是面面相觑。这就是诗人和纯粹的政治家的区别。金斯堡和我们站一边儿。他不停地说："我们在做什么，创造另一个芝加哥？"这是他们想要的。我们说："我们不信这个。我们不打算将孩子们拉进制造暴力的处境——这样你就能推翻什么？——然后用什么取代它呢？"

但后来有消息说我们要去圣地亚哥。这就足够让我们被移民局盯上了。他们开始通过移民局攻击我们，想把我们赶出这个国家。但这一切都建立在这个幻想上：你可以制造暴力，推翻现有的东西，得到共产主义，或者得到右翼疯子或左翼疯子。他们都是疯子。

洋子：那些持枪的人告诉我们如何获得和平："你们总是满口和平与爱。你们太天真了。我们有一种战略，我们要像他们打我们一样打他们。"

列侬：顺便说一句，你（对洋子）是那里唯一的女人。我们过去常问："这个运动中有女人吗？霍夫曼夫人在哪儿？你的女朋友在哪儿？她们在哪儿？"而他们会说："哦，她们在办公室打字。"

洋子：或者"在照顾孩子"。

列侬：或者"在照顾共同的宝宝们"。他们永远不会回答我们"哦，芝加哥有个伟大的女人正在组织起女性群体"，类似这样的话。

《花花公子》：出什么事了？

列侬：出的事就是没搞成音乐会，因为我们说：不可能。创造新的芝加哥就是制造死亡和毁灭。我们没傻到想要伤害自己，除此之外，我们不会制造骚乱，也不会以任何方式对此负责。不行。

《花花公子》：移民的事后来怎么样？

列侬：杰里不能像往常一样闭上他该死的嘴。他已经上了媒体了，在那儿胡言乱语。杰里告诉《滚石》杂志，圣地亚哥将有一场约翰、洋子和他们的朋友们的音乐会。尽管我们没有去圣地亚哥的打算，但右派肯定会挑事儿说："任何强大到看起来会被这些疯狂的激进分子利用的人都是危险的，因此，为什么让他们待在这里？他们是外国佬。我们不需要更多怪物了。我们自己的怪物已经够多了。"

我完全理解他们的感受。我不同意他们的意见，但我明白他们是怎么回事。总之，那一段时间，左、中、右三派给我们上了一课。那是我们受到的政治教育。

《花花公子》： 你对霍夫曼沉入地下这么久后重新复出有何感想？

列侬： 哦，他得到了他想要的，那就是，对于那些仍然崇拜地下行为的人来说，他成了某种地下英雄。他为此写了一本书。我不知道我怎么想，因为我对那整段时间没什么感触。这就像在电视上看到尼克松我有点惊讶，在电视上看到阿比或杰里，我也有点惊讶。可能人们像那样看到我或者我们的时候就明白了。我在想，他们在那里干什么？这是一部旧新闻片吗？

总之，所有对核弹、末世的说教和悲叹实际上都是对它的渴望。他们认为这是无法解决的："空气是脏的，吃的是垃圾，我们没有我们想要的总统，所以炸掉我们自己吧。"他们真的就是这么说的。"让我们来场核武器对抗，结束它。"但我不想结束它。他们谈论当我们相互轰炸时会是什么样子——埋好他们的米和机枪。这是个笑话。谁想活下来？如果是这个样子，那么把核弹直接扔到达科他吧——

洋子：等一下！

列侬：我不想皮肤脱落，也不想那些囤积武器的家伙在街上追射人们。我只想直接结束：轰——灰飞烟灭。

洋子：不过，这不会发生。

列侬：我知道这不会发生。

洋子：我不想批评他们，因为从因果报应来看——他们会受到自己的报应。但是当你想到 60 年代，还有那些真的做了一些事的人，我们的所作所为确实停止了越南战争。从这方面发生了一些积极的事，而 60 年代在这个层面上是有意义的。关于那个年代有很多批评，但就发生的事情来看我们还是比较好的。我们更睿智了。自那以后一切都变了。我们都变得不一样了。我们身体里的细胞每七年就整个换掉一次。现在，我们是不同的人在应对完全不同的形势。

列侬：只有细胞为了保护无辜的人而改变了。（笑）

洋子: 世界领袖不明白的是，当他们说"我们应该这么做"，或者别的什么，他们其实是在处理他们自己的业力。他们中的一些人可能需要暴力，但你不能把暴力推给其他人。人应该相信自己的直觉。

列侬: 嗯，有些可怜人没有听从自己的直觉而去了越南，被杀、致残、畸形，人们在这之后才醒过来。这是那些领导人的责任，不仅把人们送到那儿，而且送他们到那儿承受幻觉。

《花花公子》: 解释一下你说的领导人因为自己的业力会变得暴力是什么意思。

洋子: 每个人都有自己的业力，即使在非暴力层面上也是如此。他们需要非暴力，因为他们的父母或别的什么。

列侬: 圣雄甘地和马丁·路德·金是死于暴力的伟大非暴力者的好例子。我永远想不明白这事儿。我们是和平主义者。但是你这样一个和平主义者却被枪杀了，我想不明白这里面的含义。这事儿我永远无法理解。

洋子: 就像哈里·尼尔森说的："一切都是反的，不是吗？"

列侬：不是吗？

洋子：我是说，也许约翰和我需要成为和平主义者，因为我们——

列侬：因为我们很暴力。

洋子：也许因为我们身上有这么多暴力，所以我们要制服它。甘地的经历是因为甘地自己，也许如果有人想做甘地做的事，它却可能对他并不起作用。西方人对基督的幻想也是如此。对于没有上十字架的人——这是指概念上，象征意义上——你总是会因为你没有在那上面而感到内疚。受虐狂倾向就是十字架意象所制造的。

列侬：总之，他们总是在谈论有多少人能活下来，爆炸后还会不会有很多中餐馆和意大利餐馆？我们是会听俄罗斯三角琴还是会听锡塔琴？简直是胡说八道。这是在把所有的注意力都放在核弹和武器上。关注核工业将助力于核工业。关注《1984》将使《1984》成为现实。

18

关于政治和 60 年代的话题最终引向了鲍勃·迪伦，他差不多是约翰的同龄人。

"这会不会让人心烦，"我问道，"当看到迪伦，一个曾经的愤世嫉俗者，变成了一个重生的基督徒？"

列侬：我不想对此发表评论。不管他是出于什么原因，这都是他个人的事，他需要这样做。迪伦正在做他自己想做或者需要做的，我不为此感到苦恼。我个人层面上很喜欢他。我认识他好多年了，虽然有好几年没见面了。我能理解，没什么要反对或赞成的。如果他需要，让他做好了。

《花花公子》：可是，迪伦不是在说教吗？

列侬：不想听的人就会离开剧院。

《花花公子》：他们会吗？又回到了责任的问题。人们待在剧院是因为他是鲍勃·迪伦。

列侬：不过，那些只因迪伦的身份而听他的人，不会理解迪伦在说什么，现在和从前都一样。他们只是在追随一种概念。总之他们是羊。然而，整个宗教事务确实是有点受到了《信徒如同精兵》（"Onward Christian Soldiers"）的影响。关于战士、进军和皈依的议论实在是太多了。我不是要宣扬佛法，因为我既非佛教徒，也非基督徒，但我对佛法有一点很佩服：它不传教。

洋子：世界上人人心中都有一首歌。他们应该去倾听。

列侬：我是在基督徒的环境中长大的，而直到现在我才明白基督在那些寓言中到底在说什么——当我摆脱了这一生中丢给我的那些阐释时。还不止这些。但我必须说，当老鲍勃真的走上那条路时，我很惊讶。我非常惊讶。但我也惊讶于他当时去那个犹太团体。那也让我惊讶，因为不管何时我听到他的消息，我听到的都是——人们也可以引用我的话，让我觉得自己很傻——我能想到的都是"别追随领袖，看好停车计时码表"。这是同一个人，又不是同一个人，而我不想对一个正在求索或者已经找到的人说任何话。当人们说"这是唯一的路"时，这是很不幸的。这是我唯一反对的，如果有人说"这是唯一的答案"。我不想听你这么说。万事万物都没有唯一答案。

但我能理解。我完全理解他，理解他怎么就到了那儿，因为我自己也一直非常害怕，以致想依附于某个东西。就是想去归属。这常常听起来像犯糊涂的借口，但这是一种双重性使然，一个人想要独立于社会，为了可以看穿它、看到它的本质，这使艺术家或诗人能够分离地看社会，得到清晰的图景，但与此同时也迫切地希望被社会接纳。去归属。我就像是中国故事里的那只猴子。我进去得有点快，出来得也有点快。我跳进去是因为我想归属，我跳出来是因为我记得整个游戏没有归属，除非归属于整体，而不是其中的一小部分。

信口开河地，我们可以讨论一下迪伦与莎拉痛苦的离异以及他与孩子们的分离。首先，像很多丈夫周末外出度假一样——"哈，我自由了，我又是单身了；我可以去做当父亲时不能做的那些小事情了"——然后他发现，并不是那么回事，他想念自己的家人了。没有摩托车事故来将他击倒——像第一次那样——这次他选择了归属。现在要做的是离开，像之前那样，只不过不用摩托撞自己了，他应该远离马屁精。

《花花公子》：也许只是他的政治幻想破灭了？

列侬：哦，他从来没那么政治，真的。他写了《在风中飘荡》（"Blowin' in the Wind"）和《士兵歌》（"Soldier Song"），但它们只是诗意的政治，是当时的民谣音乐。他在评论正在发生的事，就像个记者。他从来没站在角落里喊什么。那都是人们对他所作所为的解读。这只是因为，对于媒体和公众，总是存在着对人物进行识别、贴标签的必要。也许数百万的人都经历了重生，然后下周五就忘了这事。只是碰巧迪伦在公共场合做了。

洋子：我从不恭维他，所以迪伦走了那条路，我一点都不觉得失望。他只是依赖着某个系统。

列侬：洋子从不被迪伦神话所迷。无论怎么样，她对他评价不高。

《花花公子》：约翰，你呢？

列侬：有一段时间，他给我极其深刻的印象。但在听了《64号高速公路》（原话如此）和《金发女郎》[1]之后，我不再听迪伦，甚至那时也是因为乔治坐下来要我听，我

---

[1] 《重返61号公路》（*Highway 61 Return*）和《金发女郎》（*Blonde on Blonde*），鲍勃·迪伦极负盛名的两张专辑，分别发表于1965年与1966年。

才听的。

《花花公子》：是"61"。

列侬：我不记得是哪一年。

《花花公子》：不是哪一年，是"61号公路"。你上错了车道。（笑）

列侬：我的记忆到此为止。不管怎么说，我从来不是粉丝。任何东西的粉丝都不是。自从我开始自己创作，我就不再是粉丝了。还是个孩子的时候，我是埃尔维斯、小理查德 [1] 和查克·贝里 [2] 的粉丝。我现在对他们还是很偏爱。你必须从过程的角度思考问题。依靠自己的精神是健康的。如果迪伦因为需要归属而信耶稣，随你怎么说，也许下一步他不仅会看到这种经历的好处，也将看到另一面。

---

[1] 小理查德（Little Richard，1932—2020），美国黑人歌手，摇滚乐先驱，以充满激情和生气的现场表演创造了1950至1960年代一批最疯狂刺激的杰作。

[2] 查克·贝里（Chuck Berry，1926—2017），美国黑人歌手、词曲作家、杰出的吉他手，深刻影响了"披头士"和"滚石"等最早一批摇滚乐的杰出代表，是黑人节奏蓝调向摇滚乐转化过程中的关键人物。

19

《花花公子》：迪伦走向了
基督，而那段时间你们俩则
成了阿瑟·贾诺夫原始尖叫疗
法[1]的信徒，这是怎么回事？

列侬：我们不是什么信徒。

《花花公子》：但是你们接受了原始尖叫疗法？

列侬：70年代初，贾诺夫的书出现在邮购目录上，书名《原
始尖叫》吸引了我。我是说，洋子已经尖叫了很久。仅
仅这个词，这个标题，就让我的心怦怦跳。然后我读了推
荐词——你知道，"我是查理某某，我体验了疗法，这就
是我的故事"。我就想，那是我，那是我。那是我们在一
起的早期，我们住在雅垛，仍然有很多狗屎议论对着我们
说三道四。而这些人说他们接受了这东西，他们尖叫了，

---

[1] 原始尖叫疗法（Primal Scream Therapy），美国心理学家、作家阿瑟·贾诺夫（Arthur Janov, 1924—2017）开创的精神疗法，用于疗治内心创伤、纾解痛苦和精神恢复，在 1970年代产生了一定影响。

接着就感觉好多了。

《花花公子》：治疗过程是什么样的？

列侬：他们的做法就是和你胡闹，直到你到达一个点，你发出了尖叫。你跟着引导走——他们鼓励你跟着它走——然后通过尖叫，你似乎做了一个身体上、精神上、宇宙上的突破，你仿佛经历了迷幻的旅程，而药物失效后你的行为就是药物失效后的行为了。但这并不妨碍最初的尖叫。那就是你去做的理由。

洋子：尤其对男人来说。

列侬：哦，又是可怜的男人。

洋子：因为男人从来没机会哭，总有人对他们说不要哭，不要叫，不要像那样表露感情。我对这疗法不太感兴趣。

列侬：她顺道和我一起去了。我是那个从没哭过的男人，你知道。她会哭。我的防御太强了。我是说，那个狂妄自大、敏感易怒、大男子主义的、好斗的摇滚英雄，那个知道所有答案和聪明的俏皮话的、话锋最犀利的世界之王，实际上是一个不知道怎么哭的恐慌的家伙。很简单，这下我可以哭了。这就是我从原始治疗学到的。我们在那里待了六个月。我们在洛杉矶有栋漂亮房子。我们会去接受疗程，大哭大叫一场，然后回家到游泳池游泳。

《花花公子》：这是什么时候的事？

列侬：我不记得年份。说唱片的名字。《塑料小野乐队》那一年？

洋子：是的，1969 年到 1970 年。约翰结束了愤怒青年的状态。你知道男人有哭的冲动，但是他们把它转化为愤怒，这个更会被接受。而女人也有愤怒。我们把它转化为更被接受的哭泣——或者沉默。

列侬：是啊，还有乳腺癌。

《花花公子》：你还在接受那种治疗吗？

列侬：你在开玩笑吧？不，我可没那么蠢。秘诀就是学会哭泣。一旦你知道该怎么做，你就知道了。我不相信那些回想、回想，不停挖、挖、挖的胡说八道。

《花花公子》：它不号称是心理治疗的替代品吗？

列侬：我绝不会去做心理治疗。如果当时广告上没讲这种尖叫，这种解放的尖叫，我也绝不会去接受原始疗法。这很不可思议。洋子从不需要它。她在舞台上发出她自己的原始尖叫。

洋子：而且我不需要找一个爸爸。

《花花公子》：一个爸爸？

洋子：我觉得贾诺夫是约翰的一个爸爸。我认为他有恋父情结，他总是要找爸爸。

《花花公子》：你能解释一下吗？

洋子：我有个爸爸，一个真爸爸，一个像葛培理牧师[1]一样高大而强壮的父亲。但是长大后，我看到了他的另一面——他软弱的一面。我看到了这其中的虚伪。因此，每

---

[1] 葛培理牧师（William Franklin Graham，1918—2018，原文昵称其为 Billy Graham），美国传教士，多位美国总统的牧师，以大众传道者而闻名。

当我看到被认为是极其伟大和美妙的东西——比如上师和原始尖叫——我都非常怀疑。

列侬：她一直和贾诺夫斗。他招架不住她。

洋子：我不会去找个神奇老爸。我在男人身上找其他东西——柔而弱的，让我想帮忙的东西。

列侬：是啊，我就是她选中的幸运的跛子！

洋子：不管怎么说，我有这种母性本能。我不会念念不忘找一个父亲，因为我有一个曾让我幻灭的父亲。约翰就没有对父亲幻灭的这种机会，因为他的父亲一直都不在身边。一般说来，人们对爸爸如此着魔，就是因为爸爸不在家，他们从来没得到爸爸足够的陪伴。莫名其妙地，爸爸就有一段距离，一种神秘感。这可以解释人们对爸爸的崇拜和渴望，反之，妈妈总是会在家里。

《花花公子》：约翰，你同意这个评价吗？

列侬：我们很多人都在找父亲。我的爸爸肉体上不在那里。大多数人的爸爸是精神上和肉体上都不在，比如总是在办公室或总是忙其他事。因此那些领袖、停车计费码表，全都是代用父亲，不管他们是宗教的还是政治的……这选总统的事儿啊！我们把自己的爸爸从一架子的爸爸中挑出来。这个爸爸像广告中的一样，有着漂亮的灰色头发、正确的牙齿，头型分得也正确，对吧？这就是我们选的爸爸。一架子的爸爸——也就是那政治舞台——提供给我们一个总统。然后我们把他供在台上，开始惩罚他，冲他叫嚷，因为爸爸未能创造奇迹：爸爸并未治愈我们，我们没感到更好。所以四年后，我们把那个爸爸弄出去，再选一个新爸爸。

《花花公子》：那么，贾诺夫是你的爸爸。还有谁？

洋子：以前，有过玛赫西。

列侬：玛赫西是一个父亲形象，埃尔维斯·普雷斯利可能是个父亲形象。我不知道。罗伯特·米彻姆[1]。任何男性形象都是父亲形象。这没什么不对，除非你赋予他们给你的生活开处方的权利。这就像是有人带来了一个真相。但你不是去看真相，而是看这个带真相来的人。来的是坏消

---

[1] 罗伯特·米彻姆（Robert Mitchum, 1917—1997），美国电影明星，出生于铁路工人家庭。

息，他们枪毙信使。来的是好消息，他们崇拜信使，而不听那消息。你遇到过有着理想的行为举止的信徒吗？哦，没人是完美的，对吧？没有人是十全十美的，如此等等，除了所有这些被称为完美的人。

同样的事发生在像原始疗法这样的事情上。阿瑟·贾诺夫偶然地发现了这东西。在此之前，他是一位正统的弗洛伊德心理学家。他偶然地发现了这种尖叫，现在他撰写理论、书籍，天知道那是什么。如果贾诺夫的东西变得和基督教一样大，然后他死了，人们就会崇拜贾诺夫。不要贬低贾诺夫、沃纳·艾哈德[1]或随便谁的学游泳的体系或方法。游泳本身很好。"披头士"也是这样。"披头士"不是耶稣不是贾诺夫不是艾哈德。也许他们有一套很好的游泳方法，但游泳才是重点。（兴奋地）那些唱片才是重点。不是"披头士"这些个人！

洋子：我不这么认为。我觉得"披头士"——

列侬：噢，天哪！（大笑，尖叫着跳起来）我想我终于把它理清楚了。喔，该死！

---

[1] 沃纳·艾哈德（Werner Erhard, 1935—　），曾经是销售员，于1971—1984年间进行人类潜能培训，即后文提到的"est"（艾哈德训练课程）。这是一种昂贵的封闭式研讨会，用艾哈德自己的话说，课程"通过逻辑展开，使学员获得对自己的深刻认识，从而提高生命的质量和效率"。

洋子： 他们在音乐中传达的本质不会显现在这个世界上。那一整套——

列侬： 这个主义，那个主义，主义、主义、主义。总是天上的某个大家伙。如果没了，那倒好。

洋子： 人们喜欢将事物个人化。人们个人化上帝。人们把上帝想象成一个大胡子老头。

列侬： 他们不知道上帝其实是个有胡子的老妇。（轻声笑）与概念相比，人的形象更容易让人产生共鸣。伊斯兰教曾试图通过禁止图像崇拜克服这一点。基督教堂有点儿这个问题；不可知论者——意味着自知——其实是基督教真正的本质，但是他们被灭了，被赶到山里去了。不可知论的传统与禅宗类似，禅宗并不完全是佛教。伊斯兰教中也有苏菲派。总有一派说着"自我，自我，自我"：这是启示自我的一套法则，它正巧来自这封电报。读基督的话，读佛陀的话，读任何伟大的话。但我们不需要偶像和"汝须拜我，否则灭亡"。在人们的概念里我是反基督、反宗教的。我根本不是。我是最虔诚的人。我的虔诚在于——

洋子：虔诚在于承认——

列侬：——在于承认事情远远比人们能看到的复杂。我当然不是无神论者。我们还能知晓更多。我认为这种魔力只是一种表述，去描述我们还不知道或还未曾探知的科学。这根本不是反宗教的。

20

　　《花花公子》：约翰，你现在还在找爸爸吗？

　　列侬：不找了。你看，我学会了哭，不是通过原始疗法，而是通过和洋子一起生活。她会说："你想要另一个爸爸吗？走，我们去拜访他。""你要另一个爸爸？我们这就去拜访。"直到我转身说："好了，跟爸爸们待够了。"你看，他们总是会显露自己。当我们在他们身边时，因为我们是名人，爸爸们会因为无法遏制对权力和荣耀的渴望而失去冷静。玛赫西就是这样；贾诺夫也是，他突然就像银发的杰夫·钱德勒[1]一样出场，为我们的名声所吸引。

　　洋子：有一天他把相机带进了房间。我们离开了。

　　列侬：就算是爸爸有要求，我也不许拍照，尤其是在地上翻滚尖叫。于是那天他开始训斥我们："有的人派头大了，

---

[1]　杰夫·钱德勒（Jeff Chandler, 1918—1961），美国演员，1950 年代最受欢迎的男星之一。

不让人拍照。"他说他只是刚巧要拍那一个疗程。"你跟谁开玩笑，贾诺夫先生？"他只是刚巧拍了约翰和洋子参与的疗程。

起初我对玛赫西是普通人感到失望，对贾诺夫是普通人感到失望。好了，我不再失望了。他们是人，我只是在想我曾经是怎样的一个蠢货，你知道。虽然我仍然冥想、大哭。

洋子：这很令人悲哀，社会是这样一种结构，使得人与人不能真正地敞开彼此，所以他们需要一个剧院或类似场合，去哭一场。

列侬：对了，你去接受了 est 训练。

洋子：是的，我想去弄清楚那是什么。

列侬：我们去找贾诺夫也是出于同样的原因。

洋子：但 est 训练给了人们提示——

列侬：是啊，不过我不会去坐在一个房间里，并且上不了厕所。

洋子：哦？你在原始尖叫中却做到了。

列侬：噢，不过那是我和你在一起。

洋子：不管怎样，我去 est 时，看到沃纳·艾哈德时——都是一样的！他是个很好的主持人，开办了一场很好的演出。我们去印度见赛·巴巴[1]时，我也有一样的感受。在印度，你必须做上师，而不是做个流行明星……上师就是印度的流行明星，流行明星就是美国的上师。

列侬：不过就像我之前说的，这并不意味着那信息里没有正确性。游泳可能很好，对吧？但忘了游泳老师吧。如果说"披头士"有一个信息的话，那信息才是重点。对"披头士"而言，音乐才是重点，而不是"披头士"那帮人。埃尔维斯的早期唱片将永存，不管埃尔维斯是不是一个扭动骨盆的漂亮雄性动物。就像我说的，我没看到他。我先听到了音乐。后来我意识到它确实是在某一套里。但你不需要哪一套。关于埃尔维斯，最基本的东西，最基本的能量，都在唱片里。套装比信息更容易引起共鸣——因此你

---

[1] 舍地·赛·巴巴（Sai Baba of Shirdi, 1838—1918），印度教上师、瑜伽士、伊斯兰教圣人。

会完全错过信息。忘了老师吧，学游泳。

《花花公子》："披头士"教人们怎么游泳？

列侬：如果"披头士"或60年代有一条信息，那就是学会游泳，句号。而一旦你学会了游泳，就游泳吧。当"披头士"和60年代变成重点，那些对"披头士"和60年代之梦耿耿于怀的人就错过了重点。一辈子都对"披头士"或60年代之梦紧握不放，就像对第二次世界大战和格伦·米勒紧握不放一样。这不是说你不能享受格伦·米勒或"披头士"，而是说活在那个梦中等于住进了灰色地带。那不再是活着了。那是个假象。

《花花公子》：你们的"现在"是什么？

洋子：约翰谈到了60年代，以及它何以给了我们一种自由的滋味——在性和其他方面。那就像一场狂欢。然后，当我们大家波澜壮阔地走到一起后，男人女人不知何故脱离了轨道，许多家庭和亲情分崩离析。我真的认为70年代发生的事可以与纳粹时期犹太家庭的遭遇相提并论。只不过70年代时，分裂他们的力量来自内部而不是外部。我们试图将这合理化地解释为我们为自由付出的代价。而这就是约翰在他的新歌《重新开始》（"Starting Over"）中唱的：好吧，我们在 60 年代获得了能量，在 70 年代我们分开了，让我们在 80 年代重新开始。约翰的歌让我想哭。他在向我伸出手，在这一切变故之后向我伸出手。他在遍地都是死亡家庭的战场上伸手相援，尽管这一次更加困难。

这就像我在歌曲《吻吻吻》中唱的那样。一个女人的声音渐渐攀向那顶点，她喊叫着，想要被拥抱、被抚摸。这会有争议，因为人们会觉得，听到一个女人做爱的声音比一架协和式飞机的声音还不自然，毁掉了气氛，污染了环境。但做爱是会让我们活下去的声音。你看，我相信我们会在 80 年代盛放。我相信这一点。这不容易看到，但我们会的。我不是在从资本主义或物质主义的角度谈，我是在谈心灵。我们的心灵会复活，尤其是在物质层面有一种贫乏包围着我们的时候，心灵将复活。我们不能依赖这个体制。

70 年代，并不像人们所想的，它其实是个了不起的时代，引向了我现在感受到的希望。许多事发生了，尽管表面上看起来不是如此。约翰和我几乎就像 70 年代发生的事的一个象征。我们端坐着，但在我们内心有一场大革命。我们正在精神上进行清理和校准。

人们批评这"自我的十年"（Me Decade），但如果你开始关注自己，你可能会发现自己。然后你也可能会找到其他人。在 60 年代以前，我们不被允许关注自己。我们只看到了形式，没看到实质。所以一直到 80 年代，这是一个自然的过程。这将会是一个了不起的时代。我们会变得更亲密。我们没必要把我们的脸画得像 60 年代那样。我们不用再那样做了。但我们内心里会有真正的解放。如果我们不解放自己，那就是《1984》。我们要做这件事。我感觉到了。这会很美。

《花花公子》：你 80 年代的梦想是什么，约翰？

列侬：喔，做属于你自己的梦。这就是"披头士"的故事，不是吗？这也是洋子的故事。这就是我现在要说的。创造你自己的梦。如果你想拯救秘鲁，那就去拯救秘鲁吧。做任何事都是可能的，但别把它交给领袖和停车计时码表。不要指望卡特、里根、列侬、小野洋子、鲍勃·迪伦或耶稣基督来为你做这件事。你必须自己动手。

这就是自始以来，伟大的男女大师们一直在说的。他们指出了路，在各种书中留下路标和指令，如今这些书因为封面而非内容被尊为神圣、被崇拜，但是指令都在那儿，所有人都能看见，过去一直在，将来也会一直在。太阳底下无新事。条条道路通罗马。别人不能把这提供给你。我不能叫醒你，你能叫醒你自己。我不能治好你，你能治好你自己。

《花花公子》：那到底是什么让人们不接受那个信息？

列侬：是对未知的恐惧。未知就是事实。而对未知的恐惧让每个人仓皇打转，追逐着梦、幻觉、战争、和平、爱、仇恨，所有这些东西——一切都是幻觉。未知就是事实。接受未知这个事实，然后就是一帆风顺。一切都是未知的——然后你就超越了这游戏。事实就是这样的，对吧？

《花花公子》：你是乐观的吗？

列侬：我是，而且我不是唯一的一个 [1]。也许那些鼓吹黑色未来的人会被所有的媒体报道，但是也还有其他的人。走过公园，你会看见人们手牵手、亲吻。纽约开始看起来像我年轻时候待过的巴黎，那时我二十四岁，人们牵着手，在桥下接吻。这一幕又发生了。人们又开始做梦了。

《花花公子》：这看起来正是你所期盼的。

---

[1] "And I'm not the only one"，这里引用了列侬歌曲《想象》（"Imagine"）的歌词。

洋子：就像是一个二重奏，你知道。这是个非常好的组合。

列侬：一个非常好的组合。

第三部分

21

9 月 29 日,《新闻周刊》刊登了对约翰和洋子两页的专访。洋子曾告诉过我们,《新闻周刊》会有一篇关于他们重返公共生活的文章,但通过通讯社发出的这篇采访,相当有分量。虽然我们拥有的材料要深入得多,巴里·戈尔森和我还是因为这次抢发受了点儿打击。我们决定问一问约翰和洋子。

我们打车去达科他,跟往常一样,公寓附近有一些粉丝聚集。在第一录音室的办公室里,自由摄影师汤姆·祖克(Tom Zuk)也加入到我们的行列。我们几乎都忘了那是我们约好要拍照的日子。

在外间办公室,约翰正躺靠在一张扶手椅上系鞋带。"嘿——"他兴致很高地打招呼。

巴里料想这就是以他的官方身份所受到的礼遇,一样地回敬过去。他挥舞着带来的《新闻周刊》复本,说:"约翰,你这只老鼠,你搞砸了我们的独家报道。"

约翰从椅子上抬起头。"是啊,洋子和我与《新闻周刊》记者谈了谈。为了新专辑,你知道。注意他们的花招:

这是对我们俩的一次专访，但是看这个。"他读着新闻导言："'最近，列侬和洋子与《新闻周刊》的芭芭拉·格劳斯塔克（Barbara Graustark）为五年来对他的第一次正式采访坐下来。'相当狡猾，哦？！'对他的……'所以不管怎么说，我就是不知道何时该闭嘴，是不是？"他站起来，两手放在屁股上。"好吧，我能做些什么补偿你们，伙计们？"

巴里脑瓜子动得很快。"就在前几天，我们幻想着这样做会怎么样：问一位伟大的作曲家——贝多芬，例如——他是怎么写他的交响乐的。"我们为这个过于明显的奉承都笑了起来。"约翰，你有没有回顾过你所有的音乐作品，一首歌一首歌地，回想都是谁写了哪部分，是在什么情境下写的，以及这些歌曲可能唤起了怎样的回忆？"

没有想到，约翰的反应直接而热烈。"你不开玩笑？"他说，"不谈'披头士'重组那些废话了？我为我的作品骄傲。我会给你们终极版本，整个该死的东西——至少我的版本。在这种事情上，我记性异乎寻常的好。你能从子宫问到坟墓。砰！"

我们仨一边说着一边拿录音机录着，移座进入内间，洋子已经在那里等着了，摄影师祖克也在搭设他的设备。这次被证明颇具成果的谈话，在相机的快门声中进行着。

列侬：我不希望你们认为《新闻周刊》砸了我们的场子，因为我认为并没有。这个访谈更大、更好、更有深度。这将会是终极参考书。

《花花公子》：不过这个，你这辈子大概只需要做这一次。

列侬：是的，在我的一生中！

《花花公子》：在你开始之前——

列侬：你的意思是，先提供点"披头士"的记忆线索。

《花花公子》：是的，虽然我们通过照片可以回顾，但你和保罗作为作曲家是如何一起工作的？关于实际发生的事有多种不同版本的说法。

列侬：好吧……以《米歇尔》（"Michelle"）为例，这是保罗的一首歌。他和我同住某处，他走进来，哼着头几个小节，还有歌词，你知道（唱《米歇尔》歌词），然后他说："接下来该往哪儿走？"我一直在听妮娜·西蒙[1]——我想是《我给你下了咒》（"I Put a Spell on You"）里面有句歌词（用手指轻敲并唱，粗声地）："我爱你，我爱你，我爱你。"这让我想出了《米歇尔》的中间八小节："我爱你，我爱你，我爱——你。"

所以……我对保罗歌曲的贡献总是，给歌曲增添一点蓝调的锋芒。否则，你知道，《米歇尔》纯粹就是首叙事歌谣，对吧？他提供了一种轻盈，一种乐观，而我总是倾向于悲伤感、不和谐的和弦，以及蓝调音符。有一段时间，我觉得我没有写旋律，那些是保罗写的，而我只写了直接的、猛喊的摇滚乐。当然，当我想到我自己的一些歌——《在我的一生中》（"In My Life"），或早期的一些东西，《这个男孩》（"This Boy"）——我其实写了最好的那部分歌曲的旋律。

《花花公子》：保罗比你受过更多的音乐训练，对吗？

列侬：对的，他父亲是个爵士音乐家。当我初遇到他时，他会演奏吉他、小号，还有钢琴。并不是说他有更高的天赋，只是他受到的音乐教育更好。当我们初遇时，我只会吹口风琴，会吉他的两个和弦。我把吉他调得像班卓琴。我从

---

[1] 妮娜·西蒙（Nina Simone，1933—2003），美国歌手、钢琴手、作曲家，创作歌曲类型包括蓝调、节奏蓝调、灵魂乐。

母亲那儿学了吉他，她只会弹班卓琴，所以我的吉他只有五根弦。保罗教了我如何正确演奏吉他——但我不得不学左手和弦，因为保罗是左撇子。所以我是反着学的，我得回家再把它们倒过来。我现在仍然可以上下颠倒着弹，把高音弦放在上面。这就是我们相遇那天的故事——我在台上和一个乐队一起表演，弹一把像班卓琴的五弦吉他，而他被人从观众席中带过来见我。在亨特·戴维斯（Hunter Davies）的"披头士"传记中，有一张我们相遇那天的照片。（停顿）你看，我告诉过你我记性很好。

《花花公子》：但是你们没有像媒体说的那样各写各的吗？

列侬：不，不，不，是我那么说，但我在撒谎。（笑）我这么说的时候，我们已经厌倦了一起写、一起唱，尤其是我，我开始说："我们从没有一起写过，我们从没有共处一室。"这不是真的。我们一起写了很多东西，一对一，眼儿对眼儿。就像《我想握住你的手》（"I Want to Hold Your Hand"），我还记得我们是怎么弄出那首歌中的那个和弦的。我们在珍·爱舍 [1] 的房子里，在楼下地下室里一起弹钢琴。我们唱到那句"哦，你……你心知肚明……"

---

[1] 珍·爱舍（Jane Asher, 1946— ），英国女演员、作家、企业家。1963 年至 1968 年间与保罗·麦卡特尼约会。

保罗就按了这个和弦，而我转向他说："就是它！"我说："再来一次！"在那些日子里，我们真的完全是这样创作的——彼此在对方的鼻子尖儿下弹奏。我们几小时、几小时、几小时地在一起……我们会一起在面包车后座上写。我们在去纽卡斯尔的途中，在面包车上写了《她爱你》（"She Loves You"），《从我到你》（"From Me to You"）也一样。

《花花公子》：在艺术、音乐层面上，你有没有想念他？

列侬：没有。我是说，我们在一起工作，一部分的原因是因为外界对我们的需求是巨大的。他们想要每三个月就有一张唱片、一首单曲，因此我们不得不在一家旅馆或一辆面包车上，在十二小时内完成它。所以我们的合作是音乐性的，也是实用性的。

《花花公子》：你不认为你们的合作，你们之间那种魔力，是你此后的工作中所不再有的吗？

列侬：我从未真的觉得有什么损失。我不想让这话听起来是负面的，就好像我不需要保罗一样，因为当年他在的时候，很明显，起到了作用。但我不能——相比说他为我带来了什么，不如让我说我对他有什么贡献要更简单些。他也会这么说。

《花花公子》：歌词呢？你们是怎么一起合作的？

列侬：那你就得把这些歌分解来看了。我们来试一下。作词对我而言总是更容易些，虽然保罗是个相当能干的词作家——但他自认为不是，所以他不怎么尝试。他宁愿回避问题，也不面对它。不过在早期，歌词真的不重要，只要我们有了某个模糊的主题："她爱你，他爱她，他们彼此相爱。"歌曲的亮点、主线和声音才是主要目的。现在这仍然是我的态度，不过……我不能把歌词丢一边儿，我必须让它们离开歌曲仍有意义。

《花花公子》：你说保罗不认为他是个优秀的词作家——

列侬：我认为他没做出足够努力，他在这方面并非没有能力。我并不觉得他和我一样好，但他绝对不是不能胜任。《嘿，朱迪》（"Hey Jude"）的歌词真他妈好，我对它没有丝毫贡献。其中几行表明他是个优秀的词作家，但他从来没能将这种才华发扬光大。他写了《昨天》（"Yesterday"）的词，虽然这歌词没有展现为任何意义，但它是好的歌词。无疑它奏效了。你懂我的意思吧？这词很好——但是如果你读了整首歌词，它什么都没说；你不知道发生了什么。她离开了，他希望回到昨天——你读到的就是这些——而这没有什么真正的意图。所以，我的词过去也没有意图……

《花花公子》：但是像《埃莉诺·里格比》这样的复杂歌曲呢？

列侬：对，《里格比》。啊，第一段是他的，其余的基本上是我的。但是他的方式是……好吧，他知道他有一首歌。但是他一直都不想让我帮忙，那时我们和马尔·埃文斯、尼尔·阿斯彭纳尔[1]一起坐着，他这样对我们说："嘿，伙计们，来弄完这首歌词。"

那时我和玛尔在一起，一个电话安装员，我们的巡演经理，还有尼尔，一个学生会计，我感到被冒犯和伤害了，毕竟保罗就那么把这首歌抛在空中。他实际的意思是他想让我作这首歌，当然歌里也没有哪一行是他们俩作的，因为最后是我和保罗离开去了一个房间，我们一起完成了这

---

[1] 马尔科姆·弗雷德里克·埃文斯（Malcolm Frederick Evans, 1935—1976），英国巡演经纪人、个人助理，从 1963 年开始受雇于"披头士"乐队，直到乐队解散。尼尔·斯坦利·阿斯彭纳尔（Neil Stanley Aspinall, 1941—2008），曾是保罗·麦卡特尼的同学，后成为"披头士"乐队创办的苹果唱片公司主管。

首歌。但这就是如何（做手势）……就是他的这种冷漠，在后来的几年里让我心烦意乱。他就是这种人。"来，来弄完这些歌词"，就像在对周围随便什么人说话一样。

《花花公子》：保罗会预想一个主题吗？比如《里格比》是关于孤独……

列侬：噢，他有完整的开头："埃莉诺·里格比在教堂里拿起米饭，那儿正在进行一场婚礼。"下一句是什么？

《花花公子》："生活在梦中。"

列侬：对，他有个故事，知道它的走向。所以我们得弄清楚，"哦，在这个故事里还有其他人吗？"我们想到了老麦卡特尼（Father McCartney），跟着这个思路走了一会儿，但保罗说他爸爸会生气，所以我们把他变成了麦肯齐（McKenzie），尽管麦卡特尼听上去更好。然后我们继续构想出新的人物……即使在记忆清晰的情况下，也不好描述苹果落下的一刻。这玩意儿会以自己的速度开始运动，然后你在结束时醒来，一切已经在纸上了，你明白吧？我们写作时谁对谁怎么说，我不记得了。

我确切记得乔治·哈里森在，当我们想出（唱）"啊，看所有那孤独的人"的时候。我离开录音室去厕所，他和乔治正在解决这个问题，我听到了那歌词，转过身说："就是这个！"背景的小提琴是保罗的主意。珍·爱舍提到维瓦尔第[1]，点燃了他的灵感，这非常好，小提琴，直接取自维瓦尔第。这方面的工作我什么都没做，一点也没。

《花花公子》：说到落下的苹果和牛顿，你觉得那种创造力会衰退吗？数学家，和一些音乐家，在他们年轻时做出了他们最好的成果。

列侬：会的，但是……好吧，你让我想到对上帝的恐惧，提起那个妖怪……但有很多人直到四十、五十、六十岁，才开始写作或绘画。所以还有希望。

《花花公子》：但通常不是音乐家，对吧？

列侬：好吧，我对音乐家的历史不了解。

《花花公子》：比如说莫扎特，他的伟大作品来自他很年轻的时候——

---

[1] 安东尼奥·卢奇奥·维瓦尔第（Antonio Lucio Vivaldi, 1678—1741），天主教神父、意大利作曲家、小提琴演奏家，被认为是最有名的巴洛克音乐作曲家之一。

列侬：哦，他。好吧，创造力来来去去。我不敢相信它会永久消失……但你不可能再回到二十四岁。你不可能经历两次那种饥渴。那不可能，永远不可能。

《花花公子》：但是在过去十年里，你从没想到它不会再那样轻易地、自然地出现了，就像从前那样？

列侬：我当然想过。我想，也许就是这样了。也许音乐结束了。我是说，我的确准备不再做音乐了……但是对于那个妖怪，有……这样吧，我不知道这么说清不清楚：当"披头士"第一次到美国巡演时，他们已经是老手了。那纯粹就是手艺。我们的表演很早就没了精气神。我们已经巡演了半个世界——英格兰和欧洲——当我们到美国时，已经没有力气了。那时候，我们就已经没有创造性的表演了。而美国孩子们的兴奋和美国景象，使它复活了。我们对那场表演清楚得就像这样（打响指）。

但是在我们表演的早期，无论是在汉堡还是在利物浦，当还是在舞厅表演的时候，我们还有很多灵感迸发的能量。我们还没开始重复我们的小动作，我们的小手段。所以就这方面来说，在到美国之前，"披头士"的现场创造性早已经没了。同样的，写歌的创造性也已经离开了保罗和我……嗯，到 60 年代中期，它已经变成一种手艺活儿。但是……一种不同的东西进来了。就像恋爱一样。初遇时，你们可以一天二十四小时地热恋彼此。但是十五、二十年后，一种不同的性关系和智力关系建立起来了，对不对？仍然是爱，但是不同了。创造力也有这种不同。就像在恋爱中一样，两个有创造力的人可以毁灭自己，试图重新找到那个年轻的灵魂，二十一或二十四岁的灵魂，那个一直创作，甚至不知道创造是如何发生的灵魂。他们会选择酗酒或敲晕自己……

比如，我写了《他所写下的》，至少写了一部分，那是我还在学校的时候，自发地写出来的。但我用一瓶尊尼获加[1]写了《工作中的西班牙人》。一旦事情变成"我们想要你另一本书，列侬先生"，我就只好再来一瓶尊尼获加来让自己放松，然后我想，如果我每晚都得来一瓶才能写出来……这就是为什么我不再写了。[2]

《花花公子》：除了音乐，你再没试过写作？

列侬：不，我试过。实际上，这事发生在我停止做音乐，

---

[1] Johnnie Walker，一种苏格兰威士忌。

[2] 《他所写下的》（*In His Own Write*）和《工作中的西班牙人》（*A Spaniard in the Works*）是列侬的两本书，收录了他的散文、诗和绘画。

开始这个全职爸爸的事业时。在我本该去创造东西的一个时期，我变得发狂，所以我坐下来，写了大约两百页的疯狂东西，像《他所写下的》这种。它就在箱子里，但不好。有些东西很有趣，但还不够好。你知道，我一直想写一本童书。我一直想写《爱丽丝梦游仙境》。我想我还是有这个秘密野心。而且我想，等我年纪再大些我会写的。

《花花公子》：你说到 60 年代中期，你和保罗就已经失去了创造力，这有点令人难以置信。有很多人认为，1966 到 1970 年是你们音乐上收获最丰饶的一个时期。

列侬：不是这样。好吧，如果丰饶是指一个男人和一个女人的关系在八年或十年后变得更丰饶，那么的确，"披头士"的歌曲写作深度，或者说，约翰和保罗对"披头士"的贡献，在 60 年代后期显然更显著；那是一种更成熟，更智慧——随便你叫它什么——的方式。我们变了。我们更年长了。我们在各个层面更了解彼此，那是我们在十几岁时做不到的。早期的东西——我称之为《辛劳一天的夜晚》时期——相当于恋爱关系开始时的狂热阶段。而"佩珀军士—艾比路"[1] 时期是感情的成熟阶段。也许，如果我们继续在一起，

---

[1] 指从 1967 年的专辑《佩珀军士的孤独之心俱乐部乐队》(*Sgt Pepper's Lonely Hearts Club Band*) 到 1969 年的《艾比路》(*Abbey Road*) 这段时期。

也许会有一些有趣的东西发生。一切就都不一样了。但也许那只是一场不得不结束的婚姻。有些婚姻无法越过那个阶段。很难猜测会有什么别的可能性。

　　前面的这段对话，大部分是列侬和戈尔森的交谈，而我开始在办公室的另一处问洋子问题。摄影继续着。

《花花公子》：我想多聊聊你对人们那些议论的反应，洋子——那些人说，是你毁掉了"披头士"的关系，是你拆散了"披头士"。

洋子：好吧，从我的角度看，我遇到了一个有趣的人，我们走到了一起，而突然间冒出来了他的这么多姻亲。我和他们每个人都相处得很好，我是说保罗、乔治和林戈，没有一个人对我不好。他们都表现得相当文雅。但是他们周围的人……我是说，我听说有人想杀了我。

《花花公子》：真的？

洋子：但这与"披头士"这些人没什么关系。他们对我非常礼貌和善良。他们都是聪明而敏感的人，也是理解我的朋友。

《花花公子》：那你刚才引用保罗的说法："约翰为什么要和她无时无刻都在一起？"

洋子：哦，男人和女人开始时花很多时间在一起是很自然的。在我们这个例子中，我们仍旧这样……不过仍然，这是一件很自然的事。但是"披头士"们已经习惯了这样的情况：他们之间比他们与他们的女人之间的距离更近。当然，我没有意识到这一点。但我不认为你能把像他们这样四个非常强壮的人分开，就算你想这样。因此，他们内部一定发生了什么——根本不是外部力量。

《花花公子》：许多歌迷的确觉得是你和约翰的关系导致了"披头士"乐队的解散，你怎么看待这一点？

洋子：好吧，粉丝们希望我们是完美的，你知道。但是当然，我们不会顺应他们。他们对我们的生活进行了如此私密的审查，是的，这确实影响了我们。

摄影结束了，约翰过来和洋子一起坐在沙发上。

洋子：我们正在谈我分裂了"披头士"乐队。

《花花公子》：约翰对人们怨恨你这事的愤怒，毫无疑问已经贯穿了这次访谈。你对粉丝的反应是同样的感受吗，洋子？

洋子：不一样。（犹豫）我感到惊讶。我惊讶于人们会如此关心别人的生活。我是说，他们自己的生活呢？

《花花公子》：也许这就是他们为什么会这么关心别人的生活——因为他们不能过好自己的生活，或者说他们的生活很无聊。

洋子（笑）：嗯，他们的生活显然应该更有趣。每个人的生活都很有趣。每一个生命都会是一本巨大的百科全书。我们的生活和别人的生活没有那么大的区别。你可以在街上随便抓一个人，然后开始提问，你会发现它充满了奇迹。有人认为他的生活不如我们的有趣，而把他的心思专注在我们的生活上，这太遗憾了。

列侬：你知道琳达也受到了和洋子一样的炮轰，我们对她深表同情，因为我们知道她经历了什么。她受到了同样的辱骂、仇恨，还有无缘无故抛向她的胡说八道，只因为她爱上了保罗·麦卡特尼。琳达和保罗，唔，琳达和洋子所经受到的遭遇，简直太让人惋惜了。这只是人们的心态在媒体中的一种反映，他们应该对此有更多省悟。我是说，他们都是该死的受过教育的人，不是吗？但他们竟然可以那么狭隘、卑鄙和愚蠢。他们在这样一种个人层面侮辱她们——这种看法和做法，怎么说呢，在实际的交往中，他们永远不会那样对任何人，不管是男人还是女人。我是说，他们怎么敢？我是说，就是这刺激了公众，使他们去抱有这么一种态度。这种态度完全是媒体制造的——也包括女性，媒体中的女性。女人在很多时候是她们自己的最糟糕的敌人。这些女人很多还在继续这么做。

22

《花花公子》：还有一件事我想弄清楚，就是你们的角色转换：约翰做全职爸爸，洋子做女实业家。对你们两个来说，这是不是像一种游戏？因为你们知道你们总是还可以回去，或者把它停下来？

洋子：是的，是这样的。我不是一个什么都没有的前家庭主妇——

列侬：而我这个全职爸爸，手下则有保姆、助理、厨师和清洁工。我不是一个贫困的、需要抗争的家庭主妇，必须做好一日三餐。我做饭是为了好玩。

洋子：而且你在外面的世界也取得了一些成就。大多数家庭主妇从来没有任何成就。

列侬：是的，对，对。我不能说我为了你而放弃了我的事业。（笑）

《花花公子》：你曾看到过普通人对你几乎是厌恶的态度吗？你说你理解家庭主妇的感受，约翰，但你不过是闹着玩一样做这件事？

列侬：不，这不是闹着玩。这事有严肃意图，就是用至少五年时间，在全职基础上，精心安排孩子心智和身体的成长。不会因为现在我们要制作这张专辑这事就结束了。事实上，我担心肖恩现在过于脱离了我的影响。比如说，因为我没在照管他的饮食，他胖了几磅，一等这张专辑搞完，我就会回去重建起我在他身边的位置，因为我需要它，他也需要它。你知道，天主教会曾说："把孩子交给我，五年七年后，我将交还给你一个男人。"我想亲历这个过程。这是我最关心的——我是否做出了正确行动。我一直非常非常慎重。这并无轻松适意可言。

洋子：而且他做得很好。

《花花公子》：但母亲的角色呢？你有没有说出过这样的话："该死的，洋子，你是母亲！"

列侬：我可能说过。（问洋子）我这么说过吗？

洋子：这个，一开始你说没关系，任何人都可以做母亲。但是接着你就开始意识到孩子想妈妈，母子之间的确有一种联系。我也开始意识到了这一点。血缘关系。这很奇妙。

《花花公子》：洋子，你说你开始意识到这一点了，但你说过日常生活中你很大程度上并不真的是一个母亲?

洋子：我不知道这是为什么。我想可能有一部分原因是，我是由保姆们带大的。这差不多像是母亲对待生病孩子的态度：她是想亲自照顾他，但有医生来替她照料。我不知道。

列侬：她喜欢这么想："也许我没有母性本能，我是由保姆带大的。"她一副男子气概，因为她玩这个男子汉的游戏玩了五六年了。

洋子：有很多不同层面。

列侬：有很多层面，但你不是个坏母亲，所以不要贬低自己，以为自己是坏母亲。

洋子：我知道我不是个坏母亲……

《花花公子》：肖恩知道你是"披头士"吗？你在多大程度上不让肖恩受到你作为"披头士"一员的名声和过往的影响？

列侬："披头士"这事从没跟他提过。没有理由提。我们从没放过"披头士"的唱片——不像到处传的那样，说我像霍华德·休斯[1]那样在厨房里坐了五年，一直放"披头士"唱片，有一次肖恩在一个朋友家过夜，电视上放着《黄色潜水艇》[2]，他跑回来问："爸爸，你是'披头士'吗？"

《花花公子》：在那之前他对"披头士"乐队没概念？

列侬：他不能辨别"披头士"、爸爸和妈妈。他认为洋子也是一名"披头士"。他知道有一个林戈、一个保罗和一个乔治，这些人莫名其妙地曾经在一起。孩子们无法想象他们自己出生前发生的事。

《花花公子》：但现在，他是否将"披头士"乐队和他知

---

[1] 霍华德·休斯（Howard Hughes，1905—1976），美国企业家、飞行员、电影制片人、导演、演员。晚年有许多怪癖，于1950年起完全隐居。

[2] 《黄色潜水艇》（*Yellow Submarine*），一部以"披头士"乐队的一系列歌曲为主题的动画电影。

道的其他乐队一样看待呢？

列侬：没有，他对乐队还没有什么体验。我记得以前他表达出兴趣时，我曾经给了他一张"披头士"唱片，那次是因为他大概得知了这跟唱歌有关系。但一般我不让它们接近他。我们的点唱机上没有"披头士"唱片。他更容易接触到早期摇滚乐——查克·贝里和埃尔维斯。他现在对《猎犬》[1]很感兴趣，他以为这是首打猎的歌！（笑）

《花花公子》：你为什么不想让他接触"披头士"的音乐？

列侬：因为我一直受不了它们！因为这会让我不得不再次体味录音中的岁月。不是因为我讨厌"披头士"音乐。这就像无时无刻地读一本旧日记。你的确有时间浏览你的旧照片，但大部分时间你要忙于活在当下。所以我不是讨厌那音乐。如果它出现在收音机里，那是另一码事。

《花花公子》：还有一个与"披头士"有关的话题。到目前为止，你谈了很多关于约翰和洋子、保罗还有林戈——但是对乔治你很少提及。为什么？

---

[1] 《猎犬》（"Hound Dog"），"猫王"埃尔维斯·普雷斯利的代表曲目。

列侬：我来告诉你为什么。乔治私底下出了一本书（《我，我，我的》［*I, Me, Mine*］），我被它伤到了，所以我要传给他这个信息。我在这本书中受到如此明显的忽略，好像我对他的人生毫无影响。完全不提。在他这本据称是将他写的每一首歌和其影响都写得全面、清晰的书中，他记得几年里他遇到的每一位无足轻重的萨克斯手和吉他手。而我不在这本书中。

《**花花公子**》：为什么？

列侬：因为乔治和我的关系像是一个年轻追随者和一个老家伙。他比我小三四岁。这是一种爱恨交织的感情，我觉得乔治依然对我这个离家出走的父亲耿耿于怀。他也许不会同意这种看法，但这是我的感受。我受了伤。我被排除了，就好像我不存在。

我不想做自大狂，但在我们开始时，他就像是我的门徒。我已经是一名艺术生，而保罗和乔治还在读文法学校（相当于美国的高中）。上高中和上大学有着巨大的差异，而我已经上了大学，已经有了性关系，已经喝酒，做了许多那样的事。

乔治小时候，总是跟着我和辛西娅——我的第一任女友，后来成了我妻子。辛西娅和我会一起从艺校出来，他就在附近转来转去，就像现在达科他门口的那些孩子们一样。他差不多就是那样！辛西娅和我会去咖啡馆或是看电影，乔治会在街上两百码远的地方跟着我们。辛西娅会说——就像现在洋子会说——"那家伙是谁？他想干吗？"我会说，"他只是想出去晃晃。我们要带他一起去吗？"她会说："噢，好吧，我们带他去看该死的电影吧。"所以我们允许他跟我们一起看电影。就是那种关系。他后来有点不友好了。也许他看到我不是他想象中的那个人了。

洋子：不过，我得诚实地告诉你，我认为他不是真的那样想。这本书可能是他周围的人编辑的。我知道他周围的一些人，他们对他影响很大。

列侬：我不这么认为。我不这样认为。你没读过这本书。

洋子：是的，但我想——

列侬：那么，说话之前先读这本书吧。在这本书中，在他写的每首歌后面都有评论。

洋子：是的，但我想他被人强烈建议不要提——

列侬：一次也没提！我记得那天他打电话要我帮忙写《收税员》（"Taxman"），他最初的歌曲中的一首。我丢过去几个俏皮话帮他写这首歌，因为是他要求的。他来找我是因为他不能找保罗，因为保罗那个时候不会帮他。我不想做这事。我想着，哦，不，别告诉我我还得做乔治的东西。做我自己和保罗的歌已经够了。但因为我爱他，我不想伤害他，当那个下午他打来电话说"这首歌你能帮帮我吗"时，我只好咬咬牙说好。一直以来都是约翰和保罗一起，他被排除在外，因为那之前他还没成为一名创作者。作为歌手，我们允许他在每张专辑中唱一首。如果你听"披头士"的第一批专辑，英国版本，都有他一首歌。第一批他和林戈唱的歌都是我在舞厅里演唱曲目的一部分。我一向挑选容易的给他们唱。所以我有点不满乔治的书。

《花花公子》：你对乔治输掉《我亲爱的主》（"My Sweet Lord"）的官司有何看法？判决称这首歌的音乐剽窃了"雪纺"（The Chiffons）乐队的热门曲《他很好》（"He's So Fine"）。[1]

列侬：好吧，他就撞上了这事儿。他知道自己在做什么。

---

[1] 法庭裁定乔治·哈里森犯有"潜意识"剽窃罪，责令他支付了587000美元。——原注

《花花公子》：你是说他有意识地抄了那首歌？

列侬：他之前一定知道，你懂的。他比那高明多了。事实上，这是两码事——只是因为涉及了钱，它才变得严重。在早年，我经常会把别人的歌带到脑海里，只是当我把它录到磁带上——因为我写不出来音乐——我才会有意识地把它改为我自己的旋律，因为我知道，不这样会有人告我。乔治本可以在那首歌里改几个小节，那样就没人能碰他了，但他就让它去了，因此付出了代价。也许他以为上帝可能会放过他。

《花花公子》：那——

列侬：我想澄清一下。你看，我对乔治的书有点不满，但别误会——我仍然爱那些家伙。"披头士"乐队结束了，但约翰、保罗、乔治和林戈还在继续。我是说，我对乔治的书心烦并不意味着这就是我的全部感受。你明白吧？我喜欢他们，结束了。明白了吗？（笑）我不想因为我今天的感受就开始我和乔治之间的另一档子事。明天我的感觉会完全不同。不管怎样，这并不重要。对于他或他们中的任何一个人，我都不是只有这一种或那一种感觉。这是非常复杂的，我对他们几位有着许多混杂难辨的情感。这就是为什么说任何话都很困难。我不想小题大做。这是愚蠢的，这些不良反应不值得让彼此发表一些信口开河的评论。

23

　　　　　　　　巴里告辞回办公室，而
　　　　　　洋子去参加一个会议，剩下
　　　　　了我和约翰一对一交谈。如
　　　　　他所说，我们进入了"披头士"
的回忆轨道——更多"披头士"的记忆，纷至沓来。

　　一开始，他先是要外间办公室的弗雷德把他收集的唱片整理到一起，作为索引。有一册歌本上，有"披头士"的歌曲年表。我把书和唱片摊在洋子办公室的地板上，约翰和我懒散地坐在地毯上。

列侬：好了，如果你想深入地探询某一首歌，你就问我；否则，我只会给你提供我一时想起的最表面的记忆。

《花花公子》：好，让我们或多或少按年表来吧。从《爱我吧》（"Love Me Do"）开始。

列侬：《爱我吧》是保罗的歌。他十几岁时写的。让我想想……（唱）"爱，爱我吧……"我应该在中间八小节帮了点儿忙，但我不敢肯定。我很确定他是在汉堡，甚至，早在我们成为歌曲作者之前，就写了这首歌。

《花花公子》： 这些早期情歌，是写你们的女朋友，你们的爱情生活吗？

列侬： 它们基本上是虚构的，与真实情况无关。我觉得《在我的一生中》是我第一首真正有意识地写我自己生活的歌，它因一位英国记者、作家在《他所写下的》出版后所发表的评论有感而发。我想"我的一生"发生在"他所写下的"之后……他对我说："为什么不把一些你在书里的写作方式，就像那样，用到歌曲里呢？或者，为什么不把你童年的一些事放进歌曲呢？"后来就有了保罗的《便士巷》（"Penny Lane"）——虽然事实上，住在便士巷的是我——还有《永远的草莓地》。

《花花公子》： 你以前从来没意识到要以自己的经历写歌？

列侬： 是啊，我们只是写"埃弗利兄弟"[1]式的歌曲，巴迪·霍

---

[1] "埃弗利兄弟"（The Everly Brothers），美国著名二重唱组，两兄弟组成，成名于摇滚乐新兴的 1950 年代，音乐融合乡村、摇滚、节奏与蓝调风格。

利[1]式的歌曲，那种没多少想法的流行歌——去创造一种声音。歌词几乎无关紧要。

《花花公子》：继续。

列侬：《在我的一生中》始于一段巴士旅程，从门洛夫大街 250 号的我家到市中心，其中提到了我能记得的每一个地方。可荒谬了。这首歌的写作甚至早于《便士巷》，但里面已经写到了便士巷、草莓地、有轨电车站——"有轨电车站"就是便士巷外的电车站——这首歌就像"我在假期巴士之旅中干了什么"那种最无聊的歌，根本不行。我不能写这种东西！我不能这么写！

但后来我松弛了下来，这些歌词又开始浮现，让我想起记忆中的那些地方。保罗帮忙写了中间的八小节旋律。整个歌词远在保罗尚未听到之前就已经全部写好了。在《在我的一生中》中，他在旋律上的贡献是和声和中间八小节。

《花花公子》：便士巷是一条街道？

列侬：便士巷不仅是一条街道，还是一个地区。就像纽约

---

[1] 巴迪·霍利（Buddy Holly, 1936—1959），美国著名摇滚歌手，摇滚乐早期历史上的超级明星，在 1957 年组建"蟋蟀"（The Cricket）乐队，因飞机失事而过早殒落。

时代广场和哥伦布大道一样。当你说哥伦布大道时，你其实是指整个那片地区。便士巷是个郊区，一直到我四岁，我都和母亲、父亲还有我的祖父一起住在那里，虽然父亲是个水手，总是在海上。我们住在那些联排式住房里，就像在《黄色潜水艇》及其他歌曲中一直被描绘的"披头士"早年生活，你知道，贫穷工人阶级少年的梦幻版本。而在那之后，我住进了便士巷的纽卡斯尔路。所以我是唯一住在便士巷的"披头士"成员。

《花花公子》：《永远的草莓地》呢？

列侬：《草莓地》是在我拍摄《我如何赢得战争》期间写的，在西班牙阿尔梅里亚。

《花花公子》：在你遇到洋子之后？

列侬：不是。

《花花公子》：你之前说过，自你遇到洋子后，你就知道你开始漂离"披头士"了。

列侬：不，不是这样。在洋子之前我就开始漂离"披头士"

了。我所做的是……以我自己的怯懦方式利用了洋子……就像是，现在我有了离开的力量，因为我明白了人生还有另一面。

但在 1966 年"披头士"停止巡演之后的那段时间——最后那次巡演，我称之为"耶稣基督巡演"（Jesus Christ Tour），对吧？当时三 K 党和所有那些人对我那句信口开河的评论大喊大叫，对吧？

《花花公子》：那句"'披头士'比基督还受欢迎"？ [1]

列侬：是啊。然后迪克·莱斯特在这部电影中给了我一个角色，这让我有时间去思考，不用回家。我们在阿尔梅里亚，我花了六星期写了这首歌。拍电影的那段时间我都在写。搞过电影的人知道，电影拍摄期间相当闲散。

这首歌我有一盘原始母带。从那儿能听到它在变成唱片中那样的迷幻歌曲之前，是什么样子。我可能也有《在我的一生中》的母带。我有《我们能搞定》的磁带，保罗唱的，两轨吉他，在一盘家庭录音带里。

《花花公子》：你在那之后多久遇到了洋子？

---

[1] 1966 年，列侬在一个访谈中脱口而出"我们现在比耶稣还受欢迎"，引起轩然大波。

列侬：我对细节以及一切的记忆力都很好，唯独不擅长记日期。

《花花公子》：就按时间顺序……

列侬：拍完电影我从西班牙回到英国。这可说是一段空白时期，因为巡演结束了，我从西班牙回来，而布赖恩死了。玛赫西出现了，布赖恩死了，洋子出现了。我的意思是，那段时间出了这么多事，我没法把顺序排对，你明白吧？这一切肯定都发生在那一个时期。所以如果你查明电影是什么时候拍的……我就可以告诉你发生了什么……所有事都发生在 1966 年，这看起来简直不可思议！

《花花公子》：我们继续谈"草莓地"吧。它是一个地名，是吧？

列侬：是的，我把这地名当一个形象。你知道，就像《小夜曲》[1]取自马格利特的画，那画上有一棵黑色的树，树上有半个银色月亮。它与那部音乐剧无关，除了那家伙看

---

[1] 《小夜曲》（*A Little Night Music*），一部百老汇歌舞剧，由斯蒂芬·桑德海姆（Stephen Sondheim）创作音乐，休·惠勒（Hugh Wheeler）编剧，于 1973 年首演。

见了那幅画，有了这个想法，或者什么。

离开便士巷后，我搬进了姨妈家。她住在郊区，一栋很好的半独立住宅，有一个小花园，周围住的都是医生、律师之类，而不是投射出的那种贫穷、破败的形象。我是个干净整洁的郊区男孩，在阶级体系中比保罗、乔治和林戈高差不多半个阶层，他们住在政府补贴的房子里。我们有自己的房子，有自己的花园，他们没有这样的东西。所以在某种程度上，和他们相比，我有点儿像个怪人。你知道，我是个郊区孩子，他们都是——哦，林戈是唯一真正的城里孩子。不管怎么说，我们跑题了。问题是什么？

《花花公子》："草莓地"是……

列侬：是一个救世军之家，就在我姨妈郊区的房子隔壁。那儿有两座著名建筑。一座是格莱斯顿（Gladstone）名下的少年管教所，从我房间的窗口就可以看到。草莓地就在那个拐角处。这是一座维多利亚时代的老房子，被改造成救世军孤儿院，小时候我和小伙伴伊凡、奈杰尔和皮特经常一起去参加他们的花园聚会。我们都喜欢去那儿，闲逛，卖柠檬水瓶子，挣点儿零花钱，在草莓地总是玩得很开心。显然，它过去是个种草莓什么的农场。我不知道。而我只是给歌曲取了这个名字——与救世军毫无关系。作为一个意象——永远的草莓地。

《花花公子》：歌词"生活是容易的……"怎么理解？

列侬："……如果闭上眼，误解你看到的一切。"现在还是这样，不是吗？我现在不也是这么说吗？

《花花公子》：那个想法是你全新的觉醒吗？

列侬：不是，不是一个新的觉醒。事实上只是我把它写到了纸上。我一辈子都醒着。你明白吧？我一直都醒着，整个一生。

《花花公子》：在"披头士"乐队之前？

列侬：你不能这样孤立地看问题。就像……不断追问你为什么走这条路而不走另一条。它和很多东西都有关——我出生在利物浦，来自采石岸文法学校，住的家里有个书房，里面堆满了奥斯卡·王尔德、惠斯勒、菲茨杰拉德和每月读书会的读物，那是我姨妈的，还有我姨父去世时她接收的学生们。我接触着这些十八岁的聪明头脑，他们中的一些人将成为兽医和化学家，我被这些包围，而我只是个小男孩……哪一个影响更大？也就是你和你的同类——我在友好地使用这个概念——"披头士"的观察者们——才那么纠结于"披头士"。这总是显得像我在攻击"披头士"一样。我的确在说"披头士"很重要，但在我生命中，"披头士"的影响……会比我的身世和所受的教育更重要吗？比我父母离异、我和姨妈住一起这件事更重要吗？我不会给它比我生命中任何其他部分更多的强调。所以显然在《永远的草莓地》想要表达的意识……

这么说吧，我一直都很"时髦"，伙计。我在幼儿园时就时髦。那时我就和其他人不同。在我的一生中都与众不同。

影响我的东西浩繁无比，从刘易斯·卡罗尔到奥斯卡·王尔德，再到曾经在我身边、最后被关进监狱的那些坏孩子，类似的那些。而"披头士"只有十年！我和洋子一起生活的时间比我做"披头士"成员的时间更长！但人们就是不明白。我和洋子一起生活的时间比和保罗在一起的时间更长，好吗？但他们还是问与保罗相关的事。显然，过去的十三年里，带给我生命最重要影响的人是小野洋子，这是无法回避的。现在，我还有另外四五十年要过，或许更长，不管是什么。谁知道呢，随它吧。

《永远的草莓地》是我表达这一点的一个尝试。第二句这样唱，"我想没谁在我的树上"。嗯，我想在这句话里说的是"看来没人像我这样时髦，所以我一定要么是个疯子，要么是个天才"。这是我五岁时遇到的问题："我出了什么毛病，因为我好像看到了别人看不到的东西。是我疯了，还是我是个天才？"我认为我两个都不是：疯了和天才其实不意味着任何东西。我是说不要把天才当作我们神化的那个东西，而应该把它看作一种天才精神，任何人在任何特别时刻都可能遇到。如果有这样的东西，好吧，那我要成为一个。这就像是说："如果'披头士'有个领袖，那我就是。"如果没有，那就是民主。这可以说是覆盖了所有的角度。

所以那句歌词说："我想没谁在我的树上，它一定太高或者太低了。"我是在以一种缺少安全感的方式说，"似乎没人理解我的想法。我看问题的方式好像跟绝大多数人都不一样"。我的意思是，我看到老师，然后就充分感觉到了潜在的愚蠢和事情的流于表面。所以在十三四岁的时候，我会想，是的，这家伙是个浑蛋，我看到了他的潜意识，我能读懂他的思想，我逮到了他根本不知道存在的东西。我是说我一直通灵，充满直觉、诗意，不管你想怎么称呼它，我总是以幻觉的方式看到事物，总是看到那面具之后的东西。当你还是个孩子，这很可怕，因为没有人能理解你。无论是我姨妈、我朋友还是什么人都从来不知道这一点！这非常、非常可怕。与我唯一有联系的是我读了奥斯卡·王尔德、狄兰·托马斯和文森特·梵高的一些东西——他们因为自己不同眼光而经历的苦难。他们看透社会，并被社会折磨，只因为试图表达他们的本真……那种孤独感和对本质的洞察……

这不是自大狂。这是事实。如果谁给了我一副能看穿墙的眼镜，我也没办法。这并不能让我过得比别人更好或更糟；我只是和别人看到和听到的不同——就像音乐家听到的音乐和非音乐家不一样。这没办法解释，也没有……

《花花公子》：你从来没发现和你一样感觉的人？

列侬：只有书里的逝者。刘易斯·卡罗尔，还有我看到的某些绘画。超现实主义对我有很大影响，因为那让我意识到，我头脑中的意象不是疯狂——如果那是疯狂，那么我就属于那个独家俱乐部，那里的人看到的世界就是那个样子。超现实主义对我而言就是现实。迷幻的视觉对我来说就是现实，而且一直如此。十二三岁时我在镜子里看自己——一个当你开始对自己的外表很在意，花很多时间梳头发的年纪——我确实经常恍惚地进入了 α 脑电波状态。那时我不知道那叫什么。我许多年后才知道，那状态有一个名字。但我看见这些关于我的脸的幻觉图景不断变化，变得无限而完满。我就开始出神，眼睛会变大，而房间会消失。

《花花公子》：你开始说那只是你的一部分。

列侬：是的。（眼神迷离，陷入沉思）我一直是个叛逆者，因为社会学上的什么东西一直让我内心不悦。但在另一方面，我想被人爱、被人接受。所以我就在舞台上，像一个表演的跳蚤。因为我想归属。我内心有个部分想被社会方方面面都接受，不想再做这个大嘴巴、疯子、诗人兼音乐家。但我不能成为我不是的人。该死的，你到底在干什么？你想归属但你又不想归属，因为你无法归属。

这就像，哦，又说回学校了。你知道，在文法学校，他们问你："你想成为什么？"我会说："呃，记者。"我从来不敢说"艺术家"，因为我出身的社会背景就是那样，我经常对我姨妈说："你读那些艺术家，你在博物馆里欣赏他们，但是你不愿意让他们住在你家附近。"对吧？而老师们会说："不，现实点。"我会说："好吧，给我点别的选择。"他们会建议兽医、医生、牙医、律师。我知道我毫无该死的希望会成为那些人。所以我没有任何地方可去。

《花花公子》：但即使在那时，你也是乐观、积极的。在《永远的草莓地》里你说："不知怎的，一切都会解决。"

列侬：是啊。我的意思是说，这就像"披头士"爱搞的小把戏。当"披头士"低落时，我们会这样干，我吆喝，他们回应。这玩法源于几年前的一部有关利物浦的廉价电影。电影中他们说"约翰尼，我们要去哪儿？"或者别的什么台词，而那帮家伙的头头会说"我们要把这个烧了"或者"我们要踩在那上面"。好吧，当我们都很沮丧的时候，我会对哥儿几个说——当时我们都想着这是个成不了气候的乐队，一笔屎一样的生意，在一间屎一样的更衣室里——我会说："我们去哪儿，伙计们？"他们说，用假冒的美国腔："到最高处去，约翰尼。"我会说："那是哪儿，伙计们？"他们会说："顶上面的最上面。"我会说："对！"然后我们都会高兴起来。

《花花公子》：所以，在经历了低谷和可怕的神秘主义之后，你还是很乐观。

列侬：是的。我的另一句话是——后来变成了"披头士"乐队的名言，但实际上是我的——"最后一定会好起来。"我经常对我的朋友皮特这样说，他是"采石工"（The Quarrymen）的队员，那是"披头士"乐队的前身，在保罗还没加入之前。皮特会担心文法学校的考试。最初的乐队是以我的学校命名的，学校名字是采石岸（Quarry Bank），有一句拉丁文校训："走出这块石头。"——这是象征性的，不是吗？——"你会发现真相。"

总之，我们总是考不及格，从来不做作业，皮特总是担心他的未来。我就会说"别担心，事情自然而然会解决"——说给他和我身边的团伙——因为我总是有一个团伙；我总是一个小团伙的头头，你知道。这是一个寻常过程，"披头士"成了我的新团伙。我总是有三个、四个或五个人组成的团伙在我身边，在我的生活中扮演着不同的角色，支持和……你知道，当下手。一般来说，我是那个恶棍。

但我一直相信转机将会出现。我没有为未来做计划。我没有为了考试而学习。我一点也没有把这些放在心上。我没有能力那么做。因此，我是那种孩子，所有其他男孩的父母——包括保罗的父亲——都会说："离他远点。"因为他们知道我是什么德行。大人们本能地当我是个麻烦制造者，意思是我不听话，会影响他们的孩子，我确实是。我极力地破坏每个朋友的家。部分是出于嫉妒，因为我没有这个所谓的家……但其实我有。我有一个姨妈、一个姨父，还有一个漂亮的郊区的家，非常感谢你们。关于我的孤儿形象是胡说八道，因为我被我姨妈和姨父很好地保护着，他们很照顾我，谢谢。所以……这句话是为她说的，我的姨妈，因为她反对保罗说的，他说我现在花这么多时间和肖恩在一起，可能是因为我从来没有家庭生活——这绝对是胡说八道。

我的家中有五位女性。五位健壮、聪明、美丽的女性，五个姐妹。其中一位就是我母亲。我母亲对生活就是应付不来。她是姐妹中最小的。她有一个丈夫，离家出海了，而战争还在继续，她没办法招架我，所以最后我和她姐姐住在了一起。

这些女性非常了不起。总有一天，我会为她们写一本《福尔赛世家》[1]。我总是把这件事搁在心上，因为她们是了不起的女性，她们掌控了整个家庭的形势。男人们在我们家是看不见的。我总是和女人们在一起。我总是听她们谈论男人、谈论生活，她们总是知道一切的情况。男人们从来、从来、从来都不知道。

这就是我最初的女性主义教育。拥有了这样的知识，再加上我没有被父母束缚——这就是差别——我能够将此渗透到其他男孩的思想中。我会说："父母不是神，你看我不和我的父母生活，所以，我知道。"我会对保罗说："你要是想穿紧身裤，保罗，去告诉你父亲，见他的鬼。"他父亲知道我会这么对他说。而我对所有的朋友都这么

---

[1] 《福尔赛世家》(*Forsyte Saga*)，英国作家约翰·高尔斯华绥（John Galsworthy，1867—1933）的代表作。小说讲述维多利亚时代和爱德华时代英国中上层社会中的故事。

说……那是我因为没有父母而获得的礼物。我为没有父母哭了很多次，但我也得到了这个礼物，意识到我可以不是什么……

《花花公子》：这些你很早就知道了。

列侬：对的。大多数人永远都无法摆脱。有些人看不出父母还在折磨着他们，即使他们已经四五十岁了——父母仍然扼住了他们，扼住他们的思想、他们的头脑。我从来没有那种对父母的惧怕和奉承。好吧，这就是所谓孤儿（其实我从来不是）的礼物。（这一刻的约翰充满了感情，话语随着自由联想滔滔不绝）我母亲那时还活着，去她的住处步行十五分钟就到，一辈子都这样。我时不时地去看她。我只是没和她住一起。

《花花公子》：她现在不在了，是吧？

列侬：是的，她被一个失职的醉酒警察害了。就在公交车站，他开车撞倒了她。这对我又是一个巨大创伤。我失去她两次。五岁搬到我姨妈家是第一次。十五岁是第二次，这次她真的不在了，真的离开了人世。这令我非常伤痛。我当时在艺术学校。所以我应该有十六岁了。所以那应该是 1956 年。那就是……对我来说真的很难。这完全让我非常非常痛苦。我还那么小，我年少时心里便有的那根刺变得很大。作为一个少年、一个摇滚乐手，以及一个艺校学生，又在我刚开始重建和母亲的关系时便经历了她的死亡……

《花花公子》：那么——

列侬：……我非常痛苦。

《花花公子》：——你爸爸呢？

列侬：保罗虽然失去了母亲，但他从未失去父亲。

《花花公子》：是的，他很小就失去了母亲。在大约三岁时。

列侬：是的……哦，我父亲出海了，我再没见过他，直到我赚了很多钱，他回来了。总而言之，这是另一个故事。

《花花公子》：发生了什么？

列侬：我翻开《每日电讯报》，看到了他，他就在离我住处很近的一个小旅馆里，或是其他地方洗盘子，伦敦市郊券商聚居区的那一片。他是在敲诈我……他告诉媒体的故事是，他一直在给我写信，试图与我取得联系，但我不想见他。我对这一切非常不高兴。他在我有了钱、出了名时就会出现，而之前则一直没有出现过……所以我根本不想去见他，但他在媒体上那样胁迫我，我回应了，去看了他，我们有了某种亲属关系，直到几年后他死于癌症。而在他六十五岁的时候，娶了一个二十二岁的女人，她曾给我和"披头士"做过秘书，并生了一个孩子，我觉得这还蛮理想的，对这样一个一辈子当醉汉、几乎算是一个包厘街流浪汉的人来说。他一生中的很大部分都是那样度过的。

《花花公子》：听起来像是情节剧的一幕。

列侬：是啊，每个人——就像洋子以前说的——如果你进入人们的生活，就总会看到神奇的故事。当它正巧是一个所谓名人的故事，它就尤其显得戏剧化。所以我喜欢自传。是那些小小的抉择，它们改变了整个人的方向。谁知道是人们自己做出决定，还是他们被这么决定，或者别的什么？所以我一点儿都不后悔，对这苦难或者幸福。

　　我的童年并不都是苦难。并不都是贫民窟。我总是穿得很好，吃得很好，受很好的教育，一天天长大，长成一个还不错的低层中产阶级英国男孩。你知道吧？而这就是"披头士"与众不同的原因，事实上乔治、保罗和约翰都是文法学校的男孩。在此之前，所有的摇滚乐手基本上都是黑人和穷人，来自南方乡村或别的什么城市贫民窟。而其中的白人一直是像埃尔维斯一样的卡车司机。巴迪·霍利显然跟我们是一类，貌似是个郊区少年，学过读和写，知道得多一点。但"披头士"所谓的特点是，我们受过相当好的教育，我们不是卡车司机。保罗本可以上大学。他一直是个好孩子。他通过了考试。他本可能会变成，该死的——我不知道——麦卡特尼博士吧，我想是。如果我努力了，我也能做到那样。我从没努力过。

《花花公子》：列侬博士？

列侬：好啦，我可能会选择艺术或语言——那一类的。我知道我可以轻松地胜任艺术工作。只是从没人这样鼓励过。50年代他们只想要科学家。艺术分子都是间谍。在社会上他们仍然是这样。

《花花公子》：你姨妈还在世吗？

列侬：她独自住在多塞特郡普尔市，这是她的选择。

《花花公子》：你姨父怎么样？

列侬：他不在了，就在我母亲去世的那个时期去世了，前后只相隔几年。

24

洋子回到办公室，约翰
将谈话收尾。一盏茶后，约
翰提议我们撤离，让洋子好
继续工作。我们收起成堆的
唱片和书，挪到外间的办公室。然而，这里的吵闹声让人
不堪忍受——电话、进进出出的人、背景音乐。约翰耸耸肩：
"我们去那儿试试吧。"

我跟着他，到了一间巨大的浴室。约翰扑通坐在冰冷
的大理石地板上。"这里怎么样？"他问。我关上门，我
们一起在那儿坐了几小时。我们的声音在这个光秃秃的白
色房间里回荡。

《花花公子》：以后听到《永远的草莓地》，我会有不同
的感觉了。好了，谈谈更多的歌。《你想知道一个秘密吗？》
（"Do You Want to Know a Secret?"），是你为乔治写的吧？

列侬：噢，不能说是为乔治写的。那是在我第一次独自
住的公寓，我不再与其他十四名学生——艺校的女生和男

生——住在一起。我刚和辛西娅结了婚，布赖恩·爱泼斯坦把他的秘密小公寓给了我们，这套公寓藏在利物浦，是他背着家人跟人幽会的秘巢。他让辛西娅和我住了进去。我母亲一直是……是个喜剧演员和歌手。不是专业的，但是，你知道，她常常在酒吧之类的地方表演。她的声音很好，能模仿凯·斯塔尔[1]。我一两岁时，她经常给我唱一首可爱的曲调……哦，那时她还和我生活在一起……那个曲调来自迪士尼电影——（唱）"想知道一个秘密吗？答应我不要说出去。你正站在许愿井旁。"

所以，这个曲调就在我的脑子里，我把它写出来给乔治唱。我觉得这对他来说会是个很好的机会，因为它只有三个音符，而他也不是世界上最好的歌手。自那以后他进步了许多，但那段日子他的唱功很有限，因为第一他没有机会，第二他更多地专注在吉他上。所以我写了这首歌——写的时候不是为他，但当我写完，我觉得对他合适。这首歌的写作就是这样。

就像《辛劳一天的夜晚》里的《我很高兴和你跳舞》（"I'm Happy Just to Dance With You"），是为乔治写的，让他也有点儿作为。这是我为他的书感到有点受伤的又一个原因，我甚至费力让他能有"披头士"的B面单曲，因

---

[1] 凯·斯塔尔（Kay Starr, 1922—2016），美国女歌手、演员。

为他甚至连一首 B 面都没有，直到……《某种东西》是他的第一首 A 面单曲，因为保罗和我一直都包揽了 AB 两面……不是我们排斥他，只是因为，简单说吧，他的东西还不达标。实情就是这样。这不是阴谋。只是他没有料。

《花花公子》：是不是就像那时候林戈——

列侬：不过我确保了乔治能拿到《约翰和洋子的歌谣》（*The Ballad of John and Yoko*）的 B 面单曲，我想是的。但这些小事他不会记得。你知道吧，我一直都在努力……正是因为我，林戈和乔治才得以唱约翰和保罗写的歌。在艾伦·克莱因的赞助下，约翰和保罗拥有马克兰出版的全部作品，而我对乔治和林戈没有拥有一首感到难受。并没有难受到改变这个局面，只是对此略有负罪感。而在克莱因操盘期间，有了将马克兰出版作品的各百分之五给他们的机会——就歌曲创作而言，这是很大一笔钱了——他们是因为我才得到了这些。不是因为克莱因，也不是因为保罗，是因为我。保罗必须说"好"，因为他不能说不。是在我的促成下他们才得到了。

然而，我没有乔治歌曲的一丁点权益。我没有他写的任何东西的权益，像是《某事》，或林戈的任何一首歌。甚至没有……任何东西。明白吧？包括我对乔治早期歌曲，比如《收税员》的贡献。我没要求过任何东西、任何认可，任何东西都没要求过。这就是为什么我听起来像是对乔治和林戈不满，因为苹果唱片还在经营，而他们表现出的态度不知怎么，是"约翰抛弃了我们，约翰在欺骗我们"。这不是真的。

《花花公子》：这难道不是因为你和保罗被视为"披头士"作者所导致的吗？

列侬：这样说吧，我觉得约翰和保罗在和另外两个家伙合作的情况下，也有可能创造出同样的东西。但乔治和林戈在没有约翰和保罗的情况下，不可能创造出这些东西。明白吗？

《花花公子》：而他们知道这一点——

列侬：但这不是要否定他们所拥有的个人才华。在我们相遇之前，林戈已经凭自己的本事成为利物浦的明星。林戈是一个很专业的鼓手，能唱能演，在英国——尤其是利物浦——很顶尖的乐队里。所以林戈的才华总能以这样那样的方式展现出来。我不知道那样的话他将会有何等成就——我们都知道他有才华，但又都说对此无能为力。不管是表演、打鼓还是唱歌。他身上有一些能展露出来的东西，他本可以作为个人明星脱颖而出。

《花花公子》：回到你说到的那点，"披头士"乐队也可以是你和保罗与别的两个家伙——这不就是林戈和乔治心生怨恨的原因吗？

列侬：可能那样也会奏效吧。但也许，话说回来，谁知道呢？如果没有他们，可能并不会奏效。所以没办法……事情就这样。在你出生前，命运是怎样的？这只能是猜测。

《花花公子》：林戈的鼓打得怎么样？

列侬：林戈是个该死的好鼓手。他一直都是个好鼓手。他不是技术上好，但我认为林戈的鼓是被低估了，就像保罗的贝斯被低估了一样。

保罗是有史以来最富创意的贝斯手之一，现在市面上有一半的东西是直接从他在"披头士"的东西里扒来的。他羞于提起自己的贝斯演奏。对其他东西他都很自大，唯独对自己的贝斯演奏总有点羞怯。他是个伟大的音乐家，他的贝斯演奏没几个人能比得了。如果将他跟"滚石"乐队的贝斯进行比较，将林戈的鼓与查理·沃茨[1]的鼓进行比较，不说更好，至少也是平起平坐。我一直反对有种观点认为，查理比林戈更"艺术"，查理懂爵士、画漫画，所以他受到了表彰。我认为查理是个该死的好鼓手，而那另一位是个好贝斯手，但是我同时认为保罗和林戈可以与任何摇滚乐手齐肩。不是技术上伟大。我们都不是技术型音乐家。我们谁都不会读谱，谁都不会写。但作为纯粹的音乐家，作为在发出声音的充满灵感的人类，他们足以与任何人媲美！

《花花公子》：好啊。"附言：我爱你。"[2]

列侬：那是保罗写的歌。他想写一首像"谢丽斯姐妹"[3]的《娃娃兵》（"Soldier Boy"）那样的歌。这是他在德国写，或者是在往返汉堡的路上写的。我可能有所贡献。我不记得细节了。这主要是他的歌。

《花花公子》：《请让我高兴》（"Please Please Me"）。

---

[1] 查理·沃茨（Charlie Watts, 1941—2021），"滚石"乐队鼓手。

[2] 这里是一语双关，既表达列侬爱队友这层意思，又做出提问，问"披头士"这首叫"P.S. I Love You"的歌曲。

[3] "谢丽斯姐妹"（The Shirelles），1960年代的美国女子演唱组，对"披头士"早期创作影响很大。

列侬：《请让我高兴》完全是我写的。我想尝试写一首罗伊·奥比逊[1]式歌曲，你相信吗？是在门洛夫大街我家卧室里写的，那是我姨妈的住处……我记得那天，床上是粉红色的床罩，我听着罗伊·奥比逊唱《唯有孤独》（"Only the Lonely"）或别的什么。这首歌就是这样来的。还有，我总是会被这句歌词迷住（唱）："求你，把你可爱的耳朵借给我的请求。"——平·克罗斯比[2]的歌曲。我总是被"请求（please）"这个词的双重用法迷住。所以这首歌是平·克罗斯比和罗伊·奥比逊的混合体。

《花花公子》：《从我到你》，你说过，是你和保罗在一辆小货车里写的。

列侬：是啊，我们在小货车里写了它，我记得是。我想第一句是我写的。我是说，我知道那是我的。（哼第一句旋律）我们就从那里开始写这首歌。这首歌比我们写作之初的版本要蓝调得多。按现在的谱子，你能把它重新编曲得相当放克。当时我们只是在写《她爱你》之后的下一首单曲。

---

[1] 罗伊·奥比逊（Roy Orbison, 1936—1988），美国著名歌手、歌曲作家，与"猫王"一起深刻影响了摇滚乐的早期发展历程。

[2] 平·克罗斯比（Bing Crosby, 1903—1977），著名的爱尔兰裔美国歌手，爵士流行乐明星艺人。

《花花公子》：《她爱你》是什么情况？

列侬：是我们一起写的，但我不记得详情了。我记得是保罗的点子：我们不要再唱"我爱你"了，要有个第三方。现在他的作品中很明显有这种小细节，他会写别人的故事，而我更倾向于只写我自己。

《花花公子》：这是第一首里面有"耶耶"的歌吧？

列侬：耶——耶——耶，太对了。

《花花公子》：那是从哪儿来的？

列侬："喔喔"是从"艾斯利兄弟"[1]组合的《扭动喊叫》（"Twist and Shout"）中来的，我们把它插进每首歌曲——《从我到你》《她爱你》，它们都有那个"喔喔"。

《花花公子》：那个"耶——耶——耶"呢？

---

[1] "艾斯利兄弟"（The Isley Brothers），美国黑人节奏蓝调组合，于 1950 年代组队。

列侬：那个"耶——耶"，我不记得。

《花花公子》：它变成了你们的标志。

列侬：是啊，但是摇滚乐里有很多"哦耶""耶"和"嗯哼"。朗尼·多尼根[1]总是这么用。他是个英国佬，唱了许多美国民歌。我记得埃尔维斯在《神魂颠倒》（"All Shook Up"）中也这么唱过。但我确实不记得我们是怎么想到的这个"耶——耶——耶"。

《花花公子》：《谢谢你，姑娘》（"Thank You Girl"）。

列侬：《谢谢你，姑娘》是我们想写出首单曲但没成功的例子。结果它变成了一首 B 面单曲或一首专辑中的曲目。

《花花公子》：《不幸》（"Misery"）。[2]

列侬："不幸。"——（唱）"世界感觉很糟，不幸。"这更像是约翰而非保罗的歌，但它是我们一起写的。

---

[1] 朗尼·多尼根（Lonnie Donegan，1931—2002），英国民谣歌手，1950 年代风靡英伦，深刻影响了英国摇滚乐的早期发展。

[2] 此处一语双关。

《花花公子》：《我呼唤你的名字》（"I Call Your Name"）。

列侬：这首是我写的。在还没有"披头士"也没有乐队的时候。我到处带着它。最初我试图创作成蓝调，后来我写了中间八小节，为了把它放在几年后的专辑里发表。第一部分的谱写甚至早在汉堡以前。这是我对写歌最初的尝试之一。

《花花公子》：《我这就过去》（"I'll Be on My Way"）。

列侬：这是保罗，彻头彻尾。听起来不正是他吗？特——啦啦啦啦（笑）。是啊，那是在保罗驱车穿过乡村的间隙。

《花花公子》：《对我不好》（"Bad to Me"）。

列侬：《对我不好》是我写给比利·J.克莱默（Billy J. Kramer）的。专门给比利·J.克莱默唱。我和布赖恩·爱泼斯坦在西班牙度假，当时传言说他和我有一段恋情。好吧，那几乎是段恋情，但又不完全是。从没圆满过。但那是一段相当紧张的关系。

我知道他是同性恋，这是我头回和一个同性恋在一起。

他向我承认过。我们一起度假，因为辛西娅怀孕了，我去了西班牙，在那里发生了很多有趣的事。我们常常一起坐在托雷莫利诺斯的一个咖啡馆里，看那些男孩子，我会说："你喜欢那个吗？你喜欢这个吗？"我还挺喜欢那次经历的，我像个作家那样想：我正在体验这些，你懂的。当一天晚上他出去寻欢作乐，还有一个下午他在宿醉中昏睡，我记得我给他唱这首《对我不好》。这是首委托歌曲，专为比利·J.克莱默作的，他是另一位布赖恩经纪的歌手，来自利物浦。

《花花公子》：《不会太久》。

列侬：《不会太久》是我的。是我又一次尝试单曲写作。这从没完全成功过。这就是《伦敦时报》提到的有"爱奥尼亚终止式"的那首歌——这开启了一整个关于"披头士"的智性解读。

《花花公子》：《我全部的爱》（"All My Loving"）。

列侬：我只能遗憾地说，《我全部的爱》是保罗的。哈哈哈。

《花花公子》：为什么？

列侬: 因为这是一首该死的好作品。(唱)"我全部的爱……"不过我在伴奏中弹了一段相当拿手的吉他。

《花花公子》: 《小孩子》("Little Child")。

列侬: 《小孩子》是保罗和我为某人写首歌的又一次努力。可能是林戈吧。

《花花公子》: 《抱紧我》("Hold Me Tight")。

列侬: 是保罗写的。也许我在里面插了点什么——我不记得了。这是一首很糟糕的歌,我从来没对它真正感兴趣过。

《花花公子》: 《我想做你的男人》("I Wanna Be Your Man")呢?

列侬: 《我想做你的男人》有保罗擅长的那种过门:"我想做你的情人,宝贝。我想做你的男人。"我想我们是为了"滚石"而完成它的……是的,我们被布赖恩还有谁带到俱乐部见"滚石",他们正在里士满表演。他们想要一首歌,我们去见他们,看他们玩些什么。米克和基思已经听说我们有一首未完成的歌——保罗刚写了一部分，我们还需要一段或别的什么。我们粗略地演奏给他们听，他们说："好啊，好，是我们的风格。"我和保罗就走到房间角落里，在他们聊天的时候把歌写完了。我们走回来，它触动了米克和基思的创作灵感，因为他们说："天啊，瞧瞧，他们就去了一下角落，就写好回来了！"就当着他们的面，我们把歌完成了。

所以我们把它给了他们，是一次性的。这首歌仅有的两个版本，一个是林戈的，一个是"滚石"的。这表明了我们对它的重视程度：我们不会把杰作给他们，对不对？我相信那应该是"滚石"的第一张唱片。

《花花公子》：《我会让你满意》（"I'll Keep You Satisfied"）。

列侬：保罗的。

《花花公子》：《爱人的爱》（"Love of the Loved"）。

列侬：这也是保罗十几岁时写的一首歌，在"披头士"时代重新发掘了出来。

《花花公子》：《我恋爱了》（"I'm in Love"）。

列侬：听起来像是我。我一丁点儿也不记得了。

《花花公子》：《你好，小姑娘》（"Hello Little Girl"）。

列侬：那是我的。那实际上是我的第一首歌。（唱）"当我每天见到你的时候，我会说，嗨嗨——你好小姑娘。"我想起了一些三四十年代的歌，这样唱（唱）："你讨人喜欢，你如此美味，哒哒哒。真遗憾你如此心猿意马。"（笑）那一直让我着迷，不知为什么。也和我母亲有关，这很弗洛伊德。她以前常唱那首歌。所以我用它写了《你好，小姑娘》。

《花花公子》：《真爱无价》（"Can't Buy Me Love"）。

列侬：那完全是保罗写的。也许副歌中我写了点什么，不过我不记得了。我一直都认为这是他的歌。

《花花公子》：《透过一扇窗户》（"From a Window"）。

列侬：是保罗写的，写于他和珍·爱舍在一起的艺术时期。

我不确定。

《花花公子》：《像做梦一样》（"Like Dreamers Do"）。

列侬：那是保罗。那是他十几岁时写的又一首，后来重新挖出来打磨。这首歌录在我们投给迪卡唱片的试音带上，那盘带子现在还有盗版。我唱了《懂她就是爱她》（"To Know Her Is to Love Her"）和《你好，小姑娘》，保罗唱了《像做梦一样》。我相信这几首都在那盘试音带上。

25

《花花公子》：《而我爱她》
（"And I Love Her"）。

列侬：《而我爱她》也是保罗的。我认为这是他的第一首《昨天》那样的歌。你知道，《辛劳一天的夜晚》里的杰作。中间八小节，我帮了点儿忙。

《花花公子》：《我会回来》（"I'll Be Back"）。

列侬：《我会回来》完全是我的。是我在一首戴尔·香农 [1] 的歌曲的基础上做了和弦变化。

《花花公子》：《无爱的世界》（"World Without Love"）。

列侬：麦卡特尼。我认为这应该也是一首……他积累了相当多的东西……我们相遇时他比我有更多的创作。所以我觉得这应该也是从他的旧作中挖出来的。我不知道，我想

---

[1] 戴尔·香农（Del Shannon, 1934—1990），美国乡村摇滚歌手，1960 年代初曾风靡一时。

他在"披头士"之前就完整地完成了这首歌，并给了"彼得和戈登"[1]组合，这二人中的一位现在是著名的彼得·阿舍（Peter Asher）。我不知道戈登现在如何。保罗没唱过它。不管怎么说，没在唱片中唱过。它有一句"请把我锁起来"，过去我们一直用它逗乐……

《花花公子》：《一加一等于二》（"One and One Is Two"）。

列侬：这是保罗的又一次失败尝试。

《花花公子》：《我感觉很好》（"I Feel Fine"）。

列侬：这完全是我的，包括电吉他过门，还有有史以来第一次在唱片中出现的回授效果。我不相信有任何人能找到一张用了这种回授技巧的唱片——除非是 1922 年的老蓝调唱片。我的意思是说，每个人都在舞台上玩回授，吉米·亨德里克斯[2]的东西老早就有了。事实上，现在的朋克只是以前人们在俱乐部里玩的玩意儿。所以我为"披头士"郑重声明：早于亨德里克斯，早于"谁人"乐队，早于任何

---

[1] "彼得和戈登"（Peter and Gordon），1960 年代的英国男子二人组合。

[2] 吉米·亨德里克斯（Jimi Hendrix，1942—1970），美国传奇摇滚艺人，电吉他革新者，创造了许多新的演奏技术。

人——这是所有唱片里的第一次回授。

《花花公子》：《她是个女人》（"She's a Woman"）。

列侬：那是保罗写的，可能有几句有我的贡献。我们加进了"让我兴奋"这句话。我们很兴奋地唱"让我兴奋"。

《花花公子》：《无人回应》（"No Reply"）。

列侬：这是我的歌。关于它，迪克·詹姆斯（Dick James），那个出版商说："这是你第一首有辨识度的完整歌曲。"你知道，它有一个完整的故事。它可以说是我的版本的《剪影》[1]，（唱）"剪影，剪影，剪影……"当时我脑海中有那个画面：走在大街上，看到她在窗口里的剪影，但她不接电话，虽然我一辈子都没给某个女生打过电话。因为电话不是英国青少年生活的一部分。

《花花公子》：《我将追随太阳》（"I'll Follow the Sun"）。

列侬：这也是保罗的。你看不出来吗？我指这一句："明

---

[1] 《剪影》（"Silhouettes"），指纽约的都·喔普（Doo-wop）风格组合"光线"（The Rays）乐队 1957 年的单曲。

天会下雨，所以我将跟随太阳。"这是又一首早期麦卡特尼。你知道，基本上是在"披头士"之前写的，我想。他以前有很多东西……

《花花公子》：《一周八天》（"Eight Days a Week"）。

列侬："一周八天"是《救命！》[1]的备选标题，在他们想出"救命！"这个标题之前。这首歌本来是保罗想为这部电影做的一支单曲。幸好最后变成了我写的《救命！》，砰！砰！就像这样，成了单曲。《一周八天》从不是一首好歌。我们奋力把它录下来，奋力把它弄成了一首歌。最初是他的创作，但我想我们俩都参与了。我不是很确定。但尽管如此，它还是很蹩脚。

《花花公子》：他们为什么将电影改名为《救命！》？

列侬：因为这个标题更好。《辛劳一天的夜晚》也是一样。那是我在回家路上，在车上，迪克·莱斯特建议标题用"辛劳一天的夜晚"，林戈常说的一句话。我在《他所写下的》书中用过这句话，但这是林戈的一句即兴发言。你知道，

---

[1] 《救命！》（*Help!*），"披头士"乐队的第二部主要电影。

那种词语误用。一句林戈主义的话，他说的时候并不是为了开玩笑，而是真就那么说的。所以迪克·莱斯特说我们可以用它作标题，第二天早上我就带来了这首歌。因为保罗和我之间有个小小的竞争：谁得到了 A 面，谁有了热门单曲之类的。

如果你留意，早期大多数单曲——电影里或者其他地方的所有单曲——都是我写的。此后我自己意识到了这一点，觉得不自在，也有可能是我的星盘不对，保罗开始主导乐队，对我来说主导得有点太多了。但是在早期，很明显是我掌控乐队。除了《爱我吧》以外，实际上，我唱了每一首单曲。要么是我写，要么是我唱，要么两者兼有。

《花花公子》：那么他——

列侬：他唱《辛劳一天的夜晚》的唯一原因是我唱不上去。（唱）"我回家的时候，一切似乎都好。我回家的时候……"——这就是我们有时会做的。我们两人中某个人的音域达不到，而又想要一种不同的声音，就会让另一个唱和声。

《花花公子》：你最开始对保罗有不满吗？

列侬：不，这不是不满，但的确是竞争。而我有《请让我高兴》，大部分的《她爱你》，大部分的《从我到你》，都是我唱的。后来怎么了呢？让我想想……好吧，随便吧。反正，你只要听听早期"披头士"，你就会听到。《我想握住你的手》，我又是主唱。所以一直到那个时期，主要是我在主导唱片。虽然我从来不主导粉丝崇拜，因为小孩子们……女孩子们总是喜欢他。我的追随者里，男性多过女性。

《花花公子》：所以在电影名从"一周八天"改为了"救命！"之后……

列侬：我记得莫琳·克利夫（Maureen Cleave）——在《晚旗报》写了那则著名的《我们比耶稣更流行》的报道的——那个作家，问我："你为什么不写多于一个音节的单词的歌？"所以《救命！》里出现了两三个音节的单词，我非常自豪地拿给她看，可她依然不喜欢。那时我缺乏自信，这样的事不止一次发生过。我以前从未意识到。所以在那之后我在标题上用了一些三音节的单词，但我给她听的时候，她也没什么好感。

《花花公子》：有什么特别的东西激发了《救命！》的灵

感吗?

列侬: 好吧,那是1965年。这部电影不在我们的掌控之中。拍《辛劳一天的夜晚》时,我们投入了大量精力,这部电影是半写实的。但是拍《救命!》时,迪克并没告诉我们它是什么内容,尽管我现在意识到,回过头来看,它是多么先进。它其实是电视里现在放着的《蝙蝠侠》(*Batman*)、《砰!哇!》(*Pow! Wow!*)这类东西的先驱。但他从未向我们解释过。可能是因为拍《辛劳一天的夜晚》和《救命!》期间,我们很多时候都不在一块儿。没有人能跟我们交流,因为所有人都目光呆滞,一天到晚咯咯笑,沉浸在自己的世界里。

"披头士"的整个事儿简直让人无法理解。我那时像猪一样大吃大喝,我像猪一样长胖,对自己不满意,我潜意识中大喊着救命。我觉得那一切都在歌曲中显现了,甚至保罗现在的歌也是这样,他的歌显然什么内容都没有。就像笔迹分析,它呈现了你的一切。或者像迪伦,试图隐藏在嬉皮士聪明的托词中,但它总还是显而易见——如果你看穿那表面——看穿他说的那些话。怨、爱或恨——在所有作品中都是显而易见的。只不过,当它们被胡言乱语写出来的时候,更难看穿罢了。

《花花公子》：让我们继续，《这只是爱》（"It's Only Love"）。

列侬：《这只是爱》是我的。我一直认为这是首很蹩脚的歌。歌词糟糕透顶。我一直讨厌这歌。

《花花公子》：《昨天》。

列侬："昨天……"噢，我们知道《昨天》的一切。我因为《昨天》得到了那么多荣誉。那是保罗的歌、保罗的孩子。干得好。美妙啊——不过我从未奢望我写过它。

《花花公子》：《一日游客》（"Day Tripper"）。

列侬：那是我的。包括过门、吉他歌段和那整个东西。那只是一首摇滚歌曲。一日游客就是去一日游的人，对吧？通常在渡轮或什么上面。不过你知道，那是一种——你只是个周末嬉皮士。明白吧？

《花花公子》：《我们能搞定》。

列侬：《我们能搞定》，保罗写了上半部分，我写了中间八小节。但你得知道保罗写了："我们能搞定 / 我们能搞定。"——非常乐观的词，而我是有点不耐烦的部分："生命太短所以没时间 / 去吵闹争斗，我的朋友……"

《花花公子》：保罗讲故事，约翰谈哲学。

列侬：确实。哦，我一直都是这样，你知道。在"披头士"之前和"披头士"之后我都是这样。我总问人们为什么这样，社会为什么这样。我不因为它显然是这样就接受它。我总是往那底下看。

《花花公子》：《挪威的森林》。

列侬：《挪威的森林》完全是我的歌。写的是我遇到的一件事。写的时候我非常小心和多疑，因为我不想让我的妻子辛西娅，知道家外面真的有什么事。我总是有些风流韵事，所以我试着把一桩桃色事件写得复杂，以这样一种什么都看不出来的模糊方式。不过我真不记得它是跟哪个女人有关了。

《花花公子》：歌名本身呢？

列侬： 我不知道我到底是怎么想到的"挪威的森林"。

《花花公子》： 《怎么回事》（"What Goes On"）。

列侬： 那是"披头士"之前的早期列侬之作，当我们还是"采石工"的时候，或类似的什么乐队。可能靠着保罗的帮助，加了中间的八小节，为了给林戈一首歌唱，也是为了用上那段音乐，因为我从不喜欢浪费东西。

《花花公子》： 让我看看……《在我的一生中》，我们谈过了——

列侬： 关于《在我的一生中》，我有一整套歌词，在那之前我还纠结于一个纪实的版本——那个版本里，我记录了从家到城里的公交车旅程，写出每个公交站名。后来它变成了《在我的一生中》，成为对过往朋友和情人的一个纪念。保罗在音乐上帮助完成了中间八小节。但所有歌词都写好、确认、定稿、交付了。我想，这是我第一首真正的代表作。在那之前，我的创作差不多都是胡言乱语和随手涂写。这是我第一次有意识地把我文学性的那一部分转化为歌词。启发来自英国记者肯尼斯·阿尔索夫（Kenneth Alsopf）和鲍勃·迪伦。

《花花公子》：《逃命》（"Run for Your Life"）。

列侬：《逃命》只是我的一首随手写的歌曲，我从不看重，但它一直是乔治的最爱。

《花花公子》：它有句歌词不是取自一首摇滚歌曲吗？

列侬：是的，它有句歌词取自普雷斯利的老歌："我宁愿看到你死，小姑娘，也不愿看到你和另一个男人在一起"，这是普雷斯利唱过的一首蓝调老歌中的一句词儿。

《花花公子》：《平装书作家》（"Paperback Writer"）。

列侬：《平装书作家》是《一日游客》之子，但这是保罗的歌。

《花花公子》：《一日游客》之子的意思是……

列侬：意思是这也是一首用模糊却响亮的电声奏出吉他过门的摇滚歌曲。

《花花公子》：《埃莉诺·里格比》，我们谈过了。

列侬：嗯，我们讨论过了，对吧？保罗的孩子，我帮助教育过这孩子。

《花花公子》：《此处，彼处，无处不在》（"Here, There and Everywhere"）。

列侬：完全是保罗的歌，我记得是。并且是我最喜欢的"披头士"歌曲之一。

《花花公子》：《黄色潜水艇》。

列侬：《黄色潜水艇》是保罗的孩子。多诺万[1]在歌词上帮了忙。我也在歌词上帮了忙。实际上我们是在录音室里现场完成了这首歌，但都基于保罗的灵感。是保罗的主意、保罗的标题。所以我把它算作保罗的歌。

《花花公子》：是林戈唱的，对吧？

列侬：是的，是为林戈写的。

---

[1] 多诺万（Donovan，1946— ），著名英国民谣歌手、歌曲作家，1960 至 1970 年代的现象级歌手。

《花花公子》：《她说，她说》（"She Said, She Said"）。

列侬： 这是我的。是一首——有趣的歌。吉他很棒。写于"披头士"巡演的一个间隙，我们和"飞鸟"[1]还有许多女孩子一起玩儿。有些女孩来自《花花公子》，我相信。彼得·方达[2]进来了，他一直走到我跟前，坐到我旁边低声说："我知道死是什么感觉。"

但我们不想听这个！我们正在进行一场迷幻旅行，太阳在闪耀，姑娘们在舞蹈，一切都美丽无比，60年代的感觉，而这个人——我真的不认识他；那时他还没创作出《逍遥骑士》那些东西——他一次次走过来，戴着墨镜，说："我知道死是什么感觉。"我们一次次走开，因为他太无聊了！我就以这段感受写了这首歌，但我把"他"改换成了"她"。太可怕了。你知道，一个人……当你飞得正高时，（低声说）"我知道死是什么感觉，伙计"。我记住了那件事。别跟我说这个！我不想知道死是什么感觉！

《救命！》出来的时候，我其实在呼救。大多数人都只认为这是一首快节奏的摇滚歌曲。当时我没意识到，我

---

[1] 飞鸟（The Byrds），美国著名民谣摇滚乐队，1960 至 1970 年代有过不少热门作品。

[2] 彼得·方达（Peter Fonda，1940—2019），美国演员、导演、编剧、制片人，《逍遥骑士》（*Ballad of Easy Rider*）为其代表作之一。

只是因为受了委托要为电影写这首歌。但后来，我发现我真的是在呼救。所以那是我的胖"猫王"时期[1]。你看那电影里：他——就是我——非常胖，非常不安，他已经完全迷失了自我。而那首歌里，我歌唱我的青春时光，回首过去的生活是多么安逸。现在我这个人可能非常正面——是的，是的——但我也会经历深度的抑郁，一度想从窗子跳出去，你知道。随着年岁渐长，这些事变得比较容易处理了；我不知道是因为学会了自制，还是当你成长后，你会镇静一点。总之，我那时又胖又沮丧，我在呼救。

《花花公子》：《阳光美好的一天》（"Good Day Sun-shine"）。

列侬：《阳光美好的一天》是保罗的。也许我扔进去了一句什么。我不记得了。

《花花公子》：《不为谁》（"For No One"）。

列侬：这首是保罗的。是我最喜欢的歌曲之一。非常不错的作品。

---

[1] "猫王"艾尔维斯·普雷斯利后期沉迷于毒品，变得肥胖、丑陋，不久就因吸毒过量身亡。

《花花公子》：《而你的鸟儿会歌唱》（"And Your Bird Can Sing"）。

列侬：我又一首随手写的。

《花花公子》：《一定要让你进入我的生活》（"Got to Get You into My Life"）。

列侬：也是保罗的。我认为这也是他最好的歌曲之一，因为歌词好，我没有插手。你看到了吧？我说他很会写词，只要他付出努力，这首歌就是一个例子。

《花花公子》：《来日未可知》（"Tomorrow Never Knows"）。

列侬：我在读《西藏生死书》的时候写的。我以林戈的一句词语误用作为标题，算是稍微消解了歌词里沉重的哲学意味。

《花花公子》：《借朋友的一点儿帮助》（"With a Little Help from My Friends"）。

列侬：那是保罗的，借了我的一点儿帮助。"关掉灯你看到什么 / 我不能明说但我知道那是我的"，这句是我写的。

《花花公子》：《露西在缀满钻石的天空中》。

列侬：我儿子朱利安有一天拿来他的画，画了一个叫露西的学校朋友。他在天空勾勒出一些星星，称之为"露西在缀满钻石的天空中"。简单。

《花花公子》：歌中的其他意象不是 LSD 引发的？

列侬：这些意象来自《爱丽丝梦游仙境》。那是爱丽丝在船上。她买了一个蛋，蛋变成了蛋头先生。商店里的女店员变成了一只羊，转眼他们在一个地方划船，这些是我想象出来的。还与女性形象有关，她终有一天会来拯救我——一个"有万花筒眼睛的姑娘"，她会在空中出现。原来她就是洋子，只是那时我还没见过她。所以也许这首歌应该叫"洋子在缀满钻石的天空中"。

　　这纯粹是无意识的，结果被说成是 LSD。在有人指出来之前我从来没想过。我是说，谁会去看标题的首字母呢？这些意象是爱丽丝在船上的意象。还有这个会来救我的女性形象——终有一天将会到来的秘密之爱。事实证明那就是洋子，尽管我当时还没见过洋子。我们都有一个想象中的女孩，她就是我的女孩。

《花花公子》：《正在变好》（"Getting Better"）。

列侬：这是一种日记体裁的写作。像这些词——"我过去对我的女人残忍，我打败她，让她与她所爱的事物分离"，都是写我。我以前常常对我的女人很残忍，肉体上的——每个女人。我是个攻击手。我无法表达我自己，所以我攻击。我与男人打架，也打女人。所以你看到了，现在我总在谈论和平。那种最暴力的人，反倒追求爱与和平。一切都是反的。但我真诚地相信爱与和平。我是个暴力的人，学会了不暴力，并悔恨于自己的暴力。我还得再年长许多，才能公开面对我年少时是如何对待女人的。

26

约翰有点累了，建议我们放下工作出去走走，浴室谈话便告一段落。我们穿过地下室离开达科他，沿七十二街走到哥伦布，绕着那个街区步行。天又黑又凉，在一天的密集访谈后，这样的天气让人神清气爽。约翰把袖子卷很高，吸着一支烟，一边吞云吐雾，一边漫步交谈。我们折身走回六十九街，转向中央公园西路，一路笑着开玩笑。

在公园里，约翰似乎变得平静又放松；黑暗提供了完全的隐私性。约一个小时后，约翰估摸着洋子将结束那一天的工作。我送他回达科他。

第二天我们在金曲工厂会面。在那儿，他唱了《女人》（"Woman"）的人声和《每个男人都有个女人》的背景和声。唱的时候他将眼睛闭上，不被世上的纷扰分心。他随着音乐摇摆着、倾吐着，耐心地演唱和重唱属于他的部分。唱完后，我和他一起去洋子的办公室，继续他对歌曲的回顾。

《花花公子》：《为了凯特先生好！》（"Being for the Benefit of Mr. Kite!"）？

列侬：整首歌来自一张维多利亚海报，我在一家旧货店买到的。真是无与伦比的漂亮，应该是为19世纪初开业的一个集市做的海报。歌曲中的一切都来自那张海报，除了那匹马不叫亨利。这首歌全部的内容就来自那张海报。这首歌是纯净的，就像一幅画，一张纯净的水彩画。

《花花公子》：《当我六十四岁》？

列侬：完全是保罗的。我甚至从来不会梦想写那样一首歌。有一些事情我从没想过，而这首歌就是其一。

《花花公子》：《早上好，早上好》（"Good Morning, Good Morning"）呢？

列侬：《早上好》是我的。我一直认为这是首一次性歌曲，是一个垃圾。"早上好，早上好"这句话来自凯洛格公司（Kellogg）的谷物广告。我写歌的时候总是低音量地开着电视，当时这句话从背景上冒出来，然后我就写了这首歌。

《花花公子》：你以前说过这个故事，但《生命中的一天》又是什么故事？

列侬：就像歌中唱到的一样：一天我读报纸，注意到两则报道。一则是关于吉尼斯的继承人，他撞死在车子里。这是头条新闻。他在伦敦死于车祸。下一版的报道是讲兰开夏郡布莱克本的街道上，有四千个坑需要填补。保罗的贡献是歌中那句美妙的过渡，"我多想让你兴奋起来"，那句话一直回旋在他脑子里但是又没地方能用到。我认为这是一首该死的好作品。

《花花公子》：《宝贝，你是个有钱人》（"Baby, You're a Rich Man"）？

列侬：这是两个独立片断的组合，保罗一段，我一段，放到一起强行并成一首歌。一半完全是我的。（唱）"成为一个上流人士感觉如何，既然你知道自己是谁了，嗒嗒嗒嗒。"然后保罗进入（唱）："宝贝，你是个有钱人。"这是他一直存着的一句过门。

《花花公子》：《我是海象》，我们以前提过——

列侬：提过。第一句写于周末的一趟迷幻旅行中，第二句写于接下一个周末的迷幻旅行中，在遇到洋子后我把它填完了。

《花花公子》：其中是不是有些歌词在贬低克利须那派[1]？

列侬：我看到艾伦·金斯堡和其他一些喜欢迪伦和耶稣的人，谈论着克利须那。我尤其指的是金斯堡。"初生企鹅"（Element'ry penguin）的意思是：不断称颂克利须那神，或把你所有的信仰定于一尊，是很幼稚的行为。

那段时间我写东西很隐晦，迪伦式的写法，从不明说你是什么意思，但给人留下某种印象。这是个好游戏，从中或多或少可以读出某些意思。我想，他们从这种附庸风雅的狗屎脱逃了；对迪伦绝妙好词的议论远远超过了词本身的内容，我的词也是如此。但这么无尽地解读迪伦或"披头士"的都是些知识分子。迪伦安然无恙。我想，好吧，这些狗屎我也会写。

你知道吧，你需要的只是把几个意象粘在一起，把它们穿成串，然后称之为诗。好吧，也许这是诗。而我只是

---

[1] 克利须那派（Hare Krishna），印度教派，又称黑天觉悟会，信奉克利须那神（黑天神）。

在用写《他所写下的》的思维写了这首歌。有一首歌里甚至有 BBC 的广播，你知道。他们在朗读莎士比亚还是什么，我只是将收音机里不管什么句子直接灌到歌曲里去。

《花花公子》：海象本身呢？

列侬：它来自《爱丽丝梦游仙境》中的一首诗《海象和木匠》（"The Walrus and the Carpenter"）。对我来说，这是一首美丽的诗。我从没意会到刘易斯·卡罗尔在批评资本主义制度。我从没深入探讨过他真正的意思，就像人们对"披头士"作品所做的那样。后来，我回头看了一眼，意识到在故事里海象是坏蛋，而木匠是好人。我想，噢，该死，我选错人了。我本来应该说："我是木匠。"但那样一来就变了味儿，对不对？（唱，笑）"我是木匠……"

《花花公子》：《魔幻神秘之旅》（"Magical Mystery Tour"）？

列侬：保罗的歌。也许我做了一部分，但那是他的概念。

《花花公子》：这整张同名专辑都是他的概念吗？

列侬：是的……而且这段时期有一个问题，这就是后来我为什么会对这张专辑有点不满。当时我有妻子和一个孩子，更多地在过着一种郊区生活，而他仍在城里晃，作为单身汉四处溜达。他会弄出一些东西，一首歌或一张专辑，然后突然打电话给我说："是时候进录音室了。写一些歌曲。"他做好了他的准备，准备好了想法和编曲，而我从零开始。在《佩珀军士》里——那也是他的主意——我在只有十天的压力下设法写出了《露西在缀满钻石的天空中》和《生命中的一天》。即便如此，一开始我参与得要更多。但后来，我可以说是屈从于婚姻和日常生活。在《魔幻神秘之旅》中我只有两首歌——《我是海象》和《草莓地》。我没时间写别的东西。他已经写出了二十首，随便那张专辑里有多少首。乔治只是勉强能参与进来。幸运的是《海象》和《草莓地》都是如此奇妙，人人都记得——还有《山上的傻子》（"Fool on the Hill"），这是保罗主创的。那是保罗的又一首好词，证明他有能力写出完整的歌曲。

《花花公子》：回到《佩珀军士》，乔治的《在你之内，在你之外》（"Within You, Without You"）怎么样？

列侬：乔治最好的歌曲之一。也是我最爱的乔治的歌曲之一。他对整首歌很清晰。他的思想和他的音乐都很清晰。

这是他与生俱来的才能，他把那声音凝聚在了一起。

《花花公子》：《嘿，朱迪》。

列侬：《嘿，朱迪》是保罗的。这是他的杰作之一。

《花花公子》：你跟它没关系吗？

列侬：我想我和这首歌没任何关系。他说这是关于朱利安的，我的孩子。他知道我要和辛西娅分手了，要离开朱利安了。他开车过来问候朱利安。他一直都像是他的叔叔。你知道，保罗一直很善于和孩子相处。由此他构思出了《嘿，朱迪》。

但我总是把它听成是唱给我的。假如你想想看……洋子刚进入画面。他说："嘿，朱迪——嘿，约翰。"我知道我这样想有点像那些粉丝，从歌曲中误读出信息，但你可以把它听成是唱给我的歌。这一句"出去找她"——潜意识里他是说，只管走吧，离开我吧。在清醒的层面上，他不想让我走。他内心的天使说："上帝保佑你。"而他内心的魔鬼一点都不乐意，因为他不想失去他的搭档。

《花花公子》：《革命》（"Revolution"）。

列侬：完全是我。我们把这首歌录了两遍。"披头士"们彼此正变得异常紧张。我做了减慢的版本，想把它做成一首单曲：作为"披头士"对越南立场和对革命立场的声明。多年来，在"披头士"巡演中，布赖恩·爱泼斯坦一直阻止我们谈论越南和越战。他也不允许一切相关的提问。但是在最后的一次巡演中，我说："我要对这场战争做出回应。我们不能无视它。"我绝对希望"披头士"能对这场战争说些什么。

《革命》的第一版——哦，乔治和保罗很反感，说这不够快。好，如果你深入去看怎样能算一张热门唱片，怎样不是，那也许它确实不够好。但"披头士"有资本做一首慢的、容易理解的《革命》作为单曲，不管它是张金唱片还是木头唱片。但是因为他们对洋子的事极其不满，而且因为我在休息了几年后，又变得像我早期那样富于革新和独断专行，这把一切都打乱了。我再次醒来了，而他们不习惯。

《花花公子》：灵感是来自洋子吗？

列侬：她启发了我所有的创作。不是她启发了这些歌曲，而是她启发了我。《革命》中的声明就是我的声明。歌词在今天仍不过时。这依然是我对政治的感受：我想看到计划。这就是我以前对杰里·鲁宾和阿比·霍夫曼常说的。如果是暴力，别算上我。别指望我会在街垒上，除非那是花堆成的。炸掉华尔街有什么意义？如果你要改变制度，那就去改变制度。对人开枪是不好的。

27

《花花公子》：关于《革命》

你记得什么？

列侬：哦，专辑中那个慢版本的《革命》很长很长，我用了淡出效果，现在的迪斯科唱片有时会用这种手法，然后我把所有这些东西层叠在上面。它有《革命》原始版本的基本节奏，与我们做好的大约二十个循环放在一起，素材采自百代唱片的档案库。我们剪切了古典音乐，把它们制成不同长度的循环，然后我搞到了一盘工程师的母带，上面一个测试工程师不断说着"9号、9号、9号"。我们把所有这些声音的不同片段都编辑好。有大约十台机器，带着人工控制这些循环磁带卷的铅笔——磁带卷有的只几英寸长，有的长达1码[1]。我把这些都放进去，现场混录在一起。混音我做了几个版本，直到得到我喜欢的那一版。整个过程洋子都在场，她决定采用哪些循环。我想这作品多少是受了她的影响。之前我听到了她的作品，不只是尖叫和呼喊，也包括她的话

[1] 1码等于36英寸，约0.9米长。

语片断、说话声、呼吸声以及各种奇奇怪怪的东西，我就想，我的上帝，我被迷住了，所以我想做一个这种东西出来。我在《革命9号》上花的时间比我写其他所有歌曲的一半时间都长。它是个蒙太奇。

《花花公子》：《回到苏联》（"Back in the USSR"）。

列侬：完全是保罗的。我在里面弹了六弦贝斯。（边唱边假装弹贝斯）"嗒嗒嗒嗒嗒……"试试看这个能不能用你的打字机打出来。

《花花公子》（笑）：谢谢。《幸福是支温暖的枪》（"Happiness Is a Warm Gun"）？

列侬：完全是我的。

《花花公子》：它跟LSD无关吗？

列侬：无关。一本枪械杂志就在旁边，封面是一支冒烟的枪。文章的标题是"幸福是支温暖的枪"，我从没读过那篇文章。我猜那指的是击中某人或某只动物之后的快乐。

《花花公子》：不是关于性吗？"当我把你抱在怀里／我感到我的手握在你的扳机上"？

列侬：哦，好吧，写到这儿变成了双重意思。最初的灵感是来自那本杂志封面。不过那时我和洋子的关系刚开始，我的性趣很浓。不在录音室的时候，我们就在床上。

《花花公子》："修道院嬷嬷抢跑"（Mother Superior jumps the gun）这句歌词暗指什么？

列侬：我随口称呼洋子"母亲"或"夫人"。其他的没暗示什么。只是她的各种形象。

《花花公子》：《浣熊洛奇》（"Rocky Raccoon"）。

列侬：保罗。你猜不到吗？我会为"基甸《圣经》"[1]这类东西费尽心思吗？

《花花公子》：《我们为何不在路上做呢？》（"Why Don't We Do It in the Road?"）。

---

[1] 该短语出自歌曲《浣熊洛奇》的歌词，"浣熊洛奇进了房间，只见到一本基甸《圣经》"。

列侬：那是保罗的。他甚至自己在另一个房间先录好了。那些日子情况就是这样。我们走进录音室，他已经把整张唱片做好了。他打鼓。他弹钢琴。他唱歌。但他不能——他不能——也许他不能跟"披头士"乐队分手。我不知道这是怎么回事，你懂的。我很喜欢这首歌。我不知道乔治是不是一样，但是保罗在没有我们的情况下，就把活儿全干了，我总是感到受伤。但当时的情形就是这样。

《花花公子》：你从来没自己把活儿干了？

列侬：从来没有。

《花花公子》：《朱莉娅》（"Julia"）。

列侬：是我的。

《花花公子》：朱莉娅是谁？

列侬：朱莉娅是我母亲。但她差不多是洋子和我母亲的组合，两者混成了一人。那是在印度写的。在那张"白色专辑"（《披头士》）里。"白色专辑"上的所有东西都是在印度写的，那时我们被认为在给玛赫西钱，虽然我们从来没给过。我们念咒语，坐在山上吃糟糕的素食，写了所有这些歌。我们在印度写了成吨的歌。

《花花公子》：包括《生日》（"Birthday"）？

列侬：不包括。《生日》是在录音室写的。当场制作完成。我想保罗想写出一首像50年代金曲《宝贝，生日快乐》（"Happy Birthday Baby"）这样的歌。但这首歌差不多是录音室里编出来的，是垃圾。

《花花公子》：我们现在正好在谈这些专辑，其中你有特别喜欢哪张吗？

列侬：没有。我喜欢不同专辑中的不同歌曲。我不是个专辑爱好者。真的不是。只有过两张很棒的专辑，在我十六岁的时候我一直听。一个是卡尔·珀金斯[1]的专辑，第一张还是第二张，我记不清了。另一个是埃尔维斯的第一张专辑。唯有这两张是我真正享受其中每首歌的专辑。我不能……像我说过的，我不满意任何人的或者任何"披头士"

---

[1] 卡尔·珀金斯（Carl Perkins，1932—1998），活跃于1950至1960年代的美国摇滚乐巨匠，山地摇滚的代表人物。

的专辑。凑数和填充的东西太多了。我喜欢那些有灵感的东西，而不是那些制造出来的、聪明的东西。

但我确实喜欢《佩珀军士》。我也喜欢"白色专辑"，还喜欢《左轮手枪》，喜欢《橡胶灵魂》（*Rubber Soul*）。其他的就不多了，还有吗？我也喜欢我们的第一张专辑，因为我们录制它只用了十二个小时。

《花花公子》：好的。这一首呢，《每个人都有事儿隐瞒，除了》（"Everybody's Got Something to Hide Except"）——

列侬："我和我的猴子。"就是这么一句妙语，我把它写成了一首歌，讲我和洋子的事。所有人似乎都在疑神疑鬼，除了我们两个，沐浴在爱的光辉中。当你恋爱时，一切变得明朗而开放。我们身边的每个人都有点紧张，你知道，"她在这个录音时段在这里干什么？她为什么和他在一起？"，所有这种疯狂就在我们周围上演着，只因为我们碰巧想时刻待在一起。

《花花公子》：《性感的赛迪》（"Sexy Sadie"）。

列侬：这首歌的灵感来自玛赫西。我们收拾行李准备离开，我写了它。这是我离开印度之前写的最后一首歌。我叫他

"性感的赛迪"，而不是（唱）"玛赫西，你干了什么好事，你愚弄了……"，我只是将这种状况写成一首歌，尽管有点算计，但也表达出了我的感受。我离开玛赫西的时候，心情很差。你知道吧，似乎我的每一次离别都不如我所希望的那样好。

《花花公子》：《因为》（"Because"）。

列侬：洋子在钢琴上弹《月光奏鸣曲》（"Moonlight So-nata"）。她受过古典音乐训练。我说："你能把这些和弦倒过来弹吗？"然后我围绕着它们写了《因为》。歌词无需解释，说得很清楚。没有扯淡。没有比喻，没有模糊不清的引用。

《花花公子》：《穿越宇宙》（"Across the Universe"）？

列侬：这首歌有点儿文艺腔。我躺在床上，在我第一任妻子身旁，你知道，我那时很生气。她一定是不停地说了什么，然后她睡着了，而我还不停地听到这些话，一遍又一遍，像一条没完没了的溪流。我下楼，它变成了一首奇妙的歌，而不是一首生气的歌；不是"你为什么总是对我说三道四？"或别的什么，对吧？但是"披头士"并没把它做成一张好唱片。有时候我下意识地觉得我们——我说"我们"，虽然我认为保罗比我们另外三个都做得多；保罗会……有点潜意识地要去毁掉一首好歌。

《花花公子》：（惊讶地吹口哨。）

列侬：你明白吗？

《花花公子》：明白。

列侬：他下意识地要去毁掉歌曲，就是说，我们会用我的好作品做实验性的游戏，比如《草莓地》——我一直觉得录得很糟。这首歌逃过了一劫，因为最终效果还可以。但是对保罗的歌，通常我们都会花上几个小时对它进行精细的打磨；而到了我的歌，尤其是像《草莓地》或《穿越宇宙》这样的杰作，不知怎么的，那种松散、随意和实验的氛围就会悄然出现。潜意识的蓄意破坏。他一定不承认，因为他有一张不动声色的脸，他会说并不存在破坏。但我就是在说这种事儿，我一直都看到有事正在发生……我开始思考，好吧，也许我是妄想狂。但这并不是妄想，这是绝对的事实。

同样的事发生在《穿越宇宙》上面。这是一首杰作，但成品很拙劣，我对它很失望。它从来没以"披头士"的作品发表；我把它交给了英国野生动物基金会，后来菲尔·斯佩克特被请进来制作《随它去》的时候，他把它从"披头士"档案里挖出来，重新进行叠录。吉他不在调上，我唱的不在调上，因为我在心理上被摧毁了，没有人支持我，也没有人帮我，这首歌从来没得到合适的制作。

《花花公子》：喔！好吧！

列侬：但这些词句挺立着，幸运地，靠它们自己挺立着。它们纯粹地出自灵感，以一声"砰"的巨响降临在我身上！我不拥有它，你知道的；它就是那样来了。我不知道它是从哪儿来的，它有着什么样的韵律，我坐下来看着它，对自己说："我能用这个韵律再写一个吗？"它是如此有趣："言语飞出像（唱）无尽的雨飞进纸杯，它们在流逝中滑行，它们悄悄滑着穿越宇宙。"如此非凡的韵律，我再无法重复！这不是手艺问题；是它自己在书写。它把我从床上赶下来。我没想写，我只是有点生气，我下楼，没法入睡，直到我把它写在纸上，然后我才去睡觉。

《花花公子》：这像是一种宣泄吗？

列侬：这像是被附身，像是灵媒或媒介。那东西必须落下。它不会让你睡觉，所以你必须起床，把它变成某种东西，然后你才可以睡。它总是出现在该死的午夜，当你半醒着、疲惫着，此时你的关键部件都已经关闭。

《漂泊者》（"Nowhere Man"）也是这样。那天早上我花了五个小时，试图写一首有意思的、美好的歌，最后我放弃了，躺了下来。然后《漂泊者》来了，文字和音乐，所有要命的东西，在我躺下之后。《在我的一生中》也是如此！我一天天、一小时一小时地挣扎，想写出风采优雅的词。然后我放弃了，而《在我的一生中》它自己来了。所以随它去是这整个游戏的本质。当你想要掌控它，它就溜走了，对吧？你知道，你把灯打开，蟑螂就跑掉了，你永远抓不到它们。

《花花公子》：回到那些更早期的歌曲。《有一个地方》（"There's a Place"）？

列侬：《有一个地方》是我创作摩城音乐[1]、黑人歌曲的一种尝试。它说的是列侬的老一套："在我的脑海里没有

[1] 摩城音乐（Motown），一种流行化的灵魂乐，以跳动的节拍和旋律性明显的贝斯为特点。它同时也是一家著名音乐唱片公司的名字，该唱片公司成立于1950年代，主要签约黑人音乐家，对黑人音乐传统、流行音乐史以及社会平权具有重大影响。

悲伤……"一切都在你脑海里。

《花花公子》：《这个男孩》（"This Boy"）？

列侬：那是我在尝试写一首斯莫基·罗宾逊[1]式的三部和声歌曲。歌词里没什么，就只是一种声音与和声。

《花花公子》：《所有我必须做的》（"All I've Got to Do"）？

列侬：是我又一次地想写一首斯莫基·罗宾逊歌曲。

《花花公子》：《没有第二次》（"Not a Second Time"）？

列侬：这首是我想做点什么。我不记得了。（笑）

《花花公子》：《我见她站在那里》（"I Saw Her Standing There"）。

列侬：那是保罗在做他一贯优质的制作工作，乔治·马丁常称之为"烂歌"，我帮了几句歌词。

---

[1] 斯莫基·罗宾逊（Smokey Robinson，1940— ），美国著名黑人歌手、制作人，灵魂乐与R&B明星，将1950年代黑人演唱组的甜美假声唱法精炼成摩城经典的代表。

《花花公子》：《我的舌尖》（"Tip of My Tongue"）？

列侬：那是保罗的另一个垃圾，不是我的垃圾。

《花花公子》：《我会让你满意》？

列侬：保罗。

《花花公子》：《没有我认识的人》（"Nobody I Know"）？

列侬：也是保罗。我觉得那是在他的珍·爱舍时期。

《花花公子》：《我们今天说的话》（"Things We Said Today"）？

列侬：保罗的。是首好歌。

《花花公子》：《你不能那样做》（"You Can't Do That"）？

列侬： 那是我在做威尔逊·皮克特[1]式歌曲。你知道，牛铃在小节中响四下，和弦"嚓咄"一下地下来！

《花花公子》：《我不想再见到你》（"I Don't Want To See You Again"）？

列侬： 那是保罗。

《花花公子》：《我很沮丧》（"I'm Down"）？

列侬： 那是保罗，我帮了一点小忙，我想。

《花花公子》：《头一天晚上》（"The Night Before"）？

列侬： 也是保罗。我就只说是保罗，意思是我什么都记不起来了，除了记得它是电影《救命！》的歌曲。

《花花公子》：《我早该知道》（"I Should Have Known Better"）？

---

[1] 威尔逊·皮克特（Wilson Pickett，1941— ），1960年代富于原始激情的黑人灵魂乐巨星，尤其擅长动感十足的舞曲类型灵歌。

列侬：那是我。只是一首歌，没什么特别的意思。

《花花公子》：《如果我跌倒了》（"If I Fell"）？

列侬：这是我头一回正儿八经尝试一首叙事民谣，它是《在我的一生中》的先导。有与《在我的一生中》一样的和弦进行：D 和弦、Bm 和弦、Em 和弦，那些东西。它是半自传性的，但还不是有意识的。这首歌说明了我写过感伤的叙事情歌，傻乎乎的情歌，在很久以前。

《花花公子》：《我很高兴和你跳舞》？

列侬：这是写给乔治的，我唱不来。

《花花公子》：《告诉我为什么》（"Tell Me Why"）？

列侬：《告诉我为什么》……他们需要另一首快乐积极的歌，我就弄出了这首。像是一首纽约黑妹组合的歌曲。

《花花公子》：《任何时候》（"Any Time at All"）？

列侬：那是在写又一首《不用太久》这样的歌。一样的形式：C 到 a 小调，C 到 a 小调——伴随着我的喊叫。

《花花公子》：《我会哭》（"I'll Cry Instead"）？

列侬：那是我写给电影《辛劳一天的夜晚》的，但是迪克·莱斯特甚至都不想要。他找出《真爱无价》取代它的位置。我喜欢这首歌的中间八小节，不过——我所能说的就只有这些。

《花花公子》：《当我回到家》（"When I Get Home"）？

列侬：又是我，另一首威尔逊·皮克特，摩城之声，一小节有四声牛铃的歌。

《花花公子》：《我是个失败者》（"I'm a Loser"）？

列侬：是迪伦时期的我。

《花花公子》：是篇个人声明吗？

列侬：一部分的我怀疑我是个失败者，一部分的我觉得我是万能的上帝。（笑）

《**花花公子**》：《另一位姑娘》（"Another Girl"）？

列侬：《另一位姑娘》是保罗的。

《**花花公子**》：《告诉我你看到的》（"Tell Me What You See"）？

列侬：那是保罗。

《**花花公子**》：《我刚才看到一张脸》（"I've Just Seen a Face"）？

列侬：是保罗。

《**花花公子**》：《意味深长》（"That Means a Lot"）？

列侬：保罗。

《**花花公子**》：《我不想破坏聚会》（"I Don't Want to Spoil the Party"）？

列侬： 那是我！（哈哈大笑）

《花花公子》：《旅行车票》（"Ticket to Ride"）？

列侬： 那是史上最早的重金属歌曲之一。保罗的贡献是指明了林戈打鼓的方式。

《花花公子》：《是的，是这样》（"Yes It Is"）？

列侬： 那是我尝试着重写《这个男孩》，但没成功。

《花花公子》：《你不会见到我》（"You Won't See Me"）？

列侬： 保罗。

《花花公子》：《我看透了你》（"I'm Looking Through You"）？

列侬： 保罗。他肯定和珍·爱舍吵了架。

《花花公子》：《你得把爱藏起来》（"You've Got To Hide Your Love Away"）？

列侬： 也是迪伦时期的我。我就像变色龙，受环境影响不断变化。如果埃尔维斯能做到，我也能做到。如果"埃弗利兄弟"能做到，我和保罗也能做到。迪伦也一样。

28

杰克·道格拉斯打断了我们，要约翰听听《给我点东西》（"Give Me Something"）的混音。之后，我们继续。

《花花公子》：《你会失去那姑娘》（"You're Gonna Lose That Girl"）？

列侬：那是我。

《花花公子》：《补洞》（"Fixing a Hole"）？

列侬：是保罗，又写了一首好词。

《花花公子》：《可爱的丽塔》（"Lovely Rita"）？

列侬：那是保罗写的流行歌曲。

《花花公子》：真的有丽塔这个人吗？你知道吗？

列侬：没有！他像个小说家编了这些词儿。现在你会在电台听到许多受麦卡特尼影响的歌曲。关于无聊的人做无聊的事的这些故事：做邮递员，做秘书，没话找话。我没兴趣写第三方歌曲。我喜欢写我，因为我了解我。

《花花公子》：《女孩》（"Girl"）？

列侬：那是我。我又一次写了这个梦中女孩——那个尚未到来的女孩。是洋子。

《花花公子》：《佩珀军士》（"Sgt. Pepper"）？

列侬：《佩珀军士》是保罗的。经历了美国以及整个西海岸的旅行后，长名字乐队的想法逐渐成形 [1]。你知道，当一帮人不再是"披头士"或"蟋蟀"——突然变成了"弗雷德和他的令人难以置信的收缩感恩飞机"乐队 [2]，是吧？所以我觉得他是受了这想法的感染而为"披头士"想出了

---

[1] "披头士"这张 1967 年专辑的名字是"佩珀军士的孤独之心俱乐部乐队"，专辑中"披头士"化身为这个乐队进行表演。所以列侬会有以上说法。

[2] Fred and His Incredible Shrinking Grateful Airplanes，这里列侬随意拿来 60 年代几个摇滚名团名字中的关键词，组合成了一个怪名字，影射"佩珀军士的孤独之心俱乐部"。

这个主意。前几天我在阅读中看到，他在和歌迷杂志的某次采访中说，他试图在"披头士"和公众之间拉开一道距离——所以有了"佩珀军士"这个形象。理智地说，这同他写"他爱你"而不写"我爱你"是同一码事。这就是他的写作方式。《佩珀军上》被称为第一张概念专辑，但它并没有更深入的发展。我对专辑的全部贡献完全与佩珀军士和他的乐队这个想法毫无关系。这样是奏效的，只是因为我们说它奏效了，而这张专辑就是这样出现的。但它并不像它听起来那样浑然一体，除了佩珀军士介绍比利·希耶斯（Billy Shears）和所谓的再现部分之外，其他每一首歌都可以放入其他任何一张专辑。

《花花公子》：《雨》（"Rain"）？

列侬：又是我——那是在所有唱片中第一首采用倒放录音的歌。早于亨德里克斯，早于"谁人"乐队，早于任何混蛋。也许有那张叫《他们要来带我走，哈哈》（*They're Coming to Take Me Away, Ha-Haaa!*）的唱片，那个要早于《雨》出现，但它们完全不是一码事。

那天我从录音室回到家，就像往常一样，我去听那天的录音。不知怎么着，我把播放方向弄倒了，而我就坐在那儿，呆头呆脑，戴着耳机。第二天我跑进录音室说："我知道怎么处理它了，我知道……听听这个！"于是我让他们几个把录音倒放。那段渐弱其实是我歌声的倒放伴着吉他的倒放。（倒着唱）分享嘶唔现在嘶卑鄙小人……[1]（笑）

《花花公子》：《你好，再见》（"Hello Goodbye"）？

列侬：那是另一首麦卡特尼。一英里外都能闻得出来，不是吗？他想写一首单曲。这不是首多好的歌，最好的一段是结尾，当时我们都在录音室里即兴演奏，我弹钢琴。就像我最喜欢的《旅行车票》里的那一小段，在结尾里我们胡乱扔进去了一些东西。

《花花公子》：《你妈妈应该知道》（"Your Mother Should Know"）？

列侬：你猜是谁？保罗。

《花花公子》：《我只是睡着了》（"I'm Only Sleep-ing"）？我的最爱之一。

---

[1] "Sharethsmnowthsmeaness...",这里列侬在模仿磁带倒放的效果。

列侬：那首歌里也有倒放的吉他。那是我的——在梦中虚度一生。

《花花公子》：《山上的傻子》？

列侬：保罗。证明了他能写出好词，只要他做个好孩子。

《花花公子》：《踏进爱》（"Step Inside Love"）？

列侬：猜猜看。是保罗。

《花花公子》：《欧布拉地，欧布拉达》（"Ob-la-di, Ob-la-da"）？

列侬：我可能给了他两句歌词，但这是他的歌，他的词。

《花花公子》：《亲爱的普鲁登斯》（"Dear Prudence"）？

列侬：《亲爱的普鲁登斯》是我的。写于印度。关于米娅·法罗 [1] 的妹妹的歌，她似乎冥想得太久，有点儿傻头傻脑，

---

[1] 米娅·法罗（Mia Farrow，1945—　），美国影视明星，1968 年因主演《罗斯玛丽的婴儿》引起轰动。

不愿意从我们的小屋里出来。他们选了我和乔治试试把她带出去，因为她大概信任我们。如果她是在西方，人们会把她送进精神病院。

《花花公子》：你们运气好吗？

列侬：还行，我们把她弄出了屋。她已经在那里闭关了三个星期，想比其他人都更快地接近上帝。那是玛赫西营地的竞争：谁能最先接近宇宙。我不知道的是我早已融入宇宙了。（笑）

《花花公子》：《玻璃洋葱》？

列侬：那首是我的，只是随便做了首歌，就像《海象》，就像我写过的所有歌。我扔了这句进去——"海象是保罗"——只是为了让大伙更迷惑。我想"海象"已经变成我了，潜在的意思是"我就是那唯一"。只不过这首歌中没有这层意思。

《花花公子》：为什么是海象？

列侬：也可以是"猎狐狗是保罗"，你知道的。我是说，只是有点诗意罢了。就只是随便扔进去了一句。

《花花公子》：《平房比尔的系列故事》（"The Continuing Story Of Bungalow Bill"）。

列侬：哦，那是写一个在玛赫西冥想营的人，他出营去短暂休息，开枪打死了几头可怜的老虎，然后回来和上帝谈心 [1]。以前有个人物叫"丛林吉姆"，我把他和"水牛比尔" [2] 结合在了一起。这是一首青少年社会批评歌曲，有那么点儿像个笑话。洋子在里面，我记得，她也跟着唱。

《花花公子》：《我很累》（"I'm So Tired"）？

列侬：《我很累》是我写的，也是在印度。我睡不着，白天我一直冥想，晚上睡不着觉。故事就是讲这个。我最喜欢的歌曲之一。我喜欢它的声音，而且我唱得很好。

---

[1] 实际上是和玛赫西"谈心"。这个人遇了险，要么杀掉老虎，要么被老虎吃掉。他愧于自己杀生，向玛赫西作了忏悔。

[2] "丛林吉姆"（Jungle Jim），美国同名冒险电影里的一个人物。"水牛比尔"（Buffalo Bill），美国家喻户晓的西部边疆开拓者。

《花花公子》：《你的蓝调》（"Yer Blues"）？

列侬：《你的蓝调》也是在印度写的。同样的事情：在那里，试图接近上帝，想到了自杀。

《花花公子》：《我亲爱的玛莎》（"Martha My Dear"）？

列侬（恼火）：说得够多了。

《花花公子》：《黑鸟》（"Blackbird"）。

列侬：说得够多了。歌里我给了他一句词。

《花花公子》：你喜欢里面的吉他吗？

列侬：是的，他很擅长那些东西，你知道。[1] 约翰·丹佛也是。

《花花公子》：《我将会》（"I Will"）？

---

[1] 这里的"他"指麦卡特尼。《黑鸟》主要为麦卡特尼创作，列侬只贡献了其中一句歌词。

列侬：保罗。

《花花公子》：《哭吧，宝贝，哭吧》（"Cry, Baby, Cry"）？

列侬：不是我。那首是垃圾。

《花花公子》：《晚安》（"Good Night"）？

列侬：《晚安》是写给朱利安的，就像《漂亮男孩》写给肖恩，但是给了林戈唱，而且可能有点滥情。

《花花公子》：《自然之子》（"Mother Nature's Son"）？

列侬：保罗。它来自玛赫西的布道，有一处他讲了自然，由此触发了我的一首叫《我只是大自然的孩子》（"I'm Just a Child of Nature"）的歌，几年后它变成了《嫉妒的人》（"Jealous Guy"）。我们俩从玛赫西的同一场布道得到了灵感。

《花花公子》：《手忙脚乱》（"Helter Skelter"）？

列侬：完全是保罗的。曼森[1] 所有的东西都源自乔治那首关于猪的歌和这首歌，这首保罗的歌写的是一个英国游乐场。它和（曼森的）任何事情都无关，与我更无关。我给了乔治几句关于叉子、刀和吃培根的词。

《花花公子》：为《猪》（"Piggies"）？

列侬：是的。

《花花公子》：《蜂蜜派》（"Honey Pie"）？

列侬：我甚至不想想起它。（笑）

《花花公子》：好吧，那么，《约翰与洋子的歌谣》？

列侬：哦，猜猜是谁写的。是我在巴黎度蜜月的时候写的。是一篇纪实。这是一首民谣歌曲。所以我叫它"歌谣"。

《花花公子》：《一起来》？

---

[1] 指查尔斯·曼森。他相信"黑豹"们最终会起来杀戮那些"猪猡"，他称这种族与种族间的战争和末世状况为"Helter Skelter"，这个词正来自于"披头士"的同名歌曲。

列侬：《一起来》是我——是模糊不清地围绕着查克·贝里的一首老歌写的。我摘取了那句歌词"老平头来了"（Here comes old flat-top）。这首与查克·贝里那首完全不同，但他们却把我告上法庭，只因为我几年前就承认过查克带给我的影响。我本可以把它改成"老青脸来了"（Here comes old iron face），但总之这首歌独立于查克·贝里或地球上任何人之外。

这首歌是在录音室里制作出来的。它是陈词滥调，"一起来"是蒂姆·利里（Tim Leary）在竞选总统还是什么时候想到的一句口号，他要我写一首竞选歌曲。我试了又试，但就是写不出来。反倒写出来了这个，《一起来》，估计对他没好处——你不能把竞选歌曲弄成这样，对吧？

几年后，利里攻击我，说我偷了他的东西。我没有偷他的，只是那句口号变成了《一起来》这样的歌。我能怎么办，把这首歌给他么？这是一首放克歌曲——是我最喜欢的"披头士"曲目之一，或者说，我最喜欢的列侬曲目之一，确实是的。它很放克，很蓝调，而且我唱得相当好。我喜欢这张唱片的声音。你可以跟着跳舞。我会买的！（笑）

《花花公子》：《麦当娜女士》（"Lady Madonna"）？

列侬：保罗。很好的钢琴过门，但歌曲真没到什么很高水平。也许我帮了他一些歌词，但反正我不为它们感到骄傲。

《花花公子》：《即刻集合》（ "All Together Now" ）？

列侬：保罗。可能我在某个地方写了几行。

《花花公子》：《回来》（ "Get Back" ）？

列侬：《回来》是保罗的。这是《麦当娜女士》的更优版本。你知道，一首烂歌的重写。

《花花公子》：不过，这是一个真实的故事，不是吗？

列侬：不是，我觉得字面之下有些东西在暗指洋子。

《花花公子》：真的？

列侬：你知道， "回到你从前待的地方"。每次他在录音室里唱这句，他都会看着洋子。

《花花公子》：你开玩笑的吧？

列侬：不是。但也许他会说我是个妄想狂。你知道，他会说："我是个正常的居家男人，那两位是怪人。"那会给他机会让他说这句话的。

《花花公子》：《我要你》。

列侬：那是我的，写的是洋子。

《花花公子》：《随它去》？

列侬：那是保罗的。你能说什么？跟"披头士"毫无关系。完全有可能是"羽翼"的。我不知道他写《随它去》时在想什么。我觉得它的灵感来自《忧愁河上的桥》[1]。这是我的感觉，尽管对此我无话可说。我知道他一直想写一首《忧愁河上的桥》。

《花花公子》：《麦克斯维尔的银锤》（"Maxwell's Silver Hammer"）？

列侬（笑）：那是保罗的。我讨厌它。因为我能记得的就

---

[1] 《忧愁河上的桥》（"Bridge Over Troubled Waters"），美国民谣摇滚组合"西蒙和加芬克尔"（Simon & Garfunkel）的著名歌曲。

是录音，他让我们反复做了一亿次。为了使它能成为一首单曲，他做了一切，尽管它始终没成，也不可能成为一首单曲。但他为它搞了吉他过门，叫人在歌里敲击铁块，我们在这首歌上花的钱比整张专辑中的任何一首歌都多，我想。

《花花公子》：《你从不给我你的钱》（"You Never Give Me Your Money"）？

列侬：那是保罗的。哦，这算不上一首歌，你知道的。《艾比路》真的是一些未完成歌曲，放到了一起。每个人都如此赞美这张专辑，但是这些歌彼此并没什么联系，根本没有贯穿的线，我们只是把它们放到了一起。

《花花公子》：《噢！亲爱的》（"Oh! Darling"）？

列侬：《噢！亲爱的》是保罗的一首好歌，但他没有唱得太好。我一直以为我能唱得更好——这首歌是更属于我的歌曲类型。他写了它，所以怎么着？他就是要唱它。如果他明白一点儿，就应该让我唱。（笑）

《花花公子》：《她从浴室窗户爬进来》（"She Came in

Through the Bathroom Window"）？

列侬：这是保罗的歌。那是我们在纽约宣布成立苹果唱片公司时，第一次见到琳达，他写了这首歌。也许她就是那个从窗户进来的女人。我不知道，反正有人从窗户进来了。

《花花公子》：《吝啬的芥末先生》（"Mean Mr. Mustard"）呢？

列侬：那是我写的一首垃圾。我在报纸上读到，有一个吝啬的人藏了五磅重的钞票，哦，不是吸在鼻子里，是另一个地方。

《花花公子》：《聚乙烯帕姆》（"Polythene Pam"）？

列侬：那是我，想起了一个新泽西女人的一件小事，还有一个男人，算是英格兰对艾伦·金斯堡的回应，他第一次给我们展现了——这故事很长——没办法全说清楚。你看，一切都可以触发惊人的记忆。我们是巡演时见到他的，他带我回他的公寓，我带着一个女孩，他想带我们去见一个女孩。他说她穿的是聚乙烯，她确实穿了。她并没有穿长统靴和苏格兰裙，我在歌词里稍微发挥了一下。在聚乙烯袋子中的变态的性。只是要找一些东西写。

《花花公子》：《金色睡眠》（"Golden Slumbers"）？

列侬：那是保罗，很显然源于他在书中发现的一首诗，可能是本 18 世纪的书，他只是这里那里换了一些词。

《花花公子》：《承受那重量》（"Carry That Weight"）？

列侬：也是保罗。我想他那段时间压力很大。

《花花公子》：《结局》（"The End"）？

列侬：又是保罗，一首未完成的歌，对吧？毕竟我们在谈《艾比路》里的歌。这是最后一首。歌曲中有一句"而到了最后，你得到的爱等于你给予的"，一句非常神秘、富有哲思的话。这再次证明了只要他愿意，他就能思考。

《花花公子》：《909 后的一个》（"One After 909"）？

列侬：那是我大约十七岁时写的。我住在纽卡斯尔路 9 号，出生于 10 月 9 日，第 9 个月[1]。它就是一个一直伴随我的数字，但是，从数字占卜学上来说，显然我是一个数字 6 或 3 或是什么，但都是 9 的一部分。

《花花公子》：《嘿，斗牛犬》（"Hey Bulldog"）？

列侬：那是我，因为《黄色潜水艇》的那些人，除了那个为电影画画的，都是言行粗俗的动物。他们从我们的脑袋里挖走了这部电影的想法，却没有给我们任何名分。我们和这部电影一点关系都没有，我们对此可谓愤愤不平。这是我们为联美电影公司（United Artists）所做的第三部电影。是布赖恩安排的，我们和它一点关系都没有。但我喜欢这电影，还有电影里的艺术。他们想再要一首歌，于是我就鼓捣出了《嘿，斗牛犬》。这是一首毫无意义但听起来不错的歌。

《花花公子》：《别让我失望》（"Don't Let Me Down"）？

列侬：那是我，关于洋子。

---

[1] 原话如此。——原注

《花花公子》：《我们俩》（"Two of Us"）？

列侬：我的。顺便说一下，罗德·斯图尔特[1]把《别让我失望》变成了（唱）"玛吉不要走——"（Maggie don't go-o-o），这是出版商从没注意到的。他为什么不只是唱"别让我失望"？出于同样的原因我也不唱别人的东西——因为你得不到报酬。

《花花公子》：《你知道我的名字（去查我的号码）》（"You Know My Name [Look Up My Number]"）？

列侬：这是一首未完之作，我和保罗一起把它变成了一首喜剧歌曲。我在他家里等他，看到钢琴上的电话簿，上面写着"你知道名字，查电话号码"。那是个标识之类的东西，我只是改了改。这歌本来是要写成"四顶尖"（Four Tops）乐团那种类型——和弦的变化就像是那样——只是它没能完成，我们用它开了个玩笑。布赖恩·琼斯[2]在里面吹了萨克斯。

---

[1] 罗德·斯图尔特（Rod Stewart, 1945— ），英国著名摇滚歌手。

[2] 布赖恩·琼斯（Brian Jones, 1942—1969），英国"滚石"乐队成员，主音吉他手兼歌手，二十七岁时在自家游泳池中溺亡。

《花花公子》：《漫漫歧途》（"Long and Winding Road"）？

列侬：又是保罗。就在我们分开之前，他有了一个小爆发。我认为，洋子带来的震惊和正在发生的事带给他一次创造力的迸发，包括《随它去》和《漫漫歧途》，因为这是他最后一次喘息。

《花花公子》：《太阳王》（"Sun King"）？

列侬：这是我搞出来的一首垃圾。

《花花公子》：《挖一匹小马》（"Dig a Pony"）？

列侬：又一首垃圾。

《花花公子》：《我明白你了》（"I Get You"）？

列侬：那是保罗和我试着写的一首歌，但是做得不好。

《花花公子》：《黑衣宝贝》（"Baby's in Black"）？

列侬：我俩一起写的，在同一间房。

《花花公子》：《每样小东西》（"Every Little Thing"）？

列侬：《每样小东西》是他的歌，也许我扔了点什么进去。

《花花公子》：《你在干嘛》（"What'cha Doing"）？

列侬：他的歌，我也可能做了什么。

《花花公子》：《宝贝，你可以开我的车》（"Baby You Can Drive My Car"）？

列侬：他的歌，有我的贡献。

《花花公子》：《这个词》（"The Word"）？

列侬：《这个词》是我们一起写的，但主要是我的。你看那些字句，全是关于——变得机灵点。它是关于爱的，爱与和平。这个词就是"爱"，明白吧？

《花花公子》：《我有种感觉》（"I've Got a Feeling"）？

列侬：保罗。

《花花公子》：既然这张专辑正好在这儿，而且我们老早就没按顺序来了，那么，跳到《摇滚乐》怎么样？

列侬：那张专辑可真是一团糟，我几乎记不起来发生了什么。那时我离开了洋子，很想回去。一旦我清醒了，我就会回去；而当我还在醉意中，我只会漫无目的地乱走，尖叫着辱骂她，或者乞求她回来。我摇摆在杰基尔博士和海德先生之间[1]。一半时间里我都不知道我说了什么、干了什么。

《花花公子》：我们又回到分居的话题了。洋子说你必须经历你所经历的，她说得对吗？

列侬：她当然是对的。不幸的是，她几乎总是对的，尽管她不需要一遍遍地提醒我这一点（轻声笑）。天哪，她比我聪明多了——她比我智慧太多。我认为，大多数女人天生都比男人聪明。而洋子尤其。我是指，你也能看出来，跟她生活在一起仿佛是和一盏探照灯一起生活。这让我一

---

[1]　罗伯特·路易斯·史蒂文森的小说《化身博士》中，人物杰基尔博士身上的两个分裂人格，一个极其善良，一个极其邪恶。

直保持清醒。但有时候你不想醒着。我是说，这太过了。你会想做个傻瓜。反正我想。

哦，那张唱片——你看，在那张专辑之前，我从来不让菲尔（斯佩克特）全权负责制作。我一直参与共同制作。但是在《摇滚乐》专辑上，我花了大约三个星期的时间，让他确信我不想再参与共同制作，我不会再坐在他旁边的驾驶座上。我只想做一个歌手，回到十五岁的时候，唱这些我记得的老歌。后来，当他终于接手了这件事后，这事变得有点……哦，我们最后都喝大了。所以我不知道，事态不妙，就像进入了一座大疯人院。

后来，我收到了这些足足有一亿个小时的疯狂的菲尔·斯佩克特录音带，都是我喝大了表演的，不过我挽救了这张专辑。我把许多部分重新唱了，并努力把四十个家伙走调的演奏重混在一起，他们都失控了。然后我快速和纽约另一个团队鼓捣出五六首或更多的歌曲，这个团队一直在跟我合作专辑《墙与桥》。所以最后五六首曲目——听起来效果完全不同，如果你听过这张专辑的话——它们都是在差不多四天内完成的，你知道。一夜两首，像《佩吉·苏》（"Peggy Sue"）和其他几首我熟得不得了的歌。

它花费了大量的时间和精力，是我做过的最昂贵的专辑。本来我想做的就是唱几首摇滚乐，而不必去制作有什么深意要说的歌曲。就是唱唱《比·巴卜·阿·卢拉》[1]，你知道。那是我一生中最糟糕的时刻，这张唱片！

《花花公子》： 那可真糟。做那些老摇滚本来会很有趣。

列侬： 噢，是的，我的部分想法就是做一些我记得的歌。我记得那些老摇滚，远比我自己的歌记得更深刻。如果我坐在屋里开始弹奏，如果我现在有一把吉他，只是随便唱唱，我就会唱那些50年代中期的东西——巴迪·霍利，等等。我记得那些。我不记得"披头士"的和弦、歌词或者任何东西。所以我的保留节目就是那些老摇滚。你看，我还是会回到"披头士"自己创作之前表演的那些歌。我仍然喜欢玩儿那些东西。

有太多这样的言论——"哦，好吧，约翰应该要说点什么。"我被锁定在这事儿上了。我想，由于我在公共场合表现出的行为，人们习惯于审视我的生活方式而不是我的音乐。所以没人真正地听这张专辑。更多的反应是，"那个喝醉了的白痴做了一张唱片，哈哈哈"。所以我认为没有多少人能真的听它，而脑海中却不浮现出一个头上戴着丹碧丝的家伙。所以也许（笑）在将来……如果我忘记了

---

[1] 《比·巴卜·阿·卢拉》（"Be-Bop-a-Lula, 1935—1971"），美国音乐人吉恩·文森特（Gene Vincent）的歌，列侬对其进行了翻唱并排在该专辑第一首。

它是怎么做出来的，而只是听，它也许并不那么糟。

《花花公子》：《两个处子》[1] 是怎么回事——你和洋子裸体出现在专辑封面上？

列侬：甚至在我们做这张唱片之前，我就设想过要为她制作一张专辑，专辑的封面就是她的裸体，因为她的作品是如此纯净。我想不出什么别的方式呈现她。这不是什么耸人听闻的主意。

《花花公子》：这张专辑背后有什么故事？

列侬：哦，在洋子和我见面后，我没意识到我爱上了她。我仍然觉得这是一次艺术合作，因为情况是——制作人和艺术家，对吧？我们认识有几年了。我前妻去了意大利，洋子来看我。我和她在一起时总是害羞，她也害羞，所以没有做爱，而是我们上楼去做录音。我的这个房间堆满了各种录音带，在这里我会为"披头士"的作品写作、制作奇怪的循环，等等。所以我们整夜都在录磁带。她录下了她有趣的声音，而我在录音机上按下各种不同按钮，获得

---

[1] 《两个处子》(*Two Virgins*)，列侬和洋子发行于 1969 年的专辑。

各种声音效果。然后在太阳升起之时，我们做了爱。这就是《两个处子》的故事。那是我们第一次做爱。

《花花公子》：它引起了一些骚动。

列侬：太疯狂了！人们对此那么不安——他们见不得两个人裸体。

《花花公子》：人们说你那么做是哗众取宠。

列侬：不是，这么说太荒谬了，你知道的。后来人们说："他们为了宣传什么都会干"。然后，当我们停止对媒体谈话时，我们又变成了"隐士"，而这时候我们得到的宣传比我们对媒体谈话时还要多。我们最近刚停止了和媒体的谈话。我们的生活和以往一样忙碌，有各种事情发生。即使没有媒体，我们的生活完全和有媒体一样有趣。

在那段时间，我叫自己格雷塔·休斯（Greta Hughes）或霍华德·嘉宝（Howard Garbo）。新闻界对我们比我们无话不说的时候更好奇了。"他们到了这里"，或"他们在那里出现了……"对我们来说，观察这些很有趣，因为我们没有去任何地方或说任何话。媒体很不可思议，真的，就像"塑料小野"。

《花花公子》：约翰和洋子的《塑料小野乐队》专辑？

列侬：是的。我会给你看《塑料小野乐队》的原始图片，它实际上就是四片塑料。"塑料小野乐队"是一个概念乐队。没有"塑料小野乐队"。它只是个想法。

"塑料小野乐队"的第一个广告是一页英文电话簿——碰巧是琼斯一家那一页。我对别人说，"从这里撕一页给我"，递过来的是琼斯一家。我们的广告上有电话簿的那一页，然后写着："你们是'塑料小野乐队'。"所以我们是"塑料小野乐队"，观众也是"塑料小野乐队"。没有"塑料小野乐队"。有人写信来说："你们'塑料小野乐队'需要一个吉他手吗？"不，不存在像"披头士"或其他乐队那样的"塑料小野乐队"。这就是为什么乐队阵容没有一次是一样的。

于是，就有了"塑料小野乐队"的第一支单曲——《冷火鸡》[1]或《给和平一个机会》——的新闻发布会。在那些塑料物品中放着一些录音机。新闻发布会举行时，我们遭遇了车祸在医院，所以我们不在现场。作为替代，我们派出"塑料小野乐队"，就是那些播放着唱片的机器。媒体

---

[1] 冷火鸡（Cold Turkey），俗语，指人短时间内解除掉某种坏习惯或者上瘾的东西。

拍了照，大家都在讨论"塑料小野乐队"。又是那些常见的问题："这是什么意思？"尤其是："他们怎么敢这样？"不管怎么说，它上了报纸。它被传播了。而这就是"塑料小野乐队"。你在里面。所有人都在里面。

《花花公子》：有两张《塑料小野乐队》专辑——一张你的，一张洋子的。

列侬：没错。人们不知道洋子的专辑，因为我的那张吸引了全部的注意。两张封面只有极微妙的不同。一张，她背靠在我身上；另一张，我背靠在她身上。我们用傻瓜相机自己拍了封面。

29

《花花公子》：让我们谈谈
更多的歌。《嫉妒的人》？

列侬：我的歌，旋律写于印度。
歌词说得很清楚：我那时是一个在各个方面都很善妒、占
有欲极强的人。一个非常没有安全感的男人。这个人想把
他的女人放在一个小盒子里关起来，想和她玩的时候就放
她出来。不允许她与外界交流——我之外的世界——因为
那会让我感到不安全。

《花花公子》：你甚至公开表达你最痛苦的情绪。

列侬：我在十六七岁的时候就做了这个决定，不管我做什
么，我都想让所有人看到。我不追求唯美主义或是修行，
也不想成为一个好像不在乎人们如何看待他作品的孤独艺
术家。我很在乎人们是讨厌它还是喜欢它，因为它是我的
一部分，当他们恨它或者恨我的时候，这会伤害到我，而
当他们喜欢它的时候，我会欢欣愉悦。但是，正如许多公
众人物所说："赞美永远不够，批评总是扎人。"这就是

作为某种……艺术家的窘境。

《花花公子》：你有没有过某个作品，私密到让你选择不发表？

列侬：哦，没有，没有，没有。我不保留任何东西，除非我不喜欢它的声音，或者它做得不成功。档案夹里什么都没有……我没有那种收藏未发表之作的盒子。我做过的每样东西都已经发表。如果我能在录音室唱出来，唱给录音工程师，那么我就能唱给每个人。（停顿）我认为真正真正微妙的、私密的东西——我还不知道该如何表达它。人们觉得"塑料小野"是非常私人的，但仍存在一些微妙的情感，我似乎无法在流行音乐中表达。或许，这就是我为什么要去寻求其他方式表达自己。我对此很沮丧。因为从一些方面看，流行音乐是一种有局限性的媒介。

《花花公子》：让我们继续。是什么让你写了《你睡得怎么样？》（"How Do You Sleep"），显然这是一首挖苦保罗的歌。

列侬：哦，这就像迪伦写了《像一块滚石》（"Like a Rolling Stone"），一首令人不快的歌曲。它以某个人为对象进行创作。写的时候我并没有真的感到那么厌恶，但我确实是以对保罗的不满创作了一首歌曲。就这么说吧。这只是当时的一种心情。保罗那么理解了，因为这首歌很显然指的就是他，而人们只是追问他这件事："你对此感觉如何？"但是他的专辑里也有一些讽刺，只是他写得含含糊糊，其他人都没注意到，你知道，但是我听出来了。所以我就想，好吧，别再含含糊糊了！我只想直接道出事实真相。

《花花公子》： 你写"那些怪胎说你死了，他们说得对……"。

列侬： 是的，哦，你知道，我觉得某种程度上，他的创造力已经死了。

《花花公子》：《噢，洋子》，一首了不起的歌。

列侬： 这首歌很流行，却让我有点儿害羞和尴尬，它并没有把我自己表现成一个强硬、难搞、讲话刻薄的摇滚分子形象。大家都想把它作为单曲，我是说，唱片公司、公众——每个人。但是就因为这样，我才没有那么做。这可能是它只达到榜上第二名的原因。它从来没升到过第一名。《想象》专辑是第一名，但是单曲不是。我离开"披头士"之后，唯一的第一名歌曲是《无论如何让你熬过这一夜》，那是一首比较新奇的歌曲。

《花花公子》："我在半夜呼唤你的名字……"

列侬：是啊，是啊，这是给洋子的留言。因为在真实生活里，这话我说不出口。也许吧，我不知道。我是说真实生活里！唱片当然是真实生活，但它是用歌来表达的。

《花花公子》：关于《想象》的意义，我们已经谈了许多。是什么激发了这首歌？

列侬：迪克·格雷戈里[1]给了洋子和我一本小小的祈祷书。里面是基督教习语，但可以应用在各个地方。这是积极祷告的概念。如果你想要辆车，先拿到车钥匙。明白吧？《想象》就说的是这个。如果你能想象一个和平的世界，没有宗教派别——不是没有宗教，而是没有"我的上帝比你的上帝更大"这回事——那么这就可能变成真的。这首歌的最初灵感来自洋子的书《葡萄柚》（*Grapefruit*）。书里面有很多片段说，想象一下这个，想象一下那个。洋子在

---

[1] 迪克·格雷戈里（Dick Gregory, 1932—2017），美国黑人喜剧演员、编剧，民权运动活动家。

歌词上确实帮了很多忙，但我不够男人，没有署她的名字。我还是很自私，无知无觉地接受了她的贡献而未公开承认它。那时我仍然全心全意想要自己的空间——在一直与"披头士"伙伴们相处一室，不得不分享一切之后。所以，甚至当洋子和我穿一样的颜色衣服时，我都会发疯似的生气：我们不是"披头士"！我们不是他妈的"桑尼和雪尔"！

世界教会（The World Church）曾经打电话给我，问："我们可否使用《想象》的歌词，改一下，改为'想象一个宗教'？"这说明他们压根儿没懂。这样将使这歌曲的整个意图落空，整个理念都会落空。

《想象》专辑创作于《塑料小野》之后。我叫它裹着巧克力糖衣的《塑料小野》。

《花花公子》：《心理游戏》（"Mind Games"）？

列侬：它最初叫"要做爱不要作战"（"Make Love Not War"），但这话我们说得太多了，不能再这么说了，所以我写得隐晦，但完全是同样的故事。同样的话你一遍遍说，能说多少次？这首歌在70年代初发表的时候，人人开始说60年代是个笑话，毫无意义，那些爱与和平者都是白痴。（讥讽地说）"我们大家都必须面对这个现实，丑陋的人类生来邪恶，一切都会变得糟糕、烂掉，所以呸呸呸……""我们在 60 年代玩得很开心，"他说，"但是其他人把它从我们手中夺走了，毁掉了一切。"而我在试图说："不，继续干吧。"

《花花公子》："Tight A$"？

列侬：只是首一次性歌曲。我想做一首那种类型的歌。这是特加诺音乐[1]，这种风格其实你现在还可以玩，会很时髦，但我认为那时候没多少人做。

《花花公子》：《活在当下》（"One Day [at a Time]"）？

列侬：噢，这只是一个生活概念，你知道的。关于如何生活。是洋子的主意，让我全部用假声唱。

《花花公子》：《我最伟大》（"I'm the Greatest"）呢？

列侬："我最伟大"？那是穆罕默德·阿里[2]的话，你知道。我不能唱，但给林戈唱就是完美的。他可以说"我最伟大"，

---

[1]　特加诺音乐（Tex-Mex music），美国南部音乐类型，将得克萨斯风与墨西哥风混合到一起的风格。

[2]　穆罕默德·阿里（Muhammad Ali, 1942—2016），美国拳击手，曾 22 次获得重量级拳王称号。

人们不会对此感到不舒服。相反如果我说"我最伟大",人们就会很当真。

《花花公子》:那是四位"披头士"全体,加上比利·普雷斯顿[1]一起录制的歌,尽管保罗是在伦敦录了他那一轨,是不是?你享受再一次与林戈和乔治一起工作吗?

列侬:哦,是的,但是乔治和比利·普雷斯顿开始说"我们来组个队吧"。乔治一直在追问我的意见,让我很尴尬。他很享受这段工作,兴致很高,但我正和洋子在一起,你知道。我们从正在做的事情中抽出时间来帮他们。他们怎么能想象我在没有洋子的状况下组建一个男性乐队!这事儿还在他们心里……

《花花公子》:你是出于友谊才做这件事的吗?

列侬:是的!否则我不会这么做。

《花花公子》:你有没有请过林戈为你的专辑演奏?

---

[1]　比利·普雷斯顿(Billy Preston,1946—2006),"披头士"合作乐手,有"第五位披头士"之称,为《随它去》《"白色专辑"和《艾比路》等专辑做出了重要贡献。"披头士"解散后,乐队成员仍争相与其合作。

列侬：嗯，他在《想象》和《塑料小野乐队》演奏过。

《花花公子》：同样的原因？

列侬：友谊。而且我知道他是怎么打鼓的！他的鼓很好，所以当我想要那种鼓声时，他是我要找的人。

《花花公子》：《出乎意料》（"Out the Blue"）。

列侬：哦，只是又一首情歌，没什么特别的。

《花花公子》：《只有人》（"Only People"）？

列侬：作为一首歌，它是失败的。它有一个挺好的过门，但我没办法写出有意义的词。

《花花公子》：《我知道，我知道》（"I Know, I Know"）？

列侬：这首歌没什么意思。

《花花公子》：《你曾在此》（"You Were Here"）？

列侬：我有几分想尝试把一首拉丁特色的歌曲放进叙事民谣传统。

《花花公子》：《给和平一个机会》？

列侬："我们说的不过是给和平一个机会。"

《花花公子》：像署名上写的，这是一首列侬－麦卡特尼歌曲吗？

列侬：不是，我没和保罗一起写；只是，出于内疚，我们总是有这种约定，即使没一起写，我们的名字也会共同署在歌曲上。保罗和我之间从未签订过法律协议，只是我们在十五六岁时约定，我们的歌曲都署我们俩的名。我把他的署名写在《给和平一个机会》上，虽然他与此无关……确实，这是件愚蠢的事。它本应该署名列侬－小野。

《花花公子》：它是作为一首歌而写的，还是为了床上行动，方便你俩一起唱？

列侬：哦，是在接连的一周又一周、白天连着夜晚的专访之后，洋子和我在床上谈论和平，这些话从我还是洋子的嘴里冒了出来——不管它们到底出自哪里——总之它变成了一首歌。

《花花公子》：《冷火鸡》？

列侬：《冷火鸡》这首歌的意思不解自明。它再次被全美电台禁播了，所以它从未广为传播过。他们以为我在宣扬海洛因，但相反的是⋯⋯在毒品问题上他们实在太蠢了！他们总是逮捕走私贩或口袋里有几根大麻的小子。他们从不面对现实。他们不看毒品问题的原因。为什么大家吸毒？逃避什么？生活就这么糟吗？我们就生活在如此可怕的环境中，没有酒精、烟草或安眠药的支援，我们什么也做不了吗？我不是在宣扬毒品。你知道的，我只是在说毒品就是毒品。弄清我们为什么服用才是重要的。

《花花公子》：《即时报应》？

列侬：《即时报应》——它就那样找到了我。大家都在谈因果报应，特别是在 60 年代。但我意识到，这因果既是即时的，也影响你过去的生活和未来的生活。你现在的所作所为真的有一个反作用力。那是人们理应去关心的。同时，我对作为一种艺术形式的广告和促销很着迷。我喜欢它们。所以即时报应的理念就像是速溶咖啡的理念：以一种新形式呈现某种东西。我喜欢。

《花花公子》：《权力属于人民》（"Power to the People"）。

列侬：哦，它来自我与塔里克·阿里（Tariq Ali）的谈话，他算是个英格兰的"革命家"，编辑一本叫《红鼹鼠》（*Red Mole*）的杂志。这让我觉得我应该为他的言论写一首歌，也就是这首歌为什么没能真正成功的原因。我当时没想清楚。你看，它写在沉睡的状态下，想被塔里克·阿里和他的同侪们所爱。我不得不承认这一点，不然就太虚伪了。放在今天我不会写这种歌。

《花花公子》：《女人是世界的黑奴》。

列侬：这句话是洋子 1968 年在一次专访中说的。这个声明太有力了，几年之后我把它写成了一首歌。所以这是她的标题和我的歌。实际上，我认为《女人是世界的黑奴》是公开发表的第一首妇女解放歌曲。它在海伦·雷迪

（Helen Reddy）的《我是女人》（"I Am Woman"）之前。[1]
不知道我的歌词是否配得上洋子的标题。

《花花公子》：《第九号》（"Number Nine"）。

列侬：可以算作一首随手写的歌吧。基于我做的梦。

《花花公子》：关于《圣诞快乐》（"Happy Xmas"）呢？

列侬：《圣诞快乐》是洋子和我一起写的。歌中说："战争结束了，如果你想要它结束。"仍然是那个信息——我们和那个按下按钮的人一样负有责任。只要人们想象有人在掌控他们，想象他们无权控制，那么他们就无权控制。

《花花公子》：《旧土路》（"Old Dirt Road"）是与哈里·尼尔森一起写的，是不是？

列侬：是的。只是要写首歌。你懂的，"看，我们被困在这伏特加的瓶子里，我们不妨试着做点儿什么"。

---

[1] 海伦·雷迪的《我是女人》发行于 1972 年。列侬和洋子合写的《女人是世界的黑奴》于同年发行，月份上较早。

《花花公子》：《你拥有什么》（"What You Got"）？

列侬：哦，是关于洋子的。你真的不知道你拥有什么，直到你失去它。

《花花公子》：《祝福你》（"Bless You"）？

列侬：《祝福你》又是关于洋子的。我觉得米克·贾格尔把《祝福你》变成了《想念你》（"Miss You"）。（唱）"流星上的孩子，不管你在哪儿。"录音工程师一直想让我加快速度——他说："你要能唱得快一点的话，这就是首热门歌曲。"他是对的。因为《想念你》就成了热门歌曲。我更喜欢米克的唱片。我对此没有恶意。我觉得《想念你》是一首非常棒的"滚石"歌曲，我真的很喜欢它。但我确实在歌中听到了那段吉他过门。可能是潜意识也可能是有意识。这无关紧要。音乐是所有人的财产。只有出版商才认为有人拥有它。

《花花公子》：《惊喜，惊喜》（"Surprise, Surprise"）？

列侬：垃圾而已。

《花花公子》：《钢与玻璃》（"Steel and Glass"）？

列侬：我想写些令人不快的东西，而我也没觉得它有那么不快，这首歌中的确有一些有趣的音乐素材。

《花花公子》（引用这首歌）："洛杉矶小麦色和纽约步履"？

列侬：对的，但艾伦·克莱因并没有洛杉矶小麦色的皮肤，是吧？所以这一定是一种怨恨的混合。这是关于几个人的，但这并不意味着什么。

《花花公子》：《无人爱你潦倒时》（"Nobody Loves You [When You're Down and Out]"）？

列侬：哦，标题就是整个故事。我总是想象着辛纳特拉[1]唱这首歌，我不知道为什么。他可以用它做一件完美的工作。听着，弗兰克？你需要一首不那么空洞的歌，给你。管乐编曲——一切都已为你齐备。但别让我制作它！

---

[1]　指弗兰克·辛纳特拉，美国著名爵士流行歌手。

《花花公子》：《呀呀》（"Ya–Ya"）怎么样？

列侬：《呀呀》是作为法庭判决付给莫里斯·利维[1]的一项合同义务。

《花花公子》：你被迫写了首歌？

列侬：嗯，这是个耻辱，我对走到那个地步感到很遗憾，但是我做了。

《花花公子》：这是不是你儿子朱利安打鼓的那首歌？

列侬：是的。

《花花公子》：你给了朱利安应有的认可——"朱利安·列侬出演"。

列侬：嗯，朱利安打鼓，这样的话我就只需要弹钢琴，唱"呀呀"。

---

[1] 莫里斯·利维（Morris Levy，1927—1990），音乐出版商、活动家。此处所说官司为前文中提到的，利维诉列侬《一起来》借用了查克·贝里《你抓不到我》（"You Can't Catch Me"）中的歌词。

《花花公子》：我印象中你好像仍不怎么和朱利安见面。

列侬：哦，不是这样，他马上就会过来。他一放学我就会见他。

《花花公子》：做约翰·列侬的孩子对他来说很难吗？

列侬：是的，他有他自己的……每个人都有一个十字架要背负，朱利安有这个十字架，他会处理好的。他是个聪明的孩子，随着年岁增长，我们之间可以交流，他会理解的。

《花花公子》：怎么看专辑《在纽约的时光》（*Some Time in New York City*）？

列侬：你看看他们是怎么禁止这张照片的。（他指着贴在专辑一角的一个金印。）洋子做了张漂亮的海报，看见了吧？而那些愚蠢的零售商在这上面贴了一张金色的贴纸，你甚至用蒸汽都揭不掉。至少"披头士"那张专辑的封面还能用蒸汽揭开。所以你看，洋子和我在承受着怎样的压力，不仅仅在个人层面，还在公众层面，还有这些官司，还有政府，还有这个、那个、各种事。每一次我们试图要表达自己时，他们都会禁止、掩盖、审查。

《花花公子》：哪张"披头士"专辑的封面要用蒸汽揭开？

列侬：在美国市场重新包装的叫做《昨天和今天》（*Yesterday and Today*）的那张专辑。原封面是"披头士"们穿着白外套，画中有生肉和洋娃娃的碎块儿。灵感来自于我们厌憎不得不又拍一套写真，又搞一件"披头士"产品。我们对此厌烦得要死。还有，摄影师崇拜达利，喜欢拍超现实主义的照片。加在一起就产生了那个封面。

《花花公子》：回到《纽约》那张专辑。这些歌曲大部分都是与洋子合作的，是吧？

列侬：是的。我们等洋子来再一起回顾那些吧。

《花花公子》：只署名了你自己的歌，有一首是《纽约》（"New York City"）。

列侬：那是哪一首？

《花花公子》："站在角落，就我和小野洋子……"

列侬：是。"我们在等杰里登岸 / 一个手拿吉他的人走了过来……"杰里就是杰里·鲁宾。拿吉他的家伙是大卫·皮尔[1]。你看这张专辑呈现得像一张报纸一样。这首歌有一点像新闻文体，就像《约翰和洋子的歌谣》，讲了一个故事。

《花花公子》：歌词说："好啦，没人打扰我们，催促我们，推搡我们 / 所以我们决定，就在这里安家……若是那位大人要把我们推出去 / 我们就跳起来喊，自由女神说了，'来吧！'……"你们就因为这个来了纽约？

列侬：没错，在纽约你可以到处走，而在伦敦我不能。（凝视唱片封套）伙计，来看看这个，真是太好了！这有一张我们在伦敦一家舞厅做的（现场即兴专辑）——联合国音乐会（the U. N. concert）。太棒了。这是其中一场。我们表演了《冷火鸡》和《别担心，京子》（"Don't Worry, Kyoko"），有一半观众退场了，因为实在太激进了。剩下的一半陪着我们一起。

我很好奇在场的人有没有谁组成了"伪装者"乐队，或者成了其他受早期列侬–洋子影响的年轻朋克团体。就像我前面说的，"B–52s"的女孩子一定像研究论文一样研

---

[1] 大卫·皮尔（David Peel, 1944—2017），美国街头歌手、政治活动家、反权威激进分子，以其谈论列侬的歌曲而广为人知。

究了洋子的作品。你知道，这也是鼓舞我们又出来做唱片的动因，因为我们听到了，人们没有对我们以前做的东西充耳不闻。我们曾经一度想过，好吧，也没人在听我们的声音。

《花花公子》：《别担心，京子》是洋子写给京子的？

列侬：那是她试图和女儿沟通的一种方式。很遗憾，她现在仍然不被允许见我们。

《花花公子》：《约翰·辛克莱》（"John Sinclair"）这首歌呢？

列侬：他们想要一首关于"约翰·辛克莱"的歌，所以我写了它。这是我作为工匠的一部分。如果有人邀我做点什么，我可以做。我能写各种类型的音乐，凡是你想得到的。如果你想要一种风格，想要一首给朱莉·哈里斯[1]或者朱莉·伦敦[2]的歌，我都可以写。只是我不喜欢那种工作。我喜欢做富有灵感的作品。现在我再没写过那种歌曲。

---

[1] 朱莉·哈里斯（Julie Harris，1925—2013），美国女演员，曾与詹姆斯·迪恩出演《伊甸之东》。

[2] 朱莉·伦敦（Julie London，1926—2000），美国爵士流行歌手和演员。

《花花公子》：你和洋子的合作是怎样进行的？

列侬：歌词方面，我们有时一起做，有时分开做。大部分音乐都是真正的自由式。我会随着她弹吉他，或设定一个节奏，而她会说："我喜欢这个。用这个我能走下去。"她会从我有限的演奏中做出选择，决定她想用什么，或者我给她个过门，她就开始嚎叫。

我们决定这一天就到此为止。我们找到洋子，她已经到了一会儿了，正坐在录音控制台后面，跟道格拉斯一起做《艰难时期过去了》的混音。一切已就绪，他们把东西收拾好。洋子问我想不想跟他们一起到家里喝杯茶。

在享用茶和茶点时，我们讨论了很多话题，直至听到熟悉的孩子下楼往大厅跑的脚步声。一直到肖恩上床睡觉之前，我们整晚都在用纸、剪刀和胶带做游戏。

30

9月28日，我去见约翰和洋子，这成了我们的最后一次访谈。他们在公寓等着我，建议我们去"财神"一起吃早餐。

咖啡馆很拥挤。我注意到墙上有一张约翰、洋子和肖恩的照片，和一批咖啡馆老板家人友人的照片挂在一起。正落座，洋子想起有事忘了处理。"我马上回来找你们。"她说。约翰建议我们去咖啡馆后院。出去的路上，我们点了卡布奇诺。在角落里找了一张桌子，我们就挤在那里，边喝咖啡边说话。

《花花公子》：专辑名称定了吗？

列侬：名字似乎是《双重幻想》，当然，我不知道，你懂的。我不会发誓说事实如此。你最好在最后时确认一下。

《花花公子》：让我们从《（就像）重新开始》开始。

列侬：这首歌挺合适。（哼唱歌曲）一首平·克罗斯比式歌曲……哦，《重新开始》和《清扫时间》（"Cleanup Time"）都可以说是在我写完其他所有歌曲后很快写出来的。它们就这么被写出来了。就像大功告成之后的娱乐。当时我还在百慕大。

《**花花公子**》：你那时有点 50 年代的心情？

列侬：是啊。我曾经演奏过那种音乐，也与它产生共鸣——那是我的时期——但我从没自己写过一首听起来像那个时期的歌。所以我就想，该死的，为什么不呢？在"披头士"的岁月里，这会被看成笑话。人们想要避开老套。当然，现在老套不再是老套了。

《**花花公子**》："展开你的羽翼飞翔……"没有双关语？

列侬（笑）：没有。不过你知道，我差点把"羽翼"这个词拿掉，因为我想，哦，天哪！他们全都会说："羽翼是怎么回事？"这与"羽翼"乐队无关。

我们所落座的僻静处变得不再僻静，太阳也躲到邻近建筑的后面去了。约翰建议我们把第二杯咖啡端进去喝。经过铺满糕点的柜台时，咖啡店老板跟约翰开着玩笑："太多新鲜空气对你没好处，嗯？"

《花花公子》：怎么看《清扫时间》？

列侬：它有一个钢琴过门，然后把歌词加进去。如果你读过，会发现歌词相当直截了当，是不是？

《花花公子》：有一个小启发："让母亲们看看该怎么做……"

列侬：那句话不在歌词里。一些歌曲总会有一段无意义的歌词。这首歌是我还没和杰克·道格拉斯见面时，在与他通电话的时候得到的灵感，在录音开始之前。当时我在百慕大，我们谈论起70年代之类的话题。我们谈到了清扫和摆脱酒精这些玩意儿——不是说我个人，而是说公众层面。他说："噢，现在是清扫时间，对吧？"我说："当然是。"这段谈话就这么结束了。我径直走向钢琴，开始弹，《清扫时间》就这样被创作出来了。我在你听到的音轨上唱了"让母亲们看看该怎么做",但这句话和这首歌没关系。就像《重新开始》最初有完全不同的另一套歌词。

《花花公子》：你修改了歌词以使这个故事奏效?

列侬：其实一开始只有个标题。那是音乐创作先于歌词的一首歌。然后我想,这是什么歌? 关于什么内容的?

《花花公子》："女王在账房里数钱,国王在厨房里……"

列侬：是啊,这可以说是描述了约翰和洋子以及他们的小宫殿,凡尔赛宫-达科他公寓。

《花花公子》：《失去你》或《(我怕)失去你》?

列侬：当我试图从百慕大打电话,发现打不通时,这歌差不多就开始了。我完全疯掉了,感觉就像迷失在太空……这首歌描述了我 70 年代初的分居时期,也描述了那电话确确实实打不通的一刻。

《花花公子》："我知道我当时伤害了你,但是,该死,那是很久以前的事了,你还要背那十字架吗?"

列侬：洋子具有不可思议的记忆力。你知道，妻子们会翻出那些旧账……

洋子找到我们，在我为她拉过来的椅子上坐下。"怎么，你们不想坐外面了？"她问。

"外面很吵，而且晒不到太阳，这里才是最安静的。"约翰回应道。

我解释说，我们正在讨论新专辑中的歌曲。

洋子：好的，继续。

列侬：……所以背上那个十字架指的就是，她总提起已经过去的事。

《花花公子》：洋子，怎么看《吻吻吻》这首歌？

洋子：就像我的另一首歌《从我的酒店窗户望出去（39岁）》（"Look Over From My Hotel Window [Age 39]"）。这是一种基本的女性感受，但我相信男人时不时也会有这种感觉——那种因不能真正沟通而产生的基本的挫败感。童年时期，我们能相对自由地触摸和亲吻彼此，但即使是在童年社会中也有诸多限制。而在传播媒介越来越广泛、传播规模变得巨大的时代，个体间的沟通变得越来越困难。个体之间有一种疏离。我觉得女人比男人更能感受到挫败感——又一次，是女人，或至少是男人和女人女性的一面，被男性社会忽视了。我们的这一面一直在受苦。我们的这一面伸出手想被抚摸，想被拥抱，想与人交流。

《花花公子》：这就是《吻吻吻》的诉求。

洋子：对的，完全正确。

列侬（咯咯笑）：噢，所以这就是它的意思。

《花花公子》：这种感觉是舞厅风或阿拉伯酒店风。

洋子：是一种歌舞杂耍的感觉。有点像库尔特·威尔 [1]。

---

[1] 库尔特·威尔（Kurt Weill，1900—1950），美籍德裔作曲家，为古典音乐的街头化、大众化做出了积极探索，为剧院和音乐厅创作了大量作品，其中以《三分钱的歌剧》《街景》最为知名。

列侬： 杂耍朋克。（笑）

《花花公子》： 《给我点东西》呢？

洋子： 这是女人会感受到的那种歌曲。女人就像从不满足于自己所得的少数族群。女人处于那种地位。我有这种感觉，这首歌就是在表达这个。

也许街头小子们会感到同样的绝望。女人有这种感觉。人们都会有这种感觉——急需被满足的人们。

《花花公子》： 《我继续向前》（"I'm Moving On"）。

洋子： 我觉得《我继续向前》是一首很强悍的歌。意思是"好吧，我受够了。我要往前走了"。但这与任何具体的事件无关。就是种感觉："我不想玩虚的。我喜欢所有事情都直来直去。"这是我有的一种感觉。我为这首歌感到骄傲。

《花花公子》： 约翰，《漂亮男孩》？

列侬： 好吧，我能说什么呢？是关于肖恩的。歌里已经说得很明白。曲子和歌词是同一时期创作出来的。

《花花公子》：《看那车轮》？

列侬：嗯，这是一种——这是约翰和洋子的情书的歌曲版本。是对"你一直在做什么"的回答。"哦，我一直在做这个——盯着车轮看。"

洋子：是你现在的状态。

列侬：对。谢谢你，妈妈。

《花花公子》（引用歌词）："人们说我懒，在梦中虚度一生……"

列侬：是啊，唉，他们一辈子都在这么说我。你想看我的成绩报告单吗？我有学校发的所有东西。那更多是关于约翰的人生故事，不是约翰和洋子的。报告单上说"他很懒，他很懒"，可是我从来不懒。如果你每时每刻都在做事，你怎么能思考呢？吃的时候吃。画画的时候画。坐的时候坐。有坐的时间，有跑的时间。但只因为我生活的这一半展现在公众面前，人们就对此指指点点。

我不懒。我这一生中做的事，比大多数人活十辈子能做的都多。绝对！就算我什么该死的事都不再做了！就算我仰面躺着，不照管肖恩，不做任何事，我仍比大多数人一生做得都多——甚至仅仅是"披头士"的十年。作为公众人物，就像我说过的，这是一份一天二十四小时的工作。有人会在半夜叫醒你，叫你去拯救秘鲁。有一回，我正在日本的大山里，有个混蛋弄到了电话号码，半夜叫醒了我们，就为了想让我们去做一场联合国儿童基金会的音乐会。

但我不是参加竞选。我不会为了维护自己的形象，或者别人幻想中我的形象，就删改我讲过的任何话。我不是在竞选！如果你受不了高温，那就从小便池滚出去！[1]

《花花公子》：洋子评论说，有些人时时刻刻戴着他们的公共面具。

列侬：如果我也戴着面具，那这个面具我既会在床上戴，也会在公共场合戴。我的意思是，我还没那么大彻大悟，没有与世隔绝、脱离中心——我可不是一直都新潮前卫。我摘掉它又戴上，摘掉它又戴上，就像其他人一样不得不去应付。但我对戴面具这事会细加审查。

---

[1] 英文俗语"如果忍受不了高温，就从厨房滚出去。"（If you can't stand the heat, you'd better get out of the kitchen.）意即吃不了苦就别干那一行。这里疑是列侬改造了这句俗语。

《花花公子》：洋子，《我是你的天使》（"I'm Your Angel"）？

洋子：哦，那是场玩闹。但与此同时，歌词真的不是玩闹，只是以玩闹的方式呈现。一天晚上，约翰和我去了一家餐馆，吃了一顿非常非常美味的晚餐，然后我们想赶紧回家，因为肖恩可能会担心。那是一个温暖的夜晚，我觉得美极了，我们在公园看了马车——我一下子就得到了灵感。

《花花公子》：那一天是谁的生日吗？

洋子：歌是为约翰写的，那天临近约翰的生日。

列侬：约翰和肖恩的生日是同一天。

洋子：是的，我知道。我清楚这一点。

列侬：至少你不用秘书提醒你，给你当全职爸爸的丈夫和他的孩子送一枝鲜花，对不对？事情还没那么糟。（笑）实际上，这又回到了《失去你》。那首歌当中的一部分是我自己的不安全感——是我害怕她卷进了商业事务，而我们变成她生活中无足轻重的部分。当你回过头去看，这感觉其实很离谱，但这是我当时的感受。

《花花公子》：《女人》？

列侬：哦，某种程度上这歌写给洋子和所有的女人。我和女人的情史非常糟——我非常大男子主义，非常愚蠢，是相当典型的某一类男人。我想我过去就是那样的：一个非常没有安全感的、敏感的人，表现得很有侵略性和男子气概。我试图掩盖自身女性的一面，现在我仍有这个倾向，但我在学习。我学会了软一点也不错，要允许自己表现出那一面。我展现的形象是不真实的——你知道，正如我穿靴子的偏好，就跟你第一次来时穿的弗莱靴一样，我没有安全感时会穿牛仔靴，有着古巴小高跟的靴子让我摇摇晃晃。而现在，我穿运动鞋，感觉轻松舒适。

《花花公子》：你总是可以用你的牛仔靴踢人。

列侬（笑）：是的，那是武器！

《花花公子》：但你没法跑快。

列侬：对，对。太疯狂了。

《花花公子》：现在我们谈谈《漂亮男孩》吧。

洋子：歌本身显而易见，真的。它就是一条给男性的信息。约翰和肖恩给了我灵感，而第三节引向了世间所有的漂亮男孩。差不多像是这种理念的延伸。我和不同男人有过感情，但永远都是"你知道门在哪儿"这种关系。我从来没有试图了解他们需要什么，他们痛苦什么。与约翰在一起后，事情变了。他发现了我的痛苦，我必须发现他的痛苦。

《花花公子》（再次引用歌词）："请别怕哭泣……别怕飞翔……"

洋子：对的。世界由男人和女人组成——这不可否认。重要的是，男人和女人彼此欣赏，互相合作。这真的是一条给男性的留言——向男性伸出手让他们理解。

《花花公子》：约翰，《亲爱的洋子》呢？

列侬：我能说什么？

《花花公子》："即使经过了这么多年——"

列侬："——你不在的时候我还会想你。"这句话说出了一切。这是一首好歌，碰巧是讲述我妻子的。不是什么"亲爱的桑德拉"——另一位歌手可能会这么写一位可能存在也可能不存在的女人——这首歌唱的是我的妻子。

《花花公子》：《每个男人都有个爱他的女人》。

洋子：我想，这首歌是关于爱。当我们直觉地知道一件事，我们会有一种想要逃离或躲避它的倾向。我们无法真正地直接表达我们的感情。约翰在他的歌曲中相当好地表达了他的感情——比如《亲爱的洋子》，一首美丽的歌，以赤裸的语言说出了一切。我不是那样的。

《花花公子》：真的吗？每个男人都会有一个爱他的女人吗？

列侬：你母亲爱你，不是吗？（笑）

洋子：在这世上总会有一个爱你的人。知道这一点，也是一种宽慰。当我们逃避时，会由此毁掉我们的机会。我们必须面对它，接受它。

《花花公子》：然后，是《艰难时期过去了（暂时地）》。

洋子：我们谈论过。这是首祈祷的歌。我在一种糟糕的处境中写了这首歌——不是心理上的，是一个我难以对付的环境。我孤身一人。不是孤独，而是独自一人。像是我独自面对世界——那种状况。这首歌绝对是祈祷。

话虽这样说，给我灵感的，是记起了约翰和我坐着车横穿美国，从纽约到旧金山，途经一个似乎很偏僻的城市时，我们必须停下来加油或者什么。司机加油时，约翰和我就站在街角，望着彼此。我不知道那城市的名字，什么都不知道。我们在哪里并不重要，当我们望着彼此的眼睛。

《花花公子》：所以那就是《双重幻想》。

洋子：嗯——

列侬：我刚才说了，谁知道呢？这可能不是专辑名，你最好核实一下。

洋子：会是的。

《花花公子》：会是吗？好的。

列侬：是的。你听到上面发话了。

洋子：（笑）

列侬：我那样说，只是因为她有可能改掉它。有些事会变。就像现在我在新录音室，或者，现在我在大海中央。谁知道会发生什么。

　　以上就是列侬在《花花公子》的访谈中最后被录下来的话。

尾　声

之后，我和他通过一次电话。达科他公寓的座机打不通，我拨了另一个号。约翰从来不接电话，但这时我听到电话另一端传来了一声简单的口哨，不会错，就是他的口哨。我说我知道是他。"非常聪明。"他说。

在通常的寒暄——加州怎么样？纽约怎么样？——之后，约翰提醒我，12月时我们会再见一次，继续回顾那些还没有谈及的歌曲。我们相互祝福。他说他期待再次相聚。我向他道谢。

12月7日，洋子打来电话说她对访谈很满意，前一天杂志已经在报摊上架了。她说约翰也很满意、很开心。

第二天，12月8日，约翰走了。

Photo by Thomas Monaster

想象一个更美好的世界。

图书在版编目（CIP）数据

列侬与洋子的最后谈话 /（美）大卫·谢夫著；李皖译 . —
沈阳：辽宁人民出版社，2023.6
书名原文：ALL WE ARE SAYING
ISBN 978-7-205-10734-5

Ⅰ. ①列⋯　Ⅱ. ①大⋯　②李⋯　Ⅲ. ①访问记—美国—现代
Ⅳ. ① I712.55

中国国家版本馆 CIP 数据核字（2023）第 060599 号

版权合同登记号：06-2023 年第 06 号

出版发行：辽宁人民出版社
　　　　　地址：沈阳市和平区十一纬路 25 号　邮编：110003
　　　　　电话：024-23284321（邮　购）　024-23284324（发行部）
　　　　　传真：024-23284191（发行部）　024-23284304（办公室）
　　　　　http://www.lnpph.com.cn
印　　刷：北京华联印刷有限公司
幅面尺寸：120mm×200mm
印　　张：13
字　　数：216 千字
出版时间：2023 年 6 月第 1 版
印刷时间：2023 年 6 月第 1 次印刷
责任编辑：盖新亮
特约编辑：王韵沁　王子豪
封面设计：山川制本 workshop
版式设计：陆　靓
责任校对：耿　珺
书　　号：ISBN 978-7-205-10734-5

定　　价：72.00 元